SV

Oleg Jurjew

Die russische Fracht

Roman

Aus dem Russischen von
Elke Erb und Olga Martynova

Suhrkamp Verlag

Der russische Originaltitel lautet:
Vineta

Druck: Freiburger Graphische Betriebe, Freiburg
Printed in Germany
Erste Auflage 2009
ISBN 978-3-518-42076-8

1 2 3 4 5 6 – 14 13 12 11 10 09

Die russische Fracht

Proljubigor, Uchosamor

I

Nach den Mären der Karelier, Ingern und Wepsen ist St. Petersburg so entstanden: Zar Peter kam mit seinen Russen zur Mündung der Newa und sprach: »Hier, Kinder, stellt ihr die Stadt hin! Ich aber werde eine Fregatte kiellegen zu ebender Stund – achtundzwanzig Kanonen, drei Masten, und der Name wird sein ›Stadt Vineta, ruhmreich und heilig, von den Deutschen und Polen versenkt‹. Wenn dieses mein eigenhändiges Schiff fertig gebaut sein wird, soll auch bei euch im Ganzen und allen Stücken Sanktpiter schon stehn. Wenn nicht, dann …« – und drohte mit dem Beil unterm Gehrock-Schoß.

Die Leute des Zaren linsten hin zu dem ihnen gut bekannten Beil, und flugs gings ans Werk. Aber so ein Unsegen: nicht einen einzigen Pfahl bekommen sie eingerammt, nicht einen Stein gesetzt: alles schluckts weg, das Ingermanland-Moor, schmatzt und läßt Winde entweichen.

Und Peter richtete sich auf von dem fertigen Schiff – achtundzwanzig Kanonen, drei Masten und mit Namen geheißen »Stadt Vineta, ruhmreich und heilig, von den Deutschen und Polen versenkt« –, aber keinerlei Petersburg, nicht einmal den Moskauer Bahnhof sieht man, das Große Ladenhaus »Gostinyj Dwor« auch nicht. Alles war geradeso wie vorher: die ärmlichen Hütten der Ingern und Felsbuckel und Findlinge, und rechtswidrige Sümpfe und Wald.

»Nichts kriegt ihr Hurensöhne hin!« betrübte sich der Zar, »muß ich denn alles selber machen, Himmelherrgottmáriandjussip, Jesus und die zwölf Apostel« … und so weiter die 210 Stufen des Großen-Zaren-Fluchs hinunter.

Nachdem er *sich ausgesprochen hatte, stieß der Herrscher eine Menge Felsen und Stämme in die Luft und erbaute aus diesem im niederen Himmel schwebenden Material ganz St. Petersburg auf seiner Handfläche – mit den Plätzen und Straßen, den Kirchen, mit der Synagoge und der Moschee, mit der niedrigen langen Festung unter der goldenen Spitze, mit den Friedhöfen und Palästen, eingerechnet auch die Kaufhäuser und Metrostationen (jene wurden, als die Sowjetmacht sie benötigte, von ihr in den unterirdischen Gängen freigelegt). Dann ließ er die Stadt auf den Boden herab, und sie stand wie ein Spielzeuglein.*

Gewissermaßen ist Peters Stadt eine Himmelsinsel auch geblieben – als schwebe sie immer noch über der Erde und dem Wasser, um ein weniges scheint sie sie nicht zu berühren. Ein weniges – Peters Geisterhand. Einem Fremden fällt dieser Spalt kaum auf – in unseren Breiten ist der Himmel niedrig, sehr niedrig, niedriger als das Meer. St. Petersburg ist auf seine Art eine fliegende Insel Laputa, und hielten es nicht die unzähligen Anker, wäre es längst davongeflogen. Aber die Anker sind in Händen, die kein Erschlaffen kennen: schwankend stehen die Toten auf dem Grund und straffen die Ketten, gußeiserne.

Peter nannte die von ihm auf seiner eigenen Hand erbaute Stadt familiär »mein Paradies«. Der einfache Petersburger – wie auf Vorschuß, ohne jedes eigene Verdienst, mir nichts, dir nichts hier hineingeboren – fühlt sich immer wieder irritiert und ständig leicht unsicher: Ist er der unverdienten Ehre würdig, ist er rechtmäßig wohnhaft im Paradies? Etwas schwindlig ist ihm – von dem unmerklichen Schaukeln des Himmelsschiffs; seine Augen schmerzen ein wenig – von dem zittrigen Glänzen der gewölbten Flüsse, von dem quecksilbrigen Schimmer der Wolken und dem beißenden Gold der Turmspitzen. Er weiß: nicht für ihn sind diese Paläste errichtet, nicht für ihn diese Gärten gepflanzt mit den Wegen darin, sondern für irgendwelche höheren Wesen, sogar Engel womöglich. Und im Leben eines Petersburger Menschen schlägt früher oder später die Stunde, wo er es nicht mehr erträgt, auf fremde Rechnung zu leben, er reißt sich los, denn er ist ja selbst, wie ein Luftballon, gefüllt mit kitzeligem Gas. Laß sich die Schnur nur winden, ihr Ende wird sie finden und ihre Schlinge sich losbinden nach und nach, abbinden, entwinden ... Und den armen Luftballon trägt es fort – nach Moskau oder Hamburg, nach Venedig oder New York, in schlichte, luftlos auf dem Boden (naja, oder dem Wasser) sitzende Städte – und die werden sich geschmeichelt fühlen und dankbar und glücklich sein, wenn ein Petersburger sich herabläßt, in ihnen zu wohnen. Für die sind wir Engel!

Freilich, als ich all das niederschrieb (in meiner Dissertation zum Thema »St. Petersburg und Vineta, zwei baltisch-slawische Mythen. Aspekte der Rekonstruktion einer chronotopischen Spiegelung«, mit der ich die Würde eines Doktors der Geschichtswissenschaft zu erlangen hoffte), wußte ich noch nicht, daß bald auch *mich* »die Stunde schlägt«. Meine achtundzwanzig Jahre minus drei Monate hatte ich auf Borg gelebt, und als man mich bat zu begleichen, hatte ich nichts, wenn auch die Schulden nicht meine waren, sondern die meines verstorbenen Stiefvaters, eines Patriarchen der heimischen Hochstapelei.

... Auf dem Moskauer Bahnhof warteten *sie* zweifellos auf mich, nach Moskau führe ich als Leiche mit einem todfest gefaßten zinnernen Teeglashalter in der erkalteten Hand. Und überhaupt, was sollte mir Moskau, diese wilde Mischung aus Los Angeles und Istanbuler Basar, wie es Julij Goldstein einmal gelungen formuliert hat (Jakow Nikolajewitschs, meines pseudowissenschaftlichen Doktorvaters, Lieblingsneffe, der Große Schriftsteller der Russischen Lande und Anführer der jüdischen Neger Amerikas). So also verließ ich die Schlange vor dem Fahrkartenschalter und ging hinaus zum Platz des Aufstands mit einer nicht angezündeten Zigarette im Mund. Der Platz wurde umkreist von finnischen Omnibussen, an den Bordwänden stand im Gluckern aus einer geneigten Flasche »Happy Xmas in Pietari!«, in Petersburg also. Unter den sich mühsam drehenden Rädern schlugen seriell und einzeln harte Spritzer und flüssige Klumpen hervor. Ich drehte listenreich in die Metro ab und fuhr zum Baltischen Bahnhof, schaukelnd und an der feucht befleckten Haltestange hängend. Hinter den Lichtstrichen im Fenster schwamm ein Gesicht herauf und wurde immer verschwommener: Stirn und Wangen geschwollen, sonst überall Bart. Die Schlitzaugen hinter der großen schiefen Brille glühten wilder und wilder. Das Gesicht war leider meins. Demnach hatte mein Äußeres unwiderruflich den Punkt erreicht, jenseits dessen die Wahrscheinlichkeit, irgendwann irgendwo kommt ein Mädchen, einen Lochmusterschal um die halbnackte Lende geschlungen, mit einknickenden Knien auf ihren Absätzen über den ölgetränkten Kies gestakst und fragt durch die Schreie der schräg scheißenden Möwen: »Unbekannter, dürfte ich Sie auf den Nabel küssen?«, als verschwindend gering zu gelten hat.

... Sie konnten auch auf dem Baltischen Bahnhof auf mich warten, die nackenlosen Brüder, aber – und offenbar nicht zu nichts – drei Generationen meiner Vorfahren waren Konspirateure gewesen von dieser oder anderer Fasson, politisch oder wirtschaftlich. Nicht geradenwegs, sondern durch den Bahnhof und über eine Gasse um das Gebäude herum kam ich heraus an dem unsichtbaren Umleitungskanal, an dem schwarzen wattigen Salz, an dem trüben niedrigen Himmel, an dem süßlichen Geruch der in der Gummischuhfabrik »Das Rote Dreieck« noch nicht erkalteten Überschuhe und der in der Seifensiederei noch nicht vollends zerkochten Knochen.

Auf den Flußhafen kommt wohl keiner, nicht alle wissen, daß auch vom Flußhafen Schiffe in See stechen! (In unserem Klima braucht man nicht Koffer auf Rollen, sondern auf Skiern! Komme ich irgendwo an, lass' ich das patentieren!) Unter der Laterne schwiegen Leute in dunkler behaarter Kleidung, mit Gummistaub bestäubter. Ein Linientaxi hielt. Das Volk, dem zusammen mit der Sowjetmacht auch die Kultur des Schlangestehens abhanden gekommen war, spreizte die Ellenbogen zum Schutz der Silvester-Päckchen, beugte seinen mit feuchten Funken bedeckten Kopf vor und stieg kollektiv gleichzeitig ein.

... »Die Schiffahrtsaison hat eigentlich die Schotten dicht, aber vielleicht haben Sie ja soviel Glück wie eine Wasserleiche«, sprach quietschfidel ein Alterchen mit einem Buchweizen-Schädel-Design und Ohren wie eine Flügelmutter – Hafenmeister Mazwejko. Und ließ einen langen blaßgrünen Dollarschein segeln aus meinem Paß, indem er aus ihm in der Luft ein Häuschen machte. Der Schein flatterte in eine schwarze Schirmmütze ohne Krabbe, die vor ihm auf dem Tisch lag wie eine Bratpfanne. »Von Kai 4 geht morgen ein Kühlschiff Typ ›Ulysses‹, Projekt 17700, ›Zweifacher Held der Sowjetunion P. S. Atenov‹, nach Lübeck. Ein im voraus bezahltes Charterschiff unter ukrainischer Flagge. Freilich, vor der nächsten Saison wären sie, die Hanseln, damit nicht durchgekommen, aber es wurde angerufen von ganz hoch oben ... Sie können noch einen in die Musterrolle eintragen, für einen guten Gast findet sich doch wohl noch ein Plätzchen. Ihr Paß ist in Ordnung, wie ich sehe. Gute Fahrt!«

... Natürlich hätte ich Kai 4 nie im Leben gefunden und mich verloren in diesem lichtlosen und fast menschenleeren Hafen, der zugepappt war von nassem Schnee in Form von Hebekränen und Lagerschuppen – vielleicht wäre das auch das beste gewesen? –, aber ein gutmütiger Koreaner mit erstaunlich zottiger Ohrenklappenmütze las mich auf und fuhr mich auf dem Trittbrett seines Elektrokarrens, in dessen Wagenkasten sich Riementang schlängelte, vor eine trübweiße Wand, und das eben war die »Atenov« oder, wie die E-Karren-Scheinwerfer von hinten nach vorn auf ukrainisch zu lesen gaben, »Dwitschi Geroj Radjanskogo Sojusu P. S. Ateniv« (»Zweifacher Held der Sowjetunion P. S. Atenov«). Das Schiff erwies sich als unerwartet riesig und lang – es dauerte eine Ewigkeit, bis wir von der dunklen Nase ans Heck kamen, an welchem sich eine Lampe bewegte. Mein Retter hielt, nahm einen Dollarschein zwischen die Zähne und schwamm davon in seinem gläsernen Dreiradhäuschen, das vor sich Schneeschauer entblößte. Eine Sekunde – und der Koreaner war im Finstern versenkt. Ich kam mir vor wie in einen See-Abenteuerroman von Alexander Grin passend, »Purpursegel« oder »Der Wogengleiter«, als ich die vereiste Schiffstreppe seitwärts emporkraxelte. Schnee schlug mir auf die Wange, und der Koffer wollte beharrlich zurück auf seinen verdammten Rollen. (Man sollte endlich einen Koffer erfinden ohne jegliche Rollen; wenn ich ankomme, lass' ich das patentieren!) Oben an der Treppe stand ein Mensch in einem Segeltuchcape und mit Bergmannshelm und Kopflampe. »Man sagte mir, Sie haben hier eine freie Kabine bis Lübeck. Ich zahle bar«, rief ich hinauf. Der Mensch wendete den Kopf – geblendet blieb ich auf der vorletzten Stufe stehn und schirmte mich ab mit der vom Koffer freien Hand.

»Wenka, du gestreifter Hurenbock! Mensch Meier! Ist ja unvordenklich lang her!« sprach der Mensch freudig. »Aus welchem Arsch kommst denn du jetzt gekrochen, du Mumie?! Konntste nicht anrufen? Einen Platz habe ich sozusagen noch, es hat sich einer ergeben … Nur, weißt du, unser Leutekontingent hier ist etwas spezifisch. Na, macht nichts, wir werden was arrangieren gleich. Haben doch dieselbe Schulbank gedrückt!«, und er kicherte dünn.

Ich griff den Koffer am Genick, und wir rollten aufs Deck. Ich konnte das Gesicht des vermeintlichen Klassenkameraden nicht sehen und wedelte mit der Hand vor den Augen, als hoffte ich, den Strahl zu zerstreuen. »Du erkennst mich nicht?« wurde gekränkt von dort gefragt. »Aber sicher, klar erkenn ich dich, Alter. Bloß, mir ist einfach entfallen, verstehst du, wie du heißt, sozusagen buchstäblich …«

Der Mensch nahm den Helm ab und hielt ihn seitlich, um sein breit ausladendes, aus massiven abgeplatteten Beulen zusammengesetztes Gesicht halbfrontal zu beleuchten. »Aha«, sagte er enttäuscht, oder vielleicht auch nur müde. »Na gut, nenn mich Ismael.«

II

Der Koffer war nicht so sehr schwer (Wäsche zum Wechseln, das Hemd für Bankette, der lappländische Pullover mit den Hirschen, das Autorreferat meiner Dissertation in acht Kopien und der Feldstecher, mir geschenkt von Goldstein dem Jüngeren. Den habe ich da nicht herausgenommen nach meiner New-York-Reise vorvoriges Jahr), vielmehr hampelig und nervös, schaudernd fuhr er zurück auf die Treppe: Ismaelchen Muchametsjanow habe ich im Jahr 96 einen Arbeitsplatz verschafft, an meiner Stelle bei meinem seligen Stiefvater in dessen »AgrarExportTransit GmbH«, welche nach Deutschland, Holland und Belgien einen Export von Bologneser Elitehündchen betrieb, beim Zoll als japanische Zwergschafe deklariert, und allerlei weitere solche Hoch-oder-Tiefstapeleien. Das unentwegte Gereise und das unendliche Entzollen fingen an, meine akademische Karriere zu behindern, Ismaelchen aber, frisch demobilisiert, hatte, als Tatare echt-einheimisch-autochthon, die Hochschule für Militärdolmetscher absolvieren dürfen und war ideal geeignet dafür. Aber dieselbe Schulbank mit mir hatte er nie gedrückt, denn bei uns hatten die schlechten Jungen neben den guten Mädchen zu sitzen und umgekehrt; ich zum Beispiel saß neben Zoë Schtekaturko, bis sie in der achten Klasse schwanger wurde, von wem, hat man nicht erfahren, und in der neunten und zehnten – saß ich allein … Tja, wer weiß, womit sie handeln jetzt, nachdem mein Stiefvater mit durch das doppelte Doppelkinn hindurch zerbissener Kehle aus dem Badehaus Ecke Stremjannaja-/Marat-Straße herausgetragen wurde. An dem Tatort fand man – in einem Kübel – ein Gebiß mit Stahlzähnen und der lila eingeätzten Inschrift: »Gudermeser Stomatologische Klinik Nr. 1«. Die Leiche wurde nicht freigegeben für die Beerdigung, es hieß: als Beweisgegenstand hat sie bis zur Aufklärung im Gefrierschrank der Kripoabteilung Organisiertes Verbrechen zu verbleiben. Meine Schwester Lilka und Permanent, ihr Ziegenbart-Mann, flogen, ohne die Beerdigung abzuwarten, wieder heim nach Nürnberg, wo sie neben dem Reichsparteitagsgelände einen »Berjoska«-Laden mit sibirischen Teigtaschen, Matrjoschkas und Krimis von Marinina unterhalten. Meine Mutter hat unterschrieben, daß die Firma, und mit ihr auch Ismaelchen Muchametsjanow – »als Teilabdeckung der Schulden« –, an die West-Ost-Bank übergeht, und ist Lilka gefolgt – vielleicht zu Besuch, vielleicht für immer.

… Aber all das bedeutete, auch hier, an Bord, haben die neuen Eigentümer der »AgrarExportTransit« gewartet auf mich, Stiefvaters blaubärtige Gläubiger. Vom Kai unten brüllte ein großes Auto, das im Bremsen die Lichter bis zum Verschwinden verengte, bestimmt war das ein west-östlicher Landrover, unheimlich wie ein Panzer. Der Koffer und ich stiegen wieder eine Stufe hoch. »Was hampelst du hin und her da?« Ismaelchen leuchtete unter dem Capezelt in ein geöffnetes Geschäftsbuch. »Irgendwo ist hier doch ein Plätzchen unverhofft gerade frei geworden bei mir … Aha!«

Die Scheinwerfer waren erloschen, ein Wagenschlag klappte. Na, das wars dann wohl. Ismaelchen schnaubte verwundert und schlug unterm Capezelt langsam die Seiten um. Vermutlich wollte er Zeit gewinnen, bis die Kavallerie kam. Die Kavallerie stampfte die Treppe herauf.

»Scheibenkleister, ich checke das nicht – du stehst schon bei mir in der Liste hier. Wieso denn das? Auch der Paß mit dem deutschen Visum steckt … Nein warte, warte, wir werden das gleich ausklamüsern.«

Ich tat noch einen Schritt voran mit dem Koffer und ließ ihn fahren, stellte mich mit dem Rücken zum Schiffsaufbau, das Gesicht zur Treppe, und fing an, den Schal auseinanderzuziehn, um die Kehle zum Biß freizugeben. Ismaelchen hatte inzwischen seine Mappe zugeklappt, den Helm wieder aufgesetzt und schob sich an mir vorbei mit der sich zum Gruß oder zur Ehrenbezeigung erhebenden Hand: »Ich grüße Sie, Genosse Major vom Zoll, Glück zum Jahreswechsel. Und ich dachte schon, warum kommen Sie nicht, haben Sie uns etwa vergessen?«

»Euch vergessen!« brummte es wohlwollend von der Treppe her, »die Haie der Küstenschiffahrt! Gleichfalls und dasselbe! Bukanier seid ihr, oder? Zweifaches Rotbanner der Ostsee!«

»Alles steht bereit!« fuhr Ismaelchen freudevoll fort. »Wartet längst auf Sie! Der Wodka wird kalt! Der Speck schmilzt schon!«

»Nein, Ismael, mein Bester, heut gehts nicht. Sie warten zu Hause, verstehst du. Meine Gattin hat ein Jubiläum. Komm ich nachher vielleicht noch zu spät, reißt sie mir den Kopf ab und füllt ihn mit Sülze. Aus Schweinsfüßchen mit Meerrettich. Eigentlich hab ich schon lange Feierabend. Nur aus Respekt vor Marat Spartakowitsch …«

»Konstantin Walerianowitsch, bitte-bitte«, winselte Ismaelchen kläglich, so wie er gewinselt hatte, wenn er bei der Biolehrerin Lenina Fjodorowna eine Vier minus erbetteln wollte für die Kopffüßer, die er in der Klassenarbeit folgerichtig als Barfüßer bezeichnet hatte, »ein Tröpfchen wenigstens, zur Einweihung unseres neuen Business! Ich hols gleich, falls Sie nicht nach unten möchten …« – Und er vollführte eine nicht sehr entschiedene Geste, die sich denn auch von dem auf der vorletzten Stufe geräuschvoll atmenden Major leicht anhalten ließ:

»Halt, halt, nicht so fix! Ich kann heute nicht, habe ich dir gesagt, verstehst du kein Russisch? Jetzt schauen wir uns nur die Fracht an, unterzeichnen die Papiere – und ab nach Hause. Was habt ihr denn diesmal? Japanische Zwergschafe? Panzerwagenbruch? Ginsengtee in Ballen?«

Direkt über mir krächzte etwas, bellte auf und schnarrte – ich, der Unsichtbare an der Wand, zuckte zusammen, und der Major blieb stehn in Ismaels Strahlenwolke und hielt mit den beiden Händen (eine plus Aktentasche) seine Offizierspelzmütze fest auf dem zurückgeneigten Kopf. Aus dem Lautsprecher erschallte ein Seemannslied aus den 30er Jahren: »Geliebte Stadt, lebe wohl, wir ziehen morgen aufs Meer« – eindeutig keine Aufnahme, sondern live: eine Stimme a cappella, dem berühmten Utjossow folgend, so tief beatmet und so stark verschluckt vom Schwanken des Tons, daß die Wort-Enden spurlos verschwanden im Rauschen. So blieb von dem »Proschtschaj, ljubimyj gorod! / Uchodim sawtra w morje« übrig nur noch: »Proljubigor, uchosamor« – als riefe man rätselhafte altslawische Namen auf …

»Genosse Achov singt also immer noch?« fragte die Hände-hoch-Figur mißbilligend.

»Er singt, Konstantin Walerianowitsch. Singt und deklamiert. Deklamiert und singt.«

»Und verläßt die Kapitänsbrücke immer noch niemals?«

»Nein, er kommt nicht heraus, Konstantin Walerianowitsch. Nun schon seit neun Jahren nicht mehr, sagen sie.«

»Ist ja klar ein guter Kapitän, ein verdienter, aber das ist ihre Nation einfach, die ist so, nicht? Leute ohne Eier. Halten nicht stand vor den konkreten historischen Umständen. Kaum ist was, sperren sie sich ein und singen.« Das Lied wurde beendet. Das Heraufsteigen auch. »Na gut, also was transportierst du, Meister? Gräberwachs in loser Schüttung? Scherspäne in Ballen von den Marfretti auf den Kurilen?«

»Wir sind jetzt Reiseveranstalter, Konstantin Walerianowitsch«, sprach Ismael unerwartet finster. »Wir bringen einen Trupp Touristen nach Hamburg. Das heißt nach Lübeck, von da mit dem Zug. Sie sind alle schon in ihren Kabinen, schlafen wie tot. Eine exklusive Kreuzfahrt ›Das echte Millennium in Hamburg‹, also nicht, wie voriges Jahr, das falsche, sondern das jetzt erst kommende, richtige, 2001. Wir haben für sie das beste Theater gemietet, mit dem Elite-Musical »Der Fliegende Holländer«, nach Wagner – da haben sie ein Silvester nach Eurostandard.

Das große, bleiche Gesicht des Zöllners spannte sich auf einmal besorgt und wurde sogar fast dunkel, obwohl Ismaelchens Lampe es bestrahlte: »Warte, warte, was für ein Holländer nun noch? Hübsche Neuigkeiten! Und was ist mit der Grenze?« Und endlich tritt er mit schwerem Schritt auf das Deck des »Zweifachen Helden«.

»Alles Paletti, Konstantin Walerianowitsch. Machen Sie sich keine Sorgen! Hier, die Päßle, bittschön … Abgestempelt, alles, wies muß, am 25., alle mit Visum …«, Ismaelchen klopfte sich auf die Brust. »Die Leute schlafen doch schon, na, sterbensmüde von dem ganzen Jahr. Da werden wir sie doch nicht wecken, also wirklich – das sind große Menschen, Reiche!«

Aber Konstantin Walerianowitsch war nicht zu beschwichtigen, so erschrocken war er:

»Nein-nein-nein, das laß, Kumpel, das war nicht abgemacht! In der Stadt gibts Stunk, hör, die Klatschpresse ist hysterisch geworden: aus den Leichenhallen sollen Leichen verschwinden, unbekannt mit welchen Absichten, und du hier veranstaltest Kreuzfahrten im Kühlschiff, na schau, was für ein feiner Oceanliner! Denkst du, meine Obrigkeit fragt mich da nicht, denkst du, bei uns sitzen nichts als Idioten auf ihrem Anzugarsch? Wenigstens einen zeige mir, einen Passagier von dir, nur durch einen Türspalt, wie er schläft. Daß mir nachher die Sülze nicht den ganzen Abend quer steht in der Kehle!«

»Na hier doch!« – strahlenden Helms wandte Ismael sich in meine Richtung, ich kniff die Augen zu und drückte mich an die Wand. »Ein verspäteter Gast, gerade vor Ihnen gekommen. Und hier sind seine Papiere.« – Er suchte ein paar Augenblicke unter seinem Capezelt und langte den Reisepaß mit einem darin steckenden langen Briefumschlag hervor. »Bitte sehr.«

Ich wurde aufgefordert, ins Licht zu treten, und mäkelig mit dem Paßfoto verglichen. Erwies mich als ähnlich.

»Na gut, na gut«, brummte der Major und gab Ismaelchen den Paß ohne den Umschlag widerstrebend zurück. »Morgen rufe ich Marat Spartakowitsch an, hätte mich doch wohl vorwarnen können … Na, machs gut dann.«

»Ach, das besser nicht, ist nicht gerade nötig«, sagte Ismaelchen zu dem sich entfernenden Rücken im Uniformmantel in einem von ihm noch nie vernommenen gewichtigen Ton. »Rufen Sie nicht an, besser machen Sie sich die Mühe nicht. Da rate ich ab!« Dann zu mir gewandt: »Und was machen wir mit dir? Hm?«

Ich schwieg, weil ich keine Antwort auf die Frage wußte. In meinem Kopf kurvte etwas in der Art wie »Lage schlechter als die eines Gouverneurs«, aber das klang wie in der »Kostenlosen Petersburger Zeitung« getitelt und entsprach nicht dem Ernst der Situation.

Aus seiner unmäßigen Innentasche fischte Ismaelchen ein Handy und drückte, sich abwendend, mit dem Daumen die aufleuchtenden Tasten. Während das Handy in seinem Ohr verschwand, stützte er, mit seinem Kopf über die Reling leuchtend, den Ellenbogen auf das Geländer.

Ich aber ging in die Hocke und begann nach dem Koffer zu tasten. Greifen wird er mich nicht, im Gegenteil, anscheinend läßt er mich gehen, aber melden muß ers natürlich. Ach, achwas, ich übernachte im Hotel »Sowjetskaja« und fahre morgen mit dem ersten Bus nach Lodejnoje Polje, dort graben meine Bekannten, die Archäologen Sdorowjak, Samurewitsch, Wydro, Werasub, Zitrik, Skorbnik und Towstopal altrussische

Werften und die von Peter aus. Nein, sie graben ja im Sommer, und jetzt sitzen sie in Helsinki, an der Uni, im Freiherr-Mannerheim-Institut für maritime Archäologie bei dem Wodka »Jüdischer«, ein halber Liter für alle sieben, als Kontrabande mitgebracht von dem Kontrabassisten Poworosnik. Oder, wer weiß, von dem Kontrabanditen Fisdel geschmuggelt in einem Kontrabaß … … Endlich ertastete ich den nassen Nacken des Koffers und hörte zugleich ein Blubb. »Ach, mein Handychen ist runtergefallen«, sagte Ismael. »Wie schade! Aber macht nichts, in Hamburg kauf ich mir 'n neues, noch 'n Zahn schärfer als das. Gehn wir, Alter, ich zeige dir deine Kajüte, reiße sie mir vom Herzen, wollte sie eigentlich für mich. Aber dann gleich zu Tisch! Zoëchen hat längst in der Messe gedeckt, und die Leute stampfen mit den Hufen unterm Tisch, wollen saufen endlich. Den Koffer hast du gefunden?«

Kater Nr. 3

I

Mich weckte ein Husten im Lautsprecher – tief aus der Brust, mühsam, mit Funkstörungen und Spucken und Japsen und, was am meisten nervte – quadrophon. Ich rieb mein Gesicht am Kissen, das war heiß, patschnaß, und die Brille störte, ich drehte mich um und nahm in den Armgelenken einen gleichmäßigen Schmerz wahr. Mein Hinterkopf versank im Kissen, um die Zunge herum wuchs dürres Moos oder sogar Pelz, der Magen hingegen fühlte sich an wie eine Pfütze mit Schwefelwasserstoffblasen. Mir war etwas schwindlig, wie von einem Schaukeln.

Das erste Mal hatte mich ein Kater in solcher Stärke vor elf Jahren schon beehrt, am Morgen nach dem Abiball. Im Schaschliksalon »Purpursegel« irgendwo in einer der elf Kompaniestraßen: Pustynnikow, in der Schule »Pussja« gerufen, schenkte unter dem Tisch den aserbeidshanischen Portwein »Agdam« ein, der so süß und verkommen riecht, und reichte ihn hinter den Stuhllehnen weiter.

Und dann vor einem Jahr – nach dem im voraus bezahlten und daher nicht stornierbaren Dissertationsbankett im Schiffsrestaurant »Der Wogengleiter« bei der Straße *Schräge Linie:* die Doktorarbeit hatten die ehemaligen Schamanen des historischen Materialismus im ehemaligen Institut für Kultur unerwartet durchsausen lassen, aber nicht meinetwegen, sondern wegen alter Rechnungen mit meinem Doktorvater, »diesem verstiegenen Populärwissenschaftler« Jakow Nikolajewitsch Goldstein (*»Schiffe«, junger Mann, hießen in der Petrinischen Flotte ausschließlich Linienschiffe und keinesfalls Fregatten. Seltsam, darauf hätte Ihr Doktorvater Sie doch hinweisen können … Und warum in aller Welt ist »Schiff« bei Ih-*

nen weiblich? Weil es auf englisch weiblich ist? Richten Sie sich nach den Briten?) – also zweimal im ganzen bis nun.

Gott ist kein Trottel, aller guten Dinge sind bei ihm drei, wie Julius Goldsteinius Nepos, Jakow Goldsteins altrömischer Neffe in Manhattan, blasphemisch witzelt.

... Aber weswegen und auf welchen Wegen ich zu diesem Kater Nr. 3 hier gekommen war, daran konnte ich mich nicht erinnern, obwohl ich auch den Nacken anspannte und obendrein die Augenbrauen nach oben und nach unten bewegte. Stückweise Stücke in einem Stück im Finstern: so waren Ismaelchen Muchametsjanow und ich und der widerstrebende Koffer irgendwelche schmalen Treppen mal hinab, mal hinauf nahezu gekrochen, hinab, hinauf; da – eine Wolke von Qualm, Stimmengewirr, und Kelch klingt an Kelch über einem Berg von umqualmtem Russischen Salat; einzelne bärtige Gesichter; Namen, ohne Zugehörigkeit zu einem von ihnen ...

Unklar auch, wo bin ich. Die niedrige, mit geflammtem Holz verkleidete Decke hätte auf eine Sauna gewiesen, doch wozu dann die Lautsprecher in den Ecken? Und das Fenster, an das ein welliges Dämmern schlägt? Und die gepreßte filzige Luft? – Das Husten im Funk hatte plötzlich aufgehört, nicht platzend, sondern mit einem Schluchzer, eine knisternde Stille war eingetreten. Kaum begann ich, mich vorsichtig aufzurichten, da rückte die Decke erfreut auf mich zu, und ich fiel wieder hin. Interessant, liegt das an mir oder bewegt sich das Schiff?

Das Licht ging an, mir wurde dunkel vor Augen. Ich kniff sie fest zu und versuchte erneut, mich zu erheben, brach aber noch schneller zusammen, denn ich vernahm ein gnadenloses Frauenlachen, ein mir seltsam vertrautes. Gnadenlose Hände schlossen sich um meinen Hals und rissen mich hoch. Als ich saß, öffnete ich die Augen und sah ein ausladendes Dekolleté, das sich rasch hob und senkte. Dorther sprudelte das Lachen. All das, das heiter Auf- und Absteigende, Weiche, Weiße, Klingende, mit dem leicht gewölbten hallenden Brustbein, drückte sich gegen mein Gesicht, flinke Hände zogen hinter meinem Rücken ein Kissen hervor, noch eines, und klopften sie gleichzeitig auf – als umarme mich flügelschlagend ein großer kühler Vogel, ein Schwan, dessen Herz hurtig schlug: klopfklopfklopf, klopf, klopf, noch einmal klopf, und ich wurde sitzengelassen, der Schwan aber, in weißer Spitzenschürze, etwas länger als der dunkle Rock, aber etwas höher als der Ausschnitt der hellen Bluse, trat einen halben Schritt zurück, das Werk seiner Flügel zu bewundern. Der volle grellrote Mund halboffen, die gewölbte Stirn unter den fliegenden blonden Wellen leicht gerunzelt, durchsichtiger Speichel glänzt an den Zähnen, schlitzäugig lachen die Augen. »Na, Wenka, mein Guter, wie fühlst du dich denn, eher lebendig oder eher tot? Ich seh schon, seh schon. Na, komm, hier, beiß rein, das soll helfen« – und sie zog eine gigantische dunkelgrüne Gurke aus der Schürzentasche, mit einem Lindwurmkamm.

»Mit wem trödelst du da herum, Trödeltrulla«, gellte es aus allen vier Ecken streng. »Wo bleibt mein Kaffee?«

Der Kapitän sang im Bariton und schimpfte im Tenor.

»Aber Käptn, was maulen Sie, wie ein Kind, wirklich! Sie kriegen ihn gleich. Ich habe hier ja vielleicht einen Klassenkameraden, der krank ist nach dem von gestern. Wenny-Benny-Wenka, und ich kuriere ihn.« Sie lachte und nahm mit der Gurke auf dem Bettrand Platz, so als fiele sie, die Beine im stramm ratschenden Knötchen-Nylon sofort übereinanderschlagend. Und ich erkannte das Lachen.

»Schtekaturko, du?« – In meine unbedacht geöffneten Lippen stieß unverzüglich nasse knirschende Gurkenkälte. Ich fing an zu muhen und die Zunge dagegen zu drücken, aber zu spät.

»Hej, als der Opa die Oma gefreit! Schtekaturko – das war mein Urururmädchenname. Danach schrieb ich mich

Stetschkina, dann Mursojanz, dann Ulugbekowa, und jetzt heiß ich Korbizina, nach Korbizin, meinem letzten. Aber bald bin ich die Achova!«

Prompt folgte unter Zischen und Pfeifen die Lautsprecherreaktion: »Die Kadaverakis wirst du sein, nicht die Achova, wenn du nicht umgehend deinen Dienst tust und mir den Kaffee herschaffst auf die Brücke. Hast du verstanden, Dummkorb?« Aber Schtekaturko-Zoëchen beachtete es nicht und blieb dabei, die Gurke in mich hineinzubohren.

»Und du weißt wirklich keinen Fatz mehr? Ich habe dir gestern alles gesagt und gezeigt.«

»Was hast du ihm gezeigt, du, Mursojanz-Ulugbekowa? Deine Titte, schwabbelig-schwammig? Deinen Arsch, harsch und mit Grübchen?« dröhnte das Radio und keckerte sardonisch.

»Haben Sie die Güte, Käptn, und fucken Sie ab, bitte, wenns möglich ist. Ich spreche wie zu einem Menschen zu Ihnen«, antwortete Zoëchen sanft. »Sehen Sie lieber zu, daß uns nicht gar ein Eisberg rammt noch.«

Die Gurke rammte inzwischen die Kehle und verschloß die Atemwege, so blieb mir nichts, als sie durchzubeißen. Es krachte, platzte, sprengte, mein Mund füllte sich mit Glück, mein Nacken – mit Leichtigkeit, und die Augen – mit einer hellen Träne. »Was ist nun, schwimmen wir etwa bereits?« fragte ich nach dem Runterschlucken. Wieder ließ sich der Kapitän vernehmen:

»Scheiße schwimmt. Schiffe aber fahren. Penn du mal weiter durch bis morgen, Klassenkamerad. Wir sind bald bei Hanko vorbei. Ende der Durchsage.« – Wirklich schnurpste es in allen vier Ecken und verstummte ohne Geknister. Jetzt erst hörte ich den Motor vibrieren.

»He, weißt du echt von nichts mehr? Rein gar nichts? Und wie du und ich im Morgengrauen beim Ablegen zusehn waren? Du hast noch geschrien: ›Alle Leinen los!‹ und den Kartoffelsalat über die Reling gereihert. Reinweg alles weg? Na, stark, he, hallo! Wie bringt man das fertig, sich so zu besaufen? Also gut, ruh dich aus erst mal, ich komme bald wieder sehen nach dir. Bringe dem Achov nur schnell seine Jause. Aber iß mir die Gurke! Das sage ich dir als nebenamtlicher Bordarzt!« Und sie entflog, nur einen schwülen Wind im Zimmer hinterlassend und in meinem Mund die geköpfte Gurke.

Gewußt hatte ich nichts mehr, aber die Erinnerung kam in Gang.

Sascha Nedezki, der Leitende, nebenamtlich auch der Zweite Ingenieur und der für Kältetechnik, klärte mich auf, während Zoëchen den nächsten Berg Russischen Salat holte und den nächsten Liter Wodka »Jüdischer« (»›Jüdischer‹, na und! Schmeckt sehr, sehr gut!«): Auf Frachtschiffen seis Usus, daß der Kapitän mit der Büfettdame lebe. »Vielleicht braucht der Käptn so was, na, verstehst schon, ja nicht mehr«, flüsterte Sascha hastig, zur Tür schielend und, wer weiß warum, zur Decke. – »Er ist doch schon siebzig, wenn nicht gar bereits fünfundsiebzig, aber die Tradition auf See steht über allem. Hast du Konezki gelesen?« Der »Kapitän, der graue Kämpfer« ergötzte sich derweilen in den Lautsprechern damit, daß »Wieder so schön ist der Abend«.

Selbstredend hatte ich von Kindesbeinen an keinen Konezki gelesen. Das ließ mich erheblich sinken in der Achtung des heiteren Ingenieurs, was ihn aber nicht hinderte, mir weiter den »Jüdischen« einzuschenken. Das zweite Mitglied des Schiffsstabs, Erster und alle anderen Offiziere in einer, nämlich seiner Person – ich glaube, er hieß Sinzow –, nahm nicht teil an der Unterhaltung, er saß nur schweigend und gebückt, mit der vom Schnapsglas freien Hand zupfte er den schmalen Bart unter seinen roten Jochbeinen zurecht und blickte vor sich hin und nach unten mit einem »Blick jenseits jeglicher Expansion«, wie es Alexander Grin einmal bewundernswert ausgedrückt hat. Nur sehr vereinzelt schnellte sein Kopf hoch, dann stellte er mit sicherer Hand sein Schnapsglas auf den Teller und sprach monoton etwas wie: »Alle Schiffe haben, grob gesagt, mit einem Ankertau, mit schwimmfähigen Behältnissen und mit den in der Konstruktion vorgesehenen Schürzen und Schutzfolien ausgestattet zu sein.« Seine Haut erglühte dabei unter dem durchscheinenden Bärtchen und erlosch wieder. Dann senkte sich der Kopf.

II

Endlich schaffte ich das: die Beine über den Bettrand zu bekommen. Das Linoleum durchbohrte die Fußsohlen mit Frost, ich zog die schwarzhaarigen Zehen ein und begriff erst da, ich war barfuß bis zum Hals und nackt wie die Wahrheit. Meine Kleider waren nicht da – hat wohl Zoëchen zum Waschen weggeschafft. Etwa auch die Socken? Mir wurde siedendheiß in der Herzgrube, besonders wegen der fliederfarbenen Unterwäsche mit Innenflausch und wegen des dreieckigen Slips, den mir meine Schwester Lilka geschenkt hatte und der einem Damenslip ähnelte, trotz seines verstärkten Nests für einen Bolzen von unmenschlichem Maß und der sich auf dem gerippten Rand wiederholenden Beschriftung: LIBERTY LIVE • FOR MEN.

Was wird Schtekaturko nun denken von mir?

… Damenslips können entweder dreieckig sein oder fünfeckig, wie sie sie bei den Demonstrationen der Stalinzeit anhatten. Die fünfeckigen sind praktisch ausgestorben, zusammen mit den Turnerinnen, und werden nur noch äußerst selten angetroffen, nur im Winter und in Halbfilz-Ausführung, in diesem Fall nennt man sie »Höschen« oder grob »Hose«. Der Männerslip aber hat unbedingt viereckig zu sein und aus dunkelblauem oder schwarzem, hart glänzendem Satin, das ist meine Überzeugung. Die weiße fünfeckige Perversion mit Bauchtasche lehne ich aus verschiedenen Gründen kategorisch ab. Schon die peinliche gelbe Einfärbung vorne ist mehr als genug! Aber was konnte ich tun? Jetzt wäre ich schon froh über einen fünfeckigen, aber es war nur noch dieses Andenken an einen Männerstrip da. Sieben Jahre lagen zwei Paar ungeöffnet in der Kommode, und als ich fortmußte, waren sie die letzten sauberen … Ach, was für alberne Gedanken trudeln mir durch den Kopf, immer war es so, von Kindheit an: Kaum kränkele ich etwas, wird sofort weiß der Teufel was sich vorgestellt und gedacht, als sei mein Kopf nicht meiner, sondern unter fremder Verwaltung, wie Kosovo. Die normalen Einwohner verstecken sich, jeder wo er kann, und an ihrer Stelle kommen sonstwelche Arnauten und Hayduken zum Vorschein … Daß sich wenigstens der Koffer bald mal blicken lassen wollte, da ist ja ein Päckchen noch drin von diesen, aus der Kommode …

Ich hätte nur einen Blick unter mich zu werfen brauchen – der Koffer fand sich unter dem Bett, und neben ihm sah ich meine amerikanischen Armeestiefel mit dem eingetrockneten Ausschlag der Straßen-Salzlake. Wie jeder nicht wehrpflichtige Jude hänge ich an einem strammen, feschen Dress. Während ich tastete und hakte und unter Gescharr und Geschabe halb herausrollte, halb herauszerrte, dachte ich: »Was kann dir nicht alles sagen, daß die Fremde beginnt und die Heimat endet?« Wie oft und in wieviel ausländischen Hotels, wenn ich nach dem Akt der Übergabe der konterfaktischen Partie Bologneserhündchen auf dem Zahnfleisch schreitend ins Zimmer zurückkam und als erstes nach dem von der Aufwartung aus der Mitte des Zimmers fortgeräumten Koffer unter das Bett sah – fand er sich dort nicht vor, wo er hingehört, immer hatten sie ihn in eine Ecke geschoben oder im Schrank verstaut – denn so entspricht es bei den polnischen und jugoslawischen Putzfrauen ihrer Mentalität. Unsere wiederum …

Die Tür schnappte auf und knarrte, und ich bedeckte mich zwischen den Beinen automatisch mit dem noch ungeöffneten Päckchen, auf welchem ein muskulöser Schönling prangte mit lederner Ballonmütze und Kettchen. An der Schwelle stand Ismaelchen, gekleidet in einen silbrigen Sakkoanzug mit scharlachroter Krawatte, und schaute mich seltsam an – erfreut und dabei angespannt. Er löste einen Sakkoknopf, streckte beide Hände aus und kam auf Zehenspitzen näher zu mir. Der silbrige Stoff regte sich in freien Wellen um das Oval seiner Beine. Das glatte schwarze Haar war auf einmal schweißnaß, sein Gesicht fleckte sich rot, infolgedessen hoben sich die weißen Spuren längst verheilter Pickel auf den Jochbeinen ab. Ich spürte, wie sich meine Gesäßbacken zusammenpreßten und das feuchte Laken zwischen sich zogen. Doch auch Ismaelchen interessierte mein weicher Körper unter dem harten natürlichen Haarkleid nicht, sein Interesse galt dem Slip mit dem Schönling darauf:

»Schenk mir das!«, sagte er heiser und zeigte mit dem Finger auf ihn. »Vorsicht, zerreiß das Siegel nicht!«

»Mein letzter«, entgegnete ich.

»Tauschmer! Komm! Nach diesem Teil suche ich schon sieben Jahre wie blöd, in allen Boutiquen, in allen Katalogen!«

Und nachdem er in der gepflegten Aussprache der Armee das alles erklärende »limited edition« hinzugefügt hatte, sprang er zu seinem Wandschrank, der mit dem schwitzenden geflammten Imitat eines der Natur unbekannten Holzes verkleidet war. Das obere Fach klappte auf, und auf Ismaelchen stürzten die bunten, flachen Abpackungen wie ein Wasserfall. Ohne die Nackenschläge, Kopfnüsse und Backenstreiche zu beachten, fing er sie auf und klemmte sie unter die Arme. Dann ging er in die Hocke und machte sich daran, sie auf dem Boden zu Stapeln zu ordnen: »Irgendwo hatte ich doch noch so ein Doppel …«

… »Voilà! Die schwedische. Modell ›Karl XII.‹!« – und er richtete sich auf, schweißnaß im Gesicht, frohlockend und mit queren Funken in den runden Augen. Die »schwedische«, erwies sich, war blau mit gelben geprägten Zöpfen als Generalstreifen und hatte noch drei goldene Kronen über dem Hosenschlitz, wenn das Bild vorne drauf nicht trog. Der Umschlag klatschte neben mir auf das Bett, und Ismaelchen, sich taktvoll abwendend, fing an, seine Kollektion vom Boden aufzulesen und in das Fach zurückzustellen – gottweißwarum *stellte* er sie hinein, die Vorderseite zum Betrachter. Mit den Fingernägeln riß ich die Folie auf (das Bild hatte nicht getäuscht, die Kronen glänzten), und die Husarenseide raschelte meine Beine hinauf. »Und?« fragte Ismaelchens Rücken ungeduldig.

Ich wollte ihm das Schönlingspäckchen wie einen Flatterball über den Kopf vor die Füße pfeffern, aber statt sich zu senken, schwang sich der Umschlag empor und stellte sich in das Kollektionsfach – wie eingerückt. »Hallo! Wow!« äußerte sich Ismaelchen höchst respektvoll und drehte sich zu mir um. So erfuhr ich, wie höfliche Tataren mit einem Lachanfall kämpfen: Sie ziehen die Lippen ein und heben die Brauen bis zum Haaransatz. Und die bösen russischen Schtekaturkos wiehern und schlagen aus wie das tatarische Lieblingsgulasch, wenn es sich aufbäumt mit zur Seite gebogenem Hals und hampelt mit den Vorderextremitäten, als wolle es in den Himmel galoppieren: So kam jetzt Zoëchen nämlich mit der gewaschenen und gebügelten Hose über dem Arm.

»Nimms nicht übel, Häschen, ich lach ja gar nicht über dein Fell! Sondern über deinen Slip – wie bei den Affen im Zirkus!« teilte sie mit, als sie abgelacht hatte, sich aber immer noch krumm an Ismaelchens Schulter festhielt. »Mein Mursojanz war vielleicht noch wolliger als du, aber der Kopf kahl wie ein Ei, und die Eier haarig wie die Knie … Einmal badete er in der Newa, er war Eisschwimmer. Da kam ein Kindergarten vorüber, im Gänsemarsch. Und die Kindergärtnerin schrie plötzlich: ›Kinder, Vorsicht, da ist ein Bär in dem Eisloch!‹« Und sie schüttete sich wieder aus. Wir schauten einander an und lachten alle drei, als sei etwas komisch an alldem: An dieser länglichen Kajüte, mit dem geflammten Imitat einer der Dendrologie unbekannten Holzart getäfelt … An den eingerahmten Zeitungsausschnitten, die über der Täfelung hingen … An dem himbeerroten samtenen Banner »Für den Sieg im sozialistischen Wettbewerb. Sowjetische Donau-Reederei, ausgezeichnet mit dem Orden für Völkerfreundschaft. Schiffahrtssaison 1985«, das sich in der entfernten Ecke über dem Fernseher »Regenbogen« breitete … Am gelblichen Licht der schaukelnden Hängelampe … Am Vibrieren und Klopfen des Schiffsmotors irgendwo unten … Und an diesem ganzen Schiff, das vielleicht aus Rußland – schwarz und unklar wozu – irgendwelche Leichen ausführte. Genauso lange und glücklich hatten wir schon einmal zu dritt gelacht, in der achten Klasse, in den Frühlingsferien 1987, als wir in die Karelische Landenge gekommen waren, um auf der Halbinsel Judatin über Nacht zu bleiben; meine Schwester Lilka und ihr Mann hatten dort eine Datscha gemietet (doch Lilka war gerade dabei, ihre Siebenmonatszwillinge auf die Welt zu bringen, und Permanent lief, Bärtchen in die Höh, vor der Fassade des Snegirjow-Krankenhauses hin und her, dessen Fenster und den Eingang mit kleinen Stößen in die Luft bekreuzigend; und die Datscha stand leer). Es war noch eine Mitschülerin dabei (die niemals lachte). Eine liebe, schweigsame, mit jener südrussischen Unebenmäßigkeit im länglichen Gesicht, die gefährlicher als jede Schönheit ist; später hieß es, sie sei gestorben. Hin kamen wir ja, aber es gab keine Datscha mehr: der Zerstörer »Vierzigster Jahrestag des Sieges«, der dort immer vor Anker lag, hatte sie mit seinen Explosivgeschossen und Brandladungen zu Spänen zerballert, die Drehorgel auf seinem Bug hatte durchgedreht. Da lachten wir los, Zoëchen zuerst, nach ihr – ich, dann – ein wenig wider Willen – Ismaelchen. Neben dem Ofen mit seinem Rohr stocherten Zigeunerinnen herum, die portierenschweren Röcke hochgesteckt hinter die Gürtel – sie gruben mit Kindergartenschippen aus der Asche und den Spänen nützlichen Kleinkram; also mußten wir bei ihnen, in ihren Schwarz-Bauten da übernachten, wo man uns streng mit siebzigprozentigem Rübenwein traktierte und mit in Lehm gebackenen Igeln ernährte. Am anderen Morgen, seltsamerweise, tat nichts weh, aber es gab auch keinerlei Erinnerungen, nicht einmal Spänchen. Manchmal denke ich beim Rasieren abends, dort bin ich ausgetauscht worden.

III

Es schlug drei Glasen: kleine Glocken von überall. Wir hörten gleich zu lachen auf, und irgendwie habe ich verstanden, daß die »Atenov« stand. »Siebzehn Uhr dreißig Moskauer Zeit«, sagte der Kapitän in den Lautsprechern und begann ein bekanntes Gedicht Eduard Bagritzkis vorzutragen – die Ballade von dem Schleichhandelsschiff »Chalande«, mit welchem drei Griechen – Janakis, Stavrakis und Papa Satyros – Schmuggelware transportierten: Brandy, Strümpfe und Kondome. Der Kapitän heulte dem Winde gleich, als er von dieser »Chalande« rezitierte, die im Schwarzen Meer über die Fische glitt und auch über die Sterne, da sie sich im Wasser spiegelten.

»Abram Jakowlewitsch, wie stehts, haben die schon festgemacht? Oder steuern die noch an? Bin schon unterwegs, bin gleich da – ich fliege!« rief Ismaelchen eifrig.

»Wer ist denn das jetzt noch? Kommen!« Der Kapitän war merklich ungehalten, daß er unterbrochen wurde. »Noch so ein fliegender Klassenkamerad? Und wohin fliegt man?«

»Ich bins doch, Ismael«, sagte Ismael und sah gottverlassen nach oben. »Vom ›AgrarExportTransit‹. Sie kennen mich doch, Abram Jakowlewitsch, wir machen die zweite Tour miteinander.«

»Ismail?! Was babbelste mürr da förn Bafel!« Dem Kapitän war eingefallen, auch so zu sprechen wie sein Star Utjossow. »Ismail ist unser Heimathafen, ehemalige Sowjetrepublik Ukraine, Bezirk Odessa, Stadt Ismail. Andere Ismaile kenn ich keine.«

Und es ging weiter im Text mit Janakis, Stavrakis, Papa Satyros, wie der Wind heranknarrt und vorbeipfeift, die schäumende Woge unter den Schiffsboden jagt, daß die Nägel klirren, der Mast summt und was für »ein gutes Ding, schönes Ding« das sein sollte da. Dann unterbrach er sich, um trocken zu bemerken: »Menschen, die heißen so nicht. Hab ich nie gehört!«

»Doch, heißen so!« beharrte Ismaelchen, obwohl ihm Zoëchen abwinkte mit der einen Hand und mit der anderen Hand, die noch die Hose hielt, heftig an ihrer Schläfe schraubte, unter einer blonden Lockenwindung. – »Ich zum Beispiel: Muchametsjanow, Ismael – mit e.«

»Und wie ruft man dich dann, wenn du wirklich Ismael mit ›e‹ heißt? Issemmel vielleicht? Gutes Ding, schönes Ding! – Kommen!«

»Ismaelchen!« erwiderte Ismaelchen fest. »Nennen Sie mich Ismaelchen, Abram Jakowlewitsch. Oder Herr Muchametsjanow.«

»Was? Was? Habe nicht verstanden. Kommen! Ismalche? Na gut, dann flieg, Ismalche vom ›AgrarExportTransit‹! Nämlich da sind jetzt unsere, die Ugro-Griechen, in Anfahrt bereits. Na, das wär mir ja was: Vielleicht noch einen Griechen mit Schnurrbart auf dem schwarzen Heck treffen im Dunkeln, namens Fisdel«, sagte Kapitän Achov, lachte auf, nicht utjossowsch indes, sondern fast schon schaljapinsch, und schaltete sich klangreich ab.

Ismaelchen, mit noch ein paar mehr Beulen auf seinen Wangen, wies mich an, mich auszuruhen und bis zum Abendessen wiederherzustellen, aber nirgends hinzugehn, und eilte davon, vorgebeugt, als schleppe er sich mit den beiden Händen am Krawattenknoten fort. Zoëchen wiederum schaffte es, während sie mir die Hose über die Schulter zuwarf, ihrerseits mitzuteilen, daß »ein Alter ist wie ein Kind und wie es ihm nicht zuviel werden kann, bei Gott, jeden lieben Tag denselben Witz zu reißen«, und »Tataren zu hänseln ist gefährlich, sie sind hitzig«, und sie müsse sich nun um die Bewirtung der Gäste kümmern, ich aber solle wirklich nicht hinausgehn, sonst pustet es mich noch über Bord oder ich verlaufe mich unten, und da suche einer mich mal in den Kühlanlagen, doch sie komme bald, wenn das übrige verdampft sei, wieder sehn nach mir, als Verantwortliche für Kultur und Freizeit ... und tanzte ebenfalls ab. Und ich war wieder allein in dem ehemaligen Leninzimmer des »Zweifachen Helden Atenov«, aber immerhin nicht mehr hosenlos.

Zeitungsausschnitte, Ehrenurkunden und andere Sichtwerbung erzählten die Geschichte des Schiffes und seines Namensgebers, Pawel Stefanowitsch Atenovs (ukrainisch Ateniv), geboren 1919, im Bezirk Odessa, Stadt Ismail, wuchs auf in der Familie eines Diakons der Hafenkirche, der laisiert wurde wegen seiner revolutionären Tätigkeit (in einem entlarvenden Artikel in »Kiew am Abend« vom 20.04.1987 schrieben sie – wegen Bigamie und Alkoholismus). Nach der Hauptschule war er Schiffsjunge, dann Matrose auf Fischfang- und Handelsschiffen, 1937 wird er einberufen zur Marine und von dort versetzt zu den Organen. Ab 1939 verwendet im Hinterland des Gegners. Ende 1944 nach Wolhynien verbracht zur Infiltration in die nationalistischen ukrainischen Guerillas – aber er wurde entlarvt und mit abgeschnittenen Ohren, ausgestochenen Augen und mit dem eigenen Glied im Mund gehängt auf dem zentralen Platz der Stadt Tortschin, mit einem Schild »Russischer Jüd«. 1945, posthum, die zweite Ernennung zum Helden der Sowjetunion. Der Stapellauf des Kühlschiffes Typ »Ulysses« (Projekt 17700) erfolgte 1984 in der Sewastopoler Seewerft (heute AG SewSeewerft), dann wurde das Schiff der Sowjetischen Donau-Reederei (heute Ukrainische Reederei GmbH) übergeben und auf den Namen P. S. Atenov getauft. 1997 warfen die Massenmedien im Bezirk Wolhynien die Frage auf, ob das Schiff umbenannt werden soll, in Ostap Perfezky, zu Ehren des Hundertschaftsführers der Ukrainischen Aufständischen-Armee, der die oben beschriebenen Prozeduren an Atenov eigenhändig durchgeführt hatte. In Kiew wurde diese Frage unterdrückt, sie wollten Unfrieden vermeiden mit den nachtragenden Polen, die sich für die Rolle des Hundertschaftsführers bei der Vernichtung der polnischen Bevölkerung Wolhyniens interessierten; das Ministerium schlug vor, das Kühlschiff »Taras Bulba« zu nennen, die Wolhynier stimmten zu, mit einer zwielichtigen Begeisterung, denn sie dachten an einen anderen Taras Bulba als den Gogolschen – einen führenden Ataman derselben Ukrainischen Aufständischen- und später Nationalen Revolutionären Armee, aber die Odessaer Bezirksverwaltung legte sich quer (»diese Juden und Russen«, wie das Luzkoer Blatt »Sytschowik« (»Der Kosak«) kommentierte), und die Frage der Umbenennung wurde auf Eis gelegt. Da brach der zweite jugoslawische Krieg aus, der es mit sich brachte, daß die Ukrainische Donau-Reederei nahezu pleite ging, und das Kühlschiff »Atenov«, das bei der Stadt Vukovar in ein Bombardement und Kreuzfeuer geraten war, blieb lange Zeit zur Reparatur in dem rumänischen Haven Giurgiu, und als dann die Reederei sich weigerte, die Reparaturen zu bezahlen (»ganz zu schweigen von den willkürlichen Änderungen der Inneneinrichtung und Konstruktion!«), nahm Kapitän Achov das Schiff in seinen Besitz, beglich (dank rätselhafter Machenschaften und unbekannter Kreditgeber) die Rechnung der Reparaturwerft und kam um ganz Europa herum durch das Mittelmeer und den Atlantik nach Petersburg.

Eine hübsche Odyssee, dachte ich, als ich an der Wand den letzten Ausschnitt erreicht hatte (aus der kostenlosen

Petersburger Zeitung »Kostenlose Petersburger Zeitung«), betitelt mit »›Der Fliegende Ukrainer‹ zum Überwintern gekommen«. Sein ganzes redliches Schiffsleben hindurch verfrachtete der Kühltransporter »Atenov« israelische Orangen mit dem konspirativen Aufkleber »Marokko«, Hühnchen mit fliederfarbener Brust und untergeschlagenen Beinchen sowie schlappe Schwarzmeerfische mit geöffnetem Arafatmündle, und was nun transportiert er jetzt? – kann denn das wahr sein: Tote in Exportausführung? Wer verfickt braucht die dort, zu was, das ist ja nun völlig unklar. Haben sie keine eigenen? Ich habe nie, auch nicht entfernt, etwas gehört der Art. Und mir ist viel zu Ohren gekommen, als ich dem Stiefvater sein Postkutscher war – von dem Zerstörer »Fünfzigster Jahrestag des Sieges«, der in vierzigtausend Spielzeugzerstörer zerlegt worden ist, von dem roten Quecksilber aus den Feinfrost-Moosbeeren und von dem fossilen Fischzahn der Seifensiederei, und was da alles damals von den Leuten verfrachtet worden ist, aber Verstorbene … Vielleicht habens die Deutschen wieder mal ertüftelt, wie auch die verwertbar sind? …

Was mit mir, dem Armen, in dieser schwimmenden Morgue unter der Führung des musikalisch-lyrischen Radiokapitäns geschehen wird und wie sich Ismaelchens Männerfreundschaft noch entpuppt, daran bemühte ich mich vorerst nicht zu denken. Kommen wir an, werden wir sehn. Vielleicht hau ich heimlich schon unterwegs ab – lasse in der Nacht ein Boot runter, und ein »Wogengleiter« lotst es mir zum nächsten »atomwaffenfreien« Hafen, wie die Banden ihre Waffenstillstandszonen nennen. Alle Visa habe ich: die drei baltischen, das finnische, schwedische und deutsche, der verstorbene Stiefvater hat für mich Fünfjahres-Business-Visa aufgetan, mit einem Wahnsinns-Vitamin-B, und ich, wie ein x-beliebiger!, habe ihn danach stehenden Fußes sitzenlassen und ihm an meiner Stelle Ismaelchen untergeschoben. Der

Paß – meiner, der echte, der mit den Visa – ist in meiner Jakke, in der Innentasche, nur wo ist die Jacke? … Mit einemmal wurde mir sehr kalt.

IV

Ein bißchen trödelte ich noch herum, zog ein paar Schubladen auf und schob sie wieder zu. Versuchte aus dem Fenster zu gucken, aber dort war Dunkelheit eingetreten. Ich dachte eigentlich, Schiffsfenster seien unabdingbar rund oder wenigstens abgerundet, wie im Flugzeug, aber das Fenster war rechteckig, ein normales Verbundfenster, nur die Klinke abgeschraubt; solche haben der Stiefvater und ich damals zu Tausenden aus Deutschland gebracht, im Direkttausch gegen Bologneserhündchen und zur Freude der manischen Renovierer nach Eurostandard. Mittlerweile hatten sich meine Gelenke daran erinnert, daß sie schmerzten, der Mund war wieder trocken geworden, und der Magen stemmte sich gegen das Sonnengeflecht – die Zauberwirkung der Gurke war, wie es aussah, zu Ende.

»Die Leute heiraten und ruhen, und ich hab nichts, mich zu beschuhen!« trieb ich ein wenig Volkspoesie, obwohl ich mit Schuhen ja gerade versehen war – denn ich beschuhte mich ja gerade, aber meine Jacke, meine gute, finnische, mit der zottigen Kapuze und der feinen Innentasche für das Finnenmesser, ließ sich nirgends blicken. Sollte Zoëchen auch sie gewaschen haben? Zusammen mit dem Paß!? In den Wandschränken hingen weiße Kapitänsanzüge mit goldenen Ärmelaufschlägen und ebensolchen Knöpfen, feucht-schwarze Uniformmäntel und kalkfleckige Segeltuchjacken – lauter flache, kopflose Seeleute, beraubt ihrer unklar wo verwahrten Bändermützen, Schirmmützen und Südwester. Es roch nach Apfelsinenschale, nach feuchter Wolle und ein wenig nach Erbrochenem – ich zog die nächste Windjacke beim Kragen aus dem Schrank, ließ den Bügel schaukeln und stürzte zur Tür.

Die niedrigen, tristen, bis zu einem dunklen Eisglanz gewienerten Korridore der »Atenov« ähnelten Hotelkorridoren – eines gigantischen Flughafenhotels, »Sheraton« oder so. Ihre Unendlichkeit schien mit keiner Schiffslänge vereinbar zu sein. Die Türen hatten weder Schilder noch Klinken, keine gab dem Schulterdruck nach. Ich begegnete niemandem in der Linol-und-Eichenimitat-Wüste, weder Schritte noch Stimmen waren zu hören, oder menschliche Laute sonst – sehr still war es im Inneren des »Zweifachen Helden«, und von irgendwo unten war diese Stille unterlegt mit einem gleichmäßigen Summen, dem Kühlschranksummen ähnlich (und wahrscheinlich war das auch Kühlschranksummen). Und von oben (und deutlich außen) war auf sie ein Scheppern wie von gedämpften Schellen gelegt – eine Art Lautsandwich demnach. Ich lief hierhin, dorthin, schaute in alle Ecken, lief die schwachbeleuchteten Treppen hinauf und hinunter, und mir wurde zunehmend bewußt, daß ich das Klo nie finden werde und mich überhaupt verlaufen habe, wie es Zoëchen, die Hellseherin, ja auch vorausgesagt hatte. Das war unheimlicher als alles andere, sogar als der Verlust des Passes – ich geriet augenblicklich in Schweiß, vom Nacken bis zum Steiß. Aber wärmer wurde mir nicht.

Ein Geruch – nach einem frostigen Modern, vielleicht mit etwas Ammoniak – ließ mich hoffen und lockte mich eine Wendeltreppe hinunter. Und dort am Grunde zwinkerte zudem ein Lämpchen, grün, wie das am Ausgang im Kino immer. Aber da unten war auch nichts, von der letzten Stufe konnte man nirgendshin treten – eine geschlossene Wand (oder Schott sagt man wohl dazu auf einem Schiff?) und darin, in dem Schott, eine kleine eiserne Tür. Ei, sie zu öffnen, hindurchzugehn und in Paris zu sein, wie das dem Schriftsteller Katajew einmal in seiner Leniniade beschert war! … aber da wird nichts draus, ist keine Klinke dran, nur – wenn du tastest

– das Loch von ihr. Oder ein Schlüsselloch. Ich versuchte, den kleinen Finger einzuhaken, brach mir aber nur unnütz den Nagel – es war wohl auch für kleine Finger nicht berechnet. Mechanisch klopfte ich meine Seiten ab: Die Windjacke meldete sich mit einem Schlüsselklirren. Das heißt, da klirrte nur ein einziger langer Schlüssel mit einem kleinen vertrackten Bart gegen eine katzengoldene Berlocke in Pferdegestalt oder auch Hunds-. Er würde sicher nicht passen, aber einhaken könnte er sich. Einhaken konnte er nicht, aber er paßte: Er drehte sich mit einem Schnurps, die Tür gab Laut und gab frei ein bläuliches Licht, eine trockene Kälte und ein gleichmäßiges Tosen, die sich wie ein Fächer langsam öffneten. Die Tür ergab sich, rutschte beiseite, und ich fiel beinah hinein dort von der Stufe, aber fiel doch nicht, hielt stand, hockte mich nur und griff nach dem Süll … Nein, das war nicht Paris.

Das war der Kühlraum, aber er schien irgendwie sonderbar, obwohl ich freilich keine anderen Kühlräume je gesehen hatte. »Klein und dumm, hat nie gesehn Seinen Krummen geradestehn!« – so frotzelte Pussja-Pustynnikow aus unserer Klasse gern, dabei neigte er seinen weißroten Albino-Kopf hin zu Ismaelchen, der mit den Zähnen malmte.

Unmittelbar bei der Tür war eine Kabine mit einem Tischchen unter einem Wandtelefon. Auf dem Tischchen stand eine Lampe ohne Schirm, die nicht brannte – ein krummes spiraliges Beinchen –, neben ihr standen eine unabgewaschene rote Tasse mit weißen Tupfen und ein innen fleckiger Aschenbecher aus dickem Kristallglas, unter den beiden lag die »Kostenlose Petersburger Zeitung«, geöffnet bei der Werbung für *gegen Vandalen sichernde Türsprechanlagen*. Ein Wachstuchstuhl mit einer glänzenden Kuhle. Der Schaltschrank: rote Leuchten, halbrunde Skalenscheiben und hoch- und niedergekippte Kippschalter. Durch eine dicke Glas-(wohl eher Plexiglas-) Schiebetür drang Halogenlicht, und dahinter, aha!, befand sich »es«. »Es« gemahnte am meisten an eine lange Toilette mit einer Vielzahl offener Zellen, abgeteilt voneinander mit schulterhohen gekachelten Querwänden, man kennt sie von den Bahnhöfen mittelgroßer Städte, hier die allerdings bis zum Eisglanz blank. Der zweite Unterschied: alle Zellen hatten Blechtüren, jede mit einem Vorhängeschloß. Fast alle. Eine einzige, die entfernteste, schien nicht zugehängt zu sein, und es war, als könne man sogar das Rändel einer Trittstufe erkennen – einer solchen, wie sie in den Bahnhofsabtritten gewöhnlich zum Loch führen. Wie gebannt drückte ich auf die durchsichtige Schiebetür – sie rollte leicht zur Seite. Ich streckte die Hand in das Licht – die Hand wurde sofort kalt bis zur Gänsehaut und fleckenweise blau. Ich trat vollends hinein und bewegte mich unter dem wellenartigen Getöse mit Seitwärtsschritten voran – sehr langsam mit dem Rücken die Wand entlanggleitend. Als erstes sah ich Schuhe (Mokassins, der Jahreszeit nicht angemessen), dann die Knie in ausgebeulten Jeans, dann den Bauch in der Strickjacke, dann den ganzen massigen Leib mit auf die Brust gesenktem Kopf in einem Ledersessel. Der Kopf war völlig mit taubengrauem Haar überwachsen, das Gesicht schimmerte fahlblau. Ich trat ein kleinwenig näher und erkannte den Stiefvater. Die Augen halb offen, wie zusammengekniffen, um den Hals, zum Kinn hin gebauscht, einen rot-schwarz karierten Schal gebunden, Mamas Geschenk zum 23. Februar, dem Jahrestag seiner Entlassung aus der Zwangsarbeit, die bläulichen Hände mit den eintätowierten Ringen auf dem Bauch zusammengefaltet. Aber er sah nicht aus wie ein Toter – er sah aus, als schlummere er mit halbgesenkten Lidern, wie er immer nach dem Mittagessen »duselte«, so nannte er das. Selbst der Sessel schien derselbe zu sein.

»Stiefvater«, rief ich ihm mit heiserem Flüstern zu, und »Stiefvater, hören Sie mich?« – etwas lauter und viel heiserer. Plötzlich glaubte ich zu sehen, daß eins der Lider zuckte, eine Wange bewegte einen Seitenteil seines Barts, und ich lief, was ich konnte, fort. Bei weitem hurtiger als eine Hindin …

Wieder aufwärts, und die Korridore entlang, und abwärts, und wieder die Korridore entlang, und aufwärts – im Galopp, ohne zu sehen, wohin. Nach einer Weile merkte ich, daß ich auf ein anschwellendes Glockengeläut zulief (haben die etwa eine Kirche an Deck?) – und lief von da an nur noch auf das zunehmende Glockengeläut zu – aufwärts, und die Korridore entlang, und abwärts und wieder die Korridore entlang, und aufwärts. Und ich kam an. Trat von einem Fuß auf den andern und atmete so kräftig durch die Nase ein, daß die Nüstern sich schlossen, vor der Tür, hinter der es läutete und dröhnte. Selbstredend war sie zu. Ich melkte ein wenig meinen aufgetauten Bart, stieß ein paarmal, ohne noch zu hoffen, gegen die Tür und begriff: noch eine Minute, und ich pinkle mich an. Verzweifelt steckte ich den gefundenen Schlüssel hinein, drehte – die Tür winselte und öffnete sich in die von den Scheinwerfern gestreifte Schiffs- und Glockennacht. Ich sprang hinaus und war sofort an der Reling, die zum Glück nicht kompakt war, sondern ein Gitter. Das bringt bestimmt Unheil – die Matrosen sagen, gleich, was du tust, es bringt Unheil …

»Pißt du?« fragte Ismaelchens gelassene Stimme in meinem Rücken. »Na piß, piß. Aber paß auf, frier nicht an damit, du Deputierter der Ostsee. Hör mal, hast du nicht vielleicht meinen Universalschlüssel gesehn?«

Die Glocken verstummten, nur ein leises Klingklang lief noch aus, als raschele es, als scheuerten sich die Glocken am Wind, den es nicht gab. Näher zum Bug mußte jemand husten und sprach durch den Husten: »Hochziehn, hab ich gesagt, hochziehn! Eine Tunte bist du und kein Russe!« Ich schüttelte den Kopf und lauschte selig dem Plätschern unten.

»Na gut, nichts zu machen. Habe ich ihn also versiebt.«

V

Danach standen wir eine ganze Weile an der Reling und sahen zu, wie man lange, flache Kisten in Plastesäcken mit der verschlungenen Aufschrift »LOTOS« von der »Atenov« umlud auf einen Kutter (mit einem in dreifacher Welle festgefrorenen Fähnchen am Heck). Von den drei Kränen war nur einer, der mittlere, in Gang, an seinem Arm läuteten drei kleine Glokken. Wenn der von zwei sich kreuzenden Scheinwerferstrahlen begleitete Kranarm ausschwenkte, entstand ein Wind, der auch die Glocken an den benachbarten, unbewegten Armen schaukeln ließ.

»Unser Achov hat 'n Schaden, was Glocken angeht«, erklärte Ismaelchen, »die ganze Donau lang hat er sie zusammengesammelt, von all den zerbombten Schiffen. Und aufgehängt, wo es nur ging.«

Wie zur Bestätigung sprang der Lautsprecher von der Brücke dem Geläut bei, und die Stimme des Kapitäns übertönte das noch und erdröhnte (es war wieder Eduard Bagritzkis berühmte Ballade aus den zwanziger Jahren von den Schmugglern an der Schwarzmeerküste):

»Drei Grenzer, Wind und finstere Nacht,
die zwölfte Stunde, sechs Augen auf Wacht,
sechs Augen und ein Motorboot ...«

Die Brücke selbst war nicht beleuchtet. Die Matrosen wurden etwas eifriger unter dem Kran, obwohl es ja natürlich keinerlei Grenzer gab. Das Baltische Meer war schwarz (das Schwarze – nimmer ists baltisch), nur um den Kutter schäumte es golden, und etwas wie weiße Frieseln, die Atenovschen Scheinwerfer reflektierend, lief in gekreuzten Strichen über das Wasser, ohne es zu beleuchten. Manchmal stiegen die

Strahlen bis zum Himmel und glichen drohend Flakscheinwerfern.

»Aber sag mal, wie bist du überhaupt in den Kühlraum gekommen, wenn du den Schlüssel nicht gefunden hast? Die Wache kam vom Klo und hat Fingerabdrücke an der Tür gesehn und auf dem Boden Spuren Größe 46.«

»Ach, einfach so, stand doch offen! Hat er bestimmt selber offengelassen, ich meine die Wache – das heißt die Tür.«

»Ahso. Ja, sicher, kann vorkommen bei ihm ... Und wenn man gründlich sucht?«

Ich legte die Hände auf den gebeugten Nacken – bitte, dann such!, und Ismaelchen klopfte mich ab von den Achseln bis zu den Waden mit einer Fertigkeit, die sehen ließ, daß er in der Hochschule für Militärdolmetscher nicht nur Finnisch und Ugrisch gelernt hat. Aber auch ich hatte in den Jahren der Import-Export-Transaktionen dazugelernt: der Schlüssel war geräuschlos hinten unter den Kragen versenkt und ruhte dort in den harten Ringlein am Halsansatz. Nur gut, daß Mama mir die dumme Gewohnheit nicht austreiben konnte, den Pullover in die Hose zu stopfen – da kommt er nicht durch mit einem verräterischen Klirren auf Deck.

»Eigentlich gehts ja nicht um den Schlüssel, da hab ich Ersatz«, sagte Ismaelchen nachdenklich, während er sich wieder dem Umladen zuwandte. »Um den Anhänger ists schade. Handarbeit, ein Wolf – der Urahn der Türken ... Die Händchen zeig noch, Wenka, du Listenreicher.«

Ich unterdrückte hastig den Wunsch, den Schlüssel am Nacken zu ertasten und die kostbare Berlocke abzuhängen, um sie ihrem Besitzer zurückzugeben, und drehte meine leeren Handteller neben seiner Wange.

»Ich sehe schon, seh schon«, sagte Ismaelchen, ohne den

Kopf zu wenden. »Na, wenns denn so ist, rauchen wir mal eine. Was für welche hast du? Ich – ›Peter der Erste‹.«

… Andererseits aber sind ja die Chasaren doch auch Türken, daher ist der Wolf Ogus-Khan auch unser Urahn. Gut, ich selbst bin nicht chasarischer Abstammung. Ich bin rabenschwarz, schierer Semit, man braucht mich ja nur anzusehn: besonders *en face* sehe ich aus wie ein junger, schon etwas fülliger Levantiner – aber ich habe viele chasarische Freunde und Verwandte, rothaarig, breite Jochbeine, schmale Augen. Nimm meine Schwester Lilka oder die beiden Goldsteins … Doch anstatt dessen sagte ich:

»Und was soll das heißen, diese Leichen da in den Kisten. Was fangen die Finnen an mit unseren Leichen?«

»Wie – Leichen? Was für Leichen?!« Ismaelchen hatte nicht gezuckt, aber seine aufgeregte Stimme widersprach den von ihm gleichmäßig aufsteigenden langsamen, mal silbern schimmernden, mal unsichtbar-dichten Rauchknäueln. »Leichen! Da mußt du Konstantin Walerianowitsch nur weiter zuhören, der tischt dir noch mehr auf! Noch so ein Zöllner Rousseau! Den haben sie, vor ungefähr sieben Jahren – er war Kulturattaché in Prag – aus dem diplomatischen Dienst gefeuert, weil er Staatsgeheimnisse ausposaunt hatte – da kam der völlig aus dem Tritt. Hatte noch Glück, daß man auf Fahrlässigkeit und Berufsuntauglichkeit erkannte, statt Vaterlandsverrat. Hast du Augen im Kopf? – dann laß sie leuchten und schau auf die Matrosen: mit welcher Fracht geht deiner Meinung nach unsereins so behutsam um?«

Ja, wirklich, die fließenden, sanften Bewegungen beim Anhängen der Kisten waren erstaunlich und sahen eher wie ein Ballett Michel Fokines aus als eine Frachten-Transport-Operation. Es vertiefte die Ähnlichkeit noch, daß die angehängten Kisten jeweils von einem Matrosen geleitet wurden: ein paar beschwingte Schritte mit einer beidhändigen Hebung – und die Ballerina schwebte empor.

»Wodka?« erriet ich.

»Tee bestimmt nicht! Der neue Lodejnopoljer, heißt ›Lotos‹. Ist billiger als der ›Jüdische‹, aber wirkt gewaltig, die Finnen sind verrückt nach ihm, vergöttern ihn bis zur Bewußtlosigkeit. Wird mit Waschpulver angesetzt, weißt du noch, unter Breschnew gabs so ein Waschpulver, hieß genauso, ›Lotos‹. Die sind dort in Lodejnoje Polje auf ein Versteck gestoßen, bei archäologischen Ausgrabungen. Das Pulver lag illegal in einem deutschen Feldbunker verpackt, nicht später als seit neunzehnfünfundachtzig, hundertvierzig Tonnen. Da sagst du ›Leichen‹. Unsere Firma läßt sich nicht ein auf derartige Spielchen. Es gibt ja wohl solche Durchgeknallten, hab ich auch von gehört, stimmt – die verfrachten letzte Zeit Leichen nach Deutschland, verstehst du, der Teufel kapiert die, die Fritzen ... Vielleicht hat man bei denen aufgehört mit dem Sterben, und jetzt haben sie keinen zum Beerdigen? ... So eine Art Adoption ... Ich weiß es nicht! ... Man hat das voriges Jahr auch uns vorgeschlagen, da hättste mal den Chef hören sollen: ›Was, du tatarischer Abgrund? Weißt du überhaupt, wen du vor dir hast?!‹ Und so weiter im Text, Rufschädigung, und mit wem er alles in Komi im Lager war und so weiter, das ganze Fuder, kennst du ja.«

»Muchametsjanow, erzähl keinen Schnee, ich hab ihn, den Stiefvater, doch selber gesehn, mit meinen eigenen Augen – er sitzt da unten im Sessel, tot ...«

Aber solche Geringfügigkeiten konnten Ismaelchen nicht einschüchtern.

»Wieso tot? Wer ist tot? Der Chef?! Na, du redst was zusammen! Der Chef tot! Bist ja selber wohl tot! Er ist im künstlichen Koma, er schläft! Das ist ja das Ding! Er hat sich das alles fein selbst ausgetüftelt, als klar wurde, er kommt von denen nicht los: Bei uns formieren wir das als Touristenreise und dort – als Leichenimport, zu wissenschaftlichen Zwecken ist das legal bei den Deutschen. Marat denkt auch, daß wir die Leiche versilbern. In Hamburg aber löst sich der liebe Chef in nichts auf, holt deine Mutti in Nürnberg ab – und hast du nicht gesehen – tü-tü, fort nach Rio de Janeiro oder Neuseeland, was weiß ich … Wir haben hier noch einige Passagiere nach diesem Muster, die ebenfalls in Petersburg nichts mehr aufreißen. Hast du verstanden, Wenka-Pennka. Wir haben gleich nach der Krise 98 angefangen, dieses Modell auszuarbeiten, dachten allerdings nicht, daß der Chef es auch selbst dann in Anspruch nimmt. Doch sein Business hat sich als zu attraktiv erwiesen, als krisenfest …«

Ich schwieg erschüttert. Ismaelchen hauchte triumphierend den frostigen Rauch aus, der Kranarm schwenkte, die Glocken läuteten, der Kapitän deklamierte:

»Jag durch die Adern,
Schlag an den Rand,
Jugend, dich, hauslos,
Ingrimm, entbrannt!«

Warum der Dichter dies wollte, kann ich nicht sagen – vermutlich verlangte es die Romantik, oder wollte der Bürgerkrieg das?

»Hör mal, Alter, ich hatte vor, dich noch etwas zu fragen … ach, ja! Wir halten hier noch andere Schiffspapiere bereit, für den Fall aller Fälle, wie man so sagt – sollten wir nämlich von irgendwelchen verrammelten Schweden angehalten werden im neutralen Gewässer oder von der Sechsten amerikanischen Flotte z.B. Darüber, daß das Schiff von der Russischen Akademie der Wissenschaften befrachtet wurde zur Auffindung von irgendsoeinem Venedig, aber nicht Venedig, doch so ähnlich. Der Chef hat gesagt: Frag Wenka, ebendas war das Thema seiner Doktorarbeit. Du bist übrigens diesen Papieren zufolge der wissenschaftliche Leiter der Expedition. Was ist das also für ein Venedig? Kurz, in großen Zügen, daß ich Bescheid weiß, o.k.? Falls es hart kommt. Ein paar Stichpunkte. Es gibt ja bald Abendbrot, und für die, die zu spät kommen, ist Zoëchen nicht zu haben.

VI

Vineta, erzählte ich ihm, hieß eine märchenhaft reiche slawische Stadt an der Ostsee. Zum ersten Mal erwähnt in den Reisenotizen eines Ibrahim ibn al Yaqub al Israili at-Turtuschi, also Ibrahims, Sohns des Juden Yaqub aus Tortosa, eines Gesandten Kalifs al Hakam II. aus Córdoba. Ende zehntes Jahrhundert.

»Ibrahim ibn al Yaqub! Das heißt: Abram, Jakobs Sohn, also Abram Jakowlewitsch!« Ismaelchen war entzückt. »Wie unser Käptn. Na doll, Jungs, da habt ihr Juden es ja auch dahin geschafft!«

Die Notizen sind nicht vollständig erhalten, denn die künftigen aufgeklärten Europäer haben im 15. Jahrhundert die gesamte Bibliothek von Córdoba vernichtet, vierzigtausend Bände übrigens. In einer Anthologie ist ein Auszug überliefert, von der Reise nach Bohemien, Sachsen und Pommerland: »Westlich von dieser Stadt ...« – es spielt keine Rolle, von welcher, er beschreibt eine »Stadt der Amazonen« – er war sicherlich nicht selbst dort, kennt sie nur vom Hörensagen. Ich vermute, es ist das polnische Świnoujście, das preußische Swinemünde – dort hockt immer noch eine Hure auf der andern und heckt Huren. Und also »westlich von dieser Stadt lebt ein slawischer Stamm, genannt das Volk Ubaba. Es lebt in den sumpfigen Gefilden nordwestlich des Landes Mescheggo. Sie haben eine große Stadt an der Küste, mit zwölf Toren und einem Hafen. Sie befinden sich im Krieg mit Mescheggo, sie haben ein sehr zahlreiches Heer. Sie haben keinen König oder anderen Alleinherrscher und werden von Ältesten regiert.« Mescheggo ist natürlich der polnische Herzog Mieszko I., und Ubaba – da weiß der Teufel, wie das zu entschlüsseln ist. Ubaba, Schluß. Ende des elften Jahrhunderts beschreibt (nach den Worten des dänischen Königs Sven Estridsson) der Chronist Adam von Bremen eine Stadt, Vineta oder Jumne genannt (oder, nach anderen Quellen, auch Wollin) und gelegen an der Mündung der Oder ins Skythische Meer, das heißt das Baltische: »Es ist wirklich die größte von allen Städten, die Europa einschließt ... Die Stadt ist angefüllt mit Waren aller Völker des Nordens, nichts Begehrenswertes oder Seltenes fehlt. In ihr wohnen Slawen und andere Nationen, Griechen und Barbaren. Denn auch den dort ankommenden Sachsen ist unter gleichem Rechte mit den übrigen zusammenzuwohnen gestattet, freilich nur, wenn sie, solange sie sich daselbst aufhalten, ihr Christentum nicht öffentlich kundgeben; denn alle sind noch im Irrwahn heidnischer Abgötterei befangen.« Unter Christentum verstand der Mönch selbstverständlich das katholische; »Griechen« bedeutet »griechisch-orthodox«, Ende des elften Jahrhunderts waren das höchstwahrscheinlich Russen von Nowgorod, welches nach Adams Angaben vierzehn Tage Seeweg entfernt lag. Alle deutschen und skandinavischen Legenden über Vineta verbinden mit ihm ein beständiges Motiv – goldene Dächer und dauerndes Glockengeläut, das heißt, daß es viele Kirchen gab. Katholische aber nicht. Die Stadt stand auf einer Insel, die drei Meere bespülten – das erste dunkelgrün, das zweite weißlich, das dritte unaufhörlich wildbewegt von Stürmen. Vineta war immer bedrängt, westlich von den Deutschen, nördlich, also auf der Meerseite, von den Dänen, und östlich von den Polen, alles Völker von niedrigem Kulturniveau, aber großer Gier und von der römisch-katholischen Kirche unterstützt und auch aufgehetzt gegen Vineta. Nichtsdestoweniger hielt sich die Stadt noch mindestens bis in das Jahr 1130, in welchem sie die Dänen belagerten, unterstützt von den Deutschen und im Bund mit den Polen. Es war praktisch unmöglich, sie zu erstürmen oder mit Belagerung zu erobern, aber die Dänen zerstörten das ausgeklügelte System der Dämme, die Vineta zum Meer hin geschützt und seine Fläche vergrößert hatten. Vineta wurde also zuerst unter Wasser gesetzt, später ging das Meer zurück, und der Fluß wechselte sein Bett. Es wiederaufzubauen hatte keinen Sinn. Heute sucht man es an drei oder vier Orten an der Ostseeküste, aber findet es nicht …

»Ach du Grottenmaus, Wenka, du hörst dich ja an wie geschrieben. Man hört sich nicht satt dran«, sagte Ismaelchen, gähnte und zeigte seine kleinen dreieckigen Zähne. Seine Jochbeine rundeten sich dabei, zwei Billardkugeln. Das Verfrachten war fertig, die Matrosen rieben sich die geprellten Schultern und gingen. Sascha Nedezki stieg vom Kran, hängte sich über die Reling und winkte mit seinem Südwester dem Schmugglerkutter, welcher sich mit abgeschalteten Lampen entfernte. Unsere Scheinwerfer schalteten ebenso ab.

»Das war ja auch geschrieben, du Esel. Das ist doch mein berühmter Vortrag, den ich in der Geographischen Gesellschaft gehalten habe, vor einem Massenandrang von drei Tanten, die aber auch noch gingen, ungefähr an dieser Stelle, denn sie hatten gedacht, sie bekämen Dias vom Canal Grande gezeigt und Barkarolen vorgesungen.«

»Na, für uns ists auch Zeit. Du kannst dir gar nicht vorstellen, was unser Zoëchen aus einfachem atlantischen Hering machen kann! Alles – bis zu Vanille-Eis! Achtung, Stufe …«

~

Nach dem Abendessen bot sich Zoëchen an, mich zu meiner »Admiralskajüte«, wie sie sagte, zu begleiten. Ich versicherte ihr aber hoch und heilig, daß ich auch selbst hinfinde. »Ach, du bist dumm, Wenka. Na, dann geh!« – und sie gab mir einen leichten Nackenstubser mit ihrem Handgelenk. So ging ich und dachte gerührt an sie.

Aus einfachem atlantischen Hering hatte Zoëchen, wie sich zeigte, Matjes im Rote-Bete-Mantel und zartestes Häckerle von zärtlichster Farbe fertiggebracht. Woraus sie das süßsaure Fleisch mit den in Wein geschmorten Pflaumen zu bereiten wußte und den Mohnzopf, der mit allen seinen Brüsten atmete, blieb aber ungeklärt. »Wo hast du das gelernt, Zoëlein«, fragte Sascha Nedezki bei jedem neuen Gang, ganz in Tränen, Soße und Häckerle. »In welcher Besserungsanstalt?« Zoëchen schnaubte zornig und trabte mit ihren Absatzhufen hämmernd hin und her zwischen Messe, Kombüse und Kapitänsbrücke; Achov erhielt von Frucht, Fisch und Fleisch jeweils den fälligen Kapitänsanteil. Im Lautsprecher hörte man, wie er kaute, schmatzte und schnaufte; seine Kiefer knackten. Ab und zu fiel sein Besteck klangreich auf den Teller und erschallte ein Schrei, fast ebenso klangreich: »Steuerbord, du Elefant!« »Kapitän«, sprach der Matrose am Steuer im Baß, »regen Sie sich doch nur nicht so auf! Mit Ihrem kranken Herzen!« Da brachen beide in Lachen aus, denn in Odessa und Umgebung gilt das Wort »Herzen« als unanständig, es reimt sich natürlich auf »Kerzen«, worunter in jenen Gegenden das verstanden wird, was man ja kennt.

Sascha verlor die Hoffnung auf eine klare Antwort von Zoëchen und begann, Ismaelchen auszuforschen: Warum er Feuerwasser trinke – als Rechtgläubiger. »Ich bin orthodox, ich darf das, aber du, als Moslem, bist rechtgläubig und darfst das nicht. Komm, sags mir!« Ismaelchen schaute geduldig zur Seite und erklärte, der Prophet habe den Moslems nur den Traubenwein verwiesen, den Wodka aber nicht verwiesen und auch nicht verweisen können, da es zu jener Zeit noch gar keinen gab, den erfanden die deutschen Mönche im Mittelalter, weil sie der Riesling nicht genug wärmte in ihren unbeheizbaren Klöstern aus Stein. Ich als Beinahe-Doktor der

Geschichtswissenschaft schaltete mich ein und teilte mit, Iwan der Schreckliche habe, als er das moslemische Kasan eroberte, dort ein Kneipensystem mit einem Ausschankmonopol des Khans vorgefunden, welches ihm im Hinblick auf einen eigenen Haushaltsüberschuß so gut gefiel, daß er es im ganzen Moskauer Staat einrichtete. Und damit den Russen auch zu dem Wodka verhalf, der damals freilich nicht Wodka hieß. Das heißt, daß das Feuerwasser, das heißt Korn, das heißt Wasser, das gebrannt worden ist, in den tatarischen Khanaten früher aufkam als in Rußland. Nach jedem »das heißt« nickte Sascha verständnisinnig und sprach: »Yes!« Die Unterhaltung erschien ihm außerordentlich interessant. Der Erste Offizier hörte eine Weile schweigend zu, setzte dann plötzlich sein Schnapsglas vernehmlich ab und meldete: »Die Fahrgäste haben für die Dauer ihres Aufenthalts an Bord einen Versicherungsschein mitzuführen, der ihnen im Fall eines Unfalls oder plötzlicher Erkrankung die Erstattung der, grob gesagt, Behandlungskosten ermöglicht, einschließlich der Kosten der Repatriierung des Leichnams. Verstehst du, mal ehrlich.« Daraufhin schwiegen alle, mit Ausnahme des Kapitäns, der etwas Undeutliches brummte, mit Geschirr klirrte und in Papieren raschelte. Dann donnerte er urplötzlich das altsowjetische Kriegsmarine-Lied »Lebt wohl, ihr Felsenberge, zur Heldentat ruft das Land …«. Das »lyrische Ich« des Liedes war quasi ein Schiff, das sich als »lyrisches Wir« manifestierte und ferner mitteilte, es befinde sich nun auf hoher See und habe eine harte und weite Reise vor. Ein schönes, geliebtes Lied aus der Kindheit, das immer zum Tag der Kriegsmarine übers Radio kam. Wir stießen miteinander an darauf, daß wir aus dem Finnischen Meerbusen gelangt und nun auf hoher See waren, mit »sieben Fuß unter dem Kiel und günstigem Wind«, auf alle, die auf See waren, auf alles Gute und das ewig Weibliche. Zoëchen ging ein und aus, kam zurück, setzte sich kurz, und ihre Beine knisterten innen miteinander. Sie nippte, kostete, schüttelte den Kopf, blinzelte, durchbohrte meine Flanke mit ihrem Ellenbogen, eilte dann davon auf den Kapitänsruf »Du, Trödeltrulla, wo bleibt mein Kaffee?« hin, was allerdings alles meinen konnte – von Kefir bis Validol. Schließlich setzte sie sich endgültig an den Tisch, streifte die Schuhe ab, stemmte die Füße breit auseinander, stützte die Ellbogen auf, griff sich mit den Händen an die Wangen und an die Ohren und hob an, unter dem über das Gesicht gefallenen weißblonden Haar zu wiederholen: »Ach ich blöde Kuh und Hur« – mit verschiedenen Sets von Interpunktionszeichen. Der Kapitän atmete schläfrig in sämtlichen Lautsprechern sämtlicher Korridore, die ich auf dem Weg zur Admiralskajüte beschritt, murmelte heiser das altsowjetische Lied von dem Schiff, das in den Krieg zog – Singsang von den Wellen, die seufzen und klagen und auf das Deck dieses Schiffes schlagen. Und von der Halbinsel Rybatschij, der Heimat des Schiffs, die sich verlor in ein Nichts.

»Na, was macht man da, Seuche, elende – Sackgasse!« – Eine griesgrämige Stimme, seltsam bekannt, vom unbeleuchteten Ende des Korridors her (durch das blecherne Geratter, Geschabe, Geschepper) – »Du bist nur gut nach dem Tod zu schicken, so langsam, wie du bist, Wenka, Jesses! Ich komme zu spät!«

»Stiefvater, sind Sie das? Sind aufgewacht?«

»Ist erwacht und kackt … Was spinnst du da, Weniamin, Gottnochmal. Nein, ich schlafe, sehe also Träume! Heraus mit dem Schlüssel, du Sorgenkind! Hast doch gehört: Es eilt! Aha! Aber was ist das denn, die römische Wölfin? Kommt mir irgendwie bekannt vor, der Kinkerlitz. Fuck it, das ist ja das Souvenir, das ich Ismaelchen aus der Ewigen Stadt mitgebracht habe! Zum Trost, weil er nicht mit war bei dem Vertrag mit dem Ewigen Stuhl, dem Tausch-Vertrag: Sie liefern uns Stühle zu humanitär-humanem Preis, und wir lassen aus Buntmetallschrott eine Büste von Adam Mickiewicz gießen und mit militärischen Ehren enthüllen, in der Grafski-Gasse, ehemals Maria Uljanova, na, du kennst sie – wo deine Schule war. Da ist jetzt verstärkter Polnisch-Unterricht, das können die Kinderchen gut brauchen, um Pendler-Händler zu werden – ein guter, ein nützlicher Beruf … Ja, stimmt: die römische Wölfin ohne die Buben, Handarbeit! Ich hab sie in Rom gekauft, bei einem Negativ.«

»Bei was?«

»Einem Schwarzen, du Depp.«

Eine Zeitlang hatte der Stiefvater versucht, mit schnellem hallend-hellen Geklirr den Schlüssel ins Schlüsselloch zu bekommen, tastend (aber nicht wegen des schwachen Lichts, sondern wegen des starken Bauchs).

»Was stehst du da wie ein x-beliebiger. Siehst du denn nicht, daß ich nichts sehe?!«

Ich fegte den Schlüssel aus seinem hinter den Rücken gedrehten Händchen, ging in die Hocke und schloß und stieß, um diesen sich etwas zusammenziehenden Berg herumlangend, das Türchen auf. Der Stiefvater begann sofort, sich hineinzuzwängen, kam aber weder vorwärts noch seitwärts durch, mit welchem Pfeifen auch immer er die Luft einzog und mit welcher Kraft er auch die Fäuste in sich preßte. Er zwängte und zwängte sich und befahl dann: »Nun drück doch, Scheibenkleister!«

Ich stemmte mich mit der Schulter gegen ihn, versteifte mich und trat, den Geruch auftauender Wolle und verbrannten Gummis einatmend, mit den quietschend-rutschigen Schuhsohlen meiner amerikanischen Armeeschnürstiefel auf dem Linol herum. Die Massen des Stiefvaters gaben widerwillig nach, verschoben sich aber nur von einer Stelle zur andern.

»Nimm den Ellenbogen aus meinem Rücken! Und drück die Hüften nicht auseinander, verdammt! Drück sie zur Mitte hin!« Ich legte mich noch stärker ins Zeug und zwängte die Seiten noch stärker ein. Und da endlich platzten wir in das blendende helle Licht. Das heißt, ich platzte hinein, die zwei Doppelzentner vom Stiefvater vor mir aber schritten, die zottige Ringpanzer-Strickjacke meinen Händen entziehend und um die Hüften glattstreichend, elegant hinein und schauten mißbilligend durch ihre dunkle Brille zu, wie ich mit den gestreckten Armen hochkam von den geschundenen Knien. »Gott gibt, junger Mann! Na, was ist, kommst du nun oder nicht?! Oder gehe ich allein?! Pünktlichkeit ist die Höflichkeit der Businessmen, hast du nicht gehört von einer solchen Volksweisheit?«

»Welches Volk soll das sein?« Schließlich war ich doch ärgerlich. »Welches Volk ist so weise?«

»Dieses, das auf mich wartet«, entgegnete der Stiefvater barsch und schritt in der Tat davon.

Ich, wie immer, trottete hinterher – wie in einem Walzer mit mir selbst, nämlich mich im Gehen verwundert um meine schwerelos gewordene Achse drehend: Wir gingen die Petersburger Powarskoj-Gasse entlang zur Stremjannaja-Straße. Aber welch ein reizender Morgen ringsum! Der Himmel blau, als sei er nicht unserer, auf den frischgestrichenen Fassaden die Frühlingssonne in Gelb und Rosa. Die blankgeputzten Fenster schossen die Strahlen zurück, die trägen, satten Tauben tippelten einem gurrend vor den Füßen herum. In den kleinen Lüftungsfenstern blähte sich die Gaze, aber hier und da schimmerten einige schmucke weiße Verbundfenster ganz ohne Lüftungsfensterchen, so weit war der Wohlstand der Powarskoj-Gasse gediehen. Das Fenster (ein altes, sowjetisches, noch mit dem Lüftungsteil) von Galja Polowtschaninowa, der anderen Mitschülerin, die damals mit uns zur Karelischen Landzunge gefahren war, im Haus Nr. 5, erster Stock (wer weiß, wo sie jetzt ist, jemand sagte, sie sei gestorben, ich zweifle daran), war wie immer mit dreifachem Tüll verhängt, aber in dem Vogelbauer mit dem Satteldach auf dem Fensterbrett, der seit fünfzehn Jahren leer stand, zeigte sich unverhofft ein Star, zum Verwechseln ähnlich dem, den ich in der sechsten Klasse für sie aus der Tierecke im Biologieraum gestohlen hatte. Doch wie unterscheidet sich ein Star vom andern?

Der Stiefvater marschierte, die kurzen Arme schwenkend, und drehte munter seinen Bauch mal nach rechts, mal nach links. Ab und zu wandte er sich mühsam um und winkte: Ich solle ihn einholen, nicht gaffen! – Er selbst war bereits bei dem alten Straßenbahndepot an der Ecke angelangt, gleich biegt er in die Stremjannaja und dann rechts ab in die Marat-Straße. Ich schritt aus und blickte mich, fast schon im Laufen, um: Der Star tat einen Hopser und geriet mit einem der beiden parallelen Füßchen auf seine Tränke, von welcher kurze glänzende Fäden aufflogen. Doch der erste Stock war schon praktisch das Erdgeschoß – das Haus Nr. 5 sackte zusehends in den Grund. Wo die vorhergehenden Häuser eben noch gestanden hatten und anstelle der Querstraße Kolokolnaja erstreckte sich eine Ebene – ein Sumpf mit Erdbuckeln, auf denen krumme Zwergbirken wuchsen und riesige fahle Grashalme. Spinnweben, hängend und fliegend, schimmerten quecksilbern in der Sonne. Zwischen den Buckeln schwebte spärlicher Dunst. Von der Kuznetschnyj-Gasse mit dem Kolchosbauernmarkt und dem Dostojewski-Museum stand noch die Seite mit den ungeraden Hausnummern hinter dem Sumpf, schillerte wie ein Regenbogen und wiegte sich fein.

Abdrift im Öseleis

I

Ich erwachte davon, daß ich auf dem Fußboden hin- und herrollte wie eine halbleere Flasche von dem schwarzgoldenen Cognac »Martel«, mit welchem mein Stiefvater dem armenischen Weinbrand *KWWK* die Treue brach, als er zu einem Oligarchen der Bologneserhündchen wurde.

Natürlich rollte ich nicht von selbst – der »Zweifache Held« rollte mich: aufheulend ruckelte er vor und zurück, und sein ganzer hallender Körper bebte, vor Anstrengung schien er die Nase zu heben. Rollte und rollte mich, doch hörte mit einemmal auf. Alles erstarrte – es erstarrte alles. Sogar Kapitän Achov sang und deklamierte nicht mehr durch den Lautsprecher. Nur das Schwingen und Gluckern in meinem Innern ließ nicht nach, obwohl ich mich nicht im geringsten bewegte, sondern vollkommen ruhig auf dem Rücken lag und dümmlich abzuschätzen versuchte, ob ich wohl mit meinem halbnackten Schädel in die Decke stieße, falls mir einfiele aufzustehen – Licht von blendendem Weiß kam unbeweglich durchs Fenster, von dem zerwühlten Bett stieg ihm vergoldeter Staub entgegen. Schließlich stand ich auf, taumelte (ohne Zutun des Schiffs) und stakste auf meinen Hornhauthacken näher hin zum Fenster. Mit den Knien aufs Bett, mit der Nasenstirn an das trockene warme Glas – und traute den unbewaffneten Augen nicht, fischte mir die Brille vom Nachttisch: Nein. In der Tat. Während ich schlief, ist das Kühlschiff »Atenov« in den Himmel geflogen und hübsch akkurat über den Wolken hängengeblieben – wo du hinschaust, nichts als ein schwellendes, leicht welliges, wenn es ansteigt, goldenes und rosiges, in den Senken bläuliches Weiß.

»Sascha, was gibts da mit der Maschine, was ist mit dem Rückwärtsgang? Kommen!« fragte der Kapitän ungehalten und vergaß sogar, die Odessaer Aussprache nachzuahmen.

»Is nich, Käptn. Wir haben nun mal keinen Rückwärtsgang, is nich. Soll ich ihn etwa gebären?« ließ sich Nedezki niedergeschlagen und durch niedergeschlagenes Knattern hindurch hören aus der Tiefe des Maschinenraums.

»Gebäre ihn!« sagte der Kapitän trocken. »Ich gebe dir zwei Stunden Zeit. Ende der Durchsage!« – und er riegelte mit einem klangreichen Schalten das entrüstete Knattern der Vorhölle ab.

»Scheiß Arktis«, sagte in meinem Kopf eindeutig eines anderen Tenor – Nedezkis oder vielleicht Ismaelchens oder noch jemands und unbekannt wessen. »Ach, hätte ich nur einen Hundeschlitten, und auf nach Alaska über den frischen Krustenschnee hin! Der Stiefvater säß auf dem Schlittensitz so warm in seinem Eisbärenfell, daß er rauchte wie ein Vulkan, ich aber in meiner Alaskajacke stünd auf den Kufen hinter ihm und hetzte die Hunde mit kehligem Ruf. Und in Alaska fände uns keiner mehr, weder die Kripo-Teckel je noch die Bulldoggen von Marat« – und wer konnte das sein? – meinetwegen Jack London … *Alaska, Alaska macht mir nicht angst. Alaska war auch einmal russisches Land.* Vorbei ist vorbei.

Ich sah mich um in der Kajüte, als suchte ich nach ihnen, den Eskimohunden mit den Steakzungen, die ihnen aus dem Maul heraushängen – in den Ecken oder unter dem Roten Wanderbanner oder unter dem langen Konferenztisch, dem aus drei kurzen Tischchen zusammengesetzten. Doch es fand sich nichts Neues in der Kajüte, nur ein Schulheftblatt, mit Tesastreifen schief auf eine der Einbautüren geklebt. Auf dem Blatt stand in großen Lettern gemalt »BAD!« – mit Ausrufezeichen gottweißwarum. Bei näherer Betrachtung erwies sich das Ausrufezeichen als ein »T«, und die Lettern nahmen sogleich die Züge der unverwechselbaren Handschrift Zoëchens an, verziert mit Korkenzieherspiralen ähnelnden Schläfenlocken und ihrer ebenso unvergeßlichen Orthographie: »BADT«. Wie oft habe ich ihr, der Eselin, Rechtschreibung mit Eselsbrücken beizubringen versucht. Sie aber, Verlegenheit vortäuschend, zeichnete eine dunkelblaue Natalie Puschkina (Puschkins Frau) mit ihren Schläfenlocken auf das rosa Löschpapier, neben die von ihrer Zeichenkunst gestifteten Backenbärte, und hob plötzlich schräg ihren Kopf: »Wenka, sag die Parole!« – »Welche Parole?« wunderte ich mich, und sie: »Der King kackt auf dem Throne!« – und konnte nicht mehr vor Lachen. Da wurden wir aus der Klasse geschickt.

Auf der Hut vor Zoëchens Humor öffnete ich die Tür nur einen Spalt. Und tatsächlich: nichts von einem Bad, nur eine geriffelte Kloschüssel aus rostfreiem Stahl und ein ebensolcher Spülkasten, geschmückt mit der Aufschrift »Made in China« in erhabenem Schriftzug. Und was habe ich gestern gesucht und gesucht … Na, um so besser, ohne Bad kommst du aus … Ich ließ mich nieder wie der Kaiser von China (im Stehen hätte ich nicht hineingepaßt – patentieren lassen und im Westen den Feministinnen verkaufen: »Die Männersetzerin. Eine Sanitätszelle, die die Männer zum Sitzen bringt«) und machte die Tür zu – da schaltete sich ein bläulich-unruhiges Lämpchen an, und aus der Tür fuhr ein Klappwaschbecken, das sich senkte und einen kleinen halbrunden Spiegel (mit meinem rundstirnigen Halbgesicht) freigab. Das Waschbecken hatte in der Mitte eine Art Tee-Ei und rechts und links einen kleinen Hahn. Nach ein paar selig-rinnenden Minuten lehnte ich mich zurück, spürte durch meine zusammengedrückte Rückenwolle die kalte Aufschrift und bewegte mit meinem linken Ellenbogen den Hebel. Aus dem Tee-Ei sprang ein gefiederter Springbrunnen, und die Hähne schoben der eine einen smaragdfarbenen Rotz sämiger Seife und der andere eine weißblaue Zahnpasta-Raupe heraus. Ich hielt schon den Zeigefinger hin, aber in diesem Augenblick kam von der Decke etwas Eisekaltes, und aus der Kloschüssel sprang etwas keinen Grad Wärmeres. Ich fiel von der Kloschüssel auf die Knie und ertastete unter dem Waschbecken einen runden Griff, der den Weg in die Kajüte öffnete, wo ich dann umherzulaufen begann (zuerst auf allen vieren), mich mal an das angeknackste Haupt greifend, mal an den angeschlagenen Hintern – naß mit nasser Brille und nassem Herzschlag unter dem nassen Brusthaar, in welchem noch und noch funkelnde Glaskrümel perlten.

»Klasse Sache das, was? Wir haben überall solche auf dem Schiff. Der Käptn sagt, die sind der Privat-Yacht Ceauşescus entnommen!« – auf dem Bettrand saß Zoëchen und hatte den Schluckauf von unterdrücktem Lachen. »Die Chinesen haben das fürs Weltall entwickelt, das letzte Wort der Technik!«

»Jedes Wort der Technik kann das letzte werden«, antwortete ich grimmig und putzte die Brille mit dem Vorhang, mit welchem ich mich gleichzeitig auch bedeckte.

»Trockne dich nicht mit dem Vorhang ab, Plumpsack! Ich habe dir ein Badetuch gebracht und das Frühstück ans Bett!«

Zoëchen saß, die Schultern hochgezogen, die Fäuste zwischen den Knien auf den Bettrand stemmend, mit im Gegenlicht dunklem Gesicht, das eine flammende weißgoldene Wolke umgab. Wenn sie den Kopf zurückwarf, begann sich im Innern der Wolke ein kompliziert-räumliches, dunkel-spinngewebiges Gebilde zu regen. Neben ihr auf dem Bett bebte ein Tablett mit einer Kaffeekanne aus Panzerstahl (dann doch wohl auch von der Ceauşescu-Yacht!), vollgestellt mit Schächtelchen, Dosen und Schälchen. Unter ihnen zwei geriffelte Stahlbecher. Sie würden auf Reisen gehn bei dem Gerüttel, wüßten sie nur wohin.

»Na, du Plumpsack? Wollen wir frühstücken oder Spaß machen?«

»Darf ich mich vielleicht erst anziehn?« fragte ich ziemlich bissig, wie ich meinte, aber Zoëchen stimmte unerwartet ohne weiteres zu:

»Da auf dem Hocker ist dein Handtuch, darunter sind deine Klamotten, auch die berühmte Unterhose, gewaschen und gebügelt.« Sie hielt den Atem an, um nicht loszulachen, und schnaubte vorsichtig durch die Nase. »Wieviel Zucker? Immer noch vier Stück?«

Während ich mich mit der einen Hand abtrocknete und anzog (mit der anderen hielt ich immer noch den Vorhang vor: Allzu komisch schaute das blau-rosa Endchen aus den struppigen Zotteln – wie ein verwilderter Stadtchampignon aus dem ungeschorenen Rasen in einem Neubauviertel), schenkte Zoëchen Kaffee ein in die Becher (er roch nach verbranntem Gummi) und begann aufmerksam die Brote zu streichen und belegen, ohne jedoch dabei die Konversation zu vernachlässigen:

»Und wie hat unser Bärchen geruht und geschlafen? Hat es schön süß an seiner Pfote genuckelt? Haben die Nachtmahre nicht gestört?«

Sollte ich ihr vielleicht berichten, daß ich auf dem Linol erwacht bin, im Zustand einer Einwegflasche unter dem Tisch nach einem Festessen, eines dickbäuchigen Stehnichtaufmännchens aus mattem aufgerauhtem Glas? Ich murmelte nur »normal« und ließ endlich den Vorhang sich raschelnd zusammenfalten. Der Vorhang fügte sich an der Seite des Fensters ineinander, und aus einem zappelnd fliegenden Tagfalter wurde ein gefaltet sitzender Nachtfalter.

»Sag lieber, was los ist, sind wir steckengeblieben?«

»Wie? hast du nicht gehört, was das für ein Stoß war in der Nacht? Was nicht niet- und nagelfest war, ist runtergesaust. Das hast du nicht gehört? – Na hallo! Wow!«

Ich zog den Hocker ans Bett, setzte mich, nahm ein Brot, auf dem sich eine Sprotte elegant an eine Gurkenscheibe lehnte, wollte schlagkräftig antworten, aber es fiel mir nichts ein außer dem albernen Reim:

»Sags deiner Frau!«

Was ja nun völlig daneben war. So fragte ich nach etwas anderem: »Hör mal, meine Jacke hast du nicht vielleicht gesehn – so eine finnische, mit Kapuze?«

Zoëchen nahm einen recht langen Schluck aus ihrem Becher, behielt ihn im Mund und schüttelte energisch den Kopf (ihre Ohrenlocken blieben zurück, eilten vor und schlugen über Kreuz über den geschlossenen Mund). Dann schluckte sie und fragte: »Hast du unter das Bett geschaut?« Und sie hob ihre Beine etwas auf vom Boden – zu einem doppelten schiefen Winkel.

Selbstverständlich hatte ich unter dem Bett nachgesehn, gestern noch, aber wie immer ließ ich mich ein auf Zoëchens unschuldige Intonation. Anstatt mir das Gesichtsfeld freizugeben, schoben sich ihre Beine plötzlich mit einem frechen Nylonratsch auseinander und nach einer Sekunde wieder zusammen, und zwar so, daß Unter- und Oberschenkel in ganzer Länge gegeneinanderschlugen.

»Walentina Iwanowna! Wenka Jasytschnik guckt!«

Natürlich verstand ich, wie jeder normale Mensch, sehr gut: Zoëchen will in das Bett oder, wie wir das als Kinder nannten, *mich an den Apfel lassen*. Aber wie denn soll ich, naß, zottelig, plump, mir nichts, dir nichts auf sie steigen, jetzt gleich, finster schnaubend, mühsam mit der Hand unter dem eng ansitzenden Rock auf ihren Schenkeln herumsuchen, ohne zu wissen, wie man diese Strumpfbänder abbekommt? Sie würde doch, nach all ihren Gatten und Nicht-Gatten, *lachen von mir*, wie Kapitän Achov gesagt hätte! Ich selbst würde dann *lachen von mir.* Und wenn ich ihn nicht hochkriege mit ihr, kann doch vorkommen? … Ich bin doch noch … kurz gesagt, so hat es sich eben ergeben in meinem Leben … Und jetzt ist es wohl schon zu spät, und eigentlich – wozu denn auch jetzt? Wie oft, wenn ich wieder mit der Herde der unrasierten Bologneserhündchen ging, habe ich mir hoch und heilig versprochen: In meinem erstbesten Hamburg oder Köln, im erstbesten einigermaßen leidlichen Bordell … aber ich habe mich nie hineingewagt … nicht einmal stehenzubleiben brachte ich über mich vor so einem mit elektrischen Titten blinzelnden Tor, aus dem dieser Geruch kam wie aus einem gerade abgeschalteten Staubsauger. Auch zu Hause, früher … Der Stiefvater hat schon alle Hoffnung fahrenlassen (»Wenka! Du pelziges Jugfernhäutchen! Wenigstens aus Mitleid mit deiner Mutter! Sie macht sich doch Sorgen, daß du ihr gesund bleibst. Lilka schreibt aus Deutschland und fragt: ›Na, immer noch?!‹«), er versucht nicht mehr, mich ins Badehaus mitzunehmen Ecke Stremjannaja-/Marat-Straße, wo die Export-Import-Oligarchen, jeder in zwei Laken gehüllt, nach dem Schwitzbad und dem Schwimmbad gemütlich Karten spielen, *Deberz* oder *Bura* nach den Regeln des Taganka-Knasts, während unter dem gigantischen weißen Marmortisch, auf dem die erhabenen Carlsberg-Bierpfützen mit ihrem Belomor- und Marlboro-Rauch breitlaufen, die Mädels (»Keins ohne geisteswissenschaftlichen Hochschulabschluß!«) warten, auf allen vieren, daß sich der Sieger zu ihnen herabläßt, oder (beim Kartenausteilen) auf den Befehl: »Alle blasen!« Aber mir war das irgendwie peinlich: Es hätte sich ergeben können, daß ich mit jemandem von den Untertischlichen am selben Fernstudium der Historischen Fakultät teilgenommen oder zusammen die Reihe »Romantische Klaviermusik der zweiten Hälfte des 19. Jahrhunderts« im Kleinen Saal der Philharmonie besucht habe. So bin ich nie mit dem Stiefvater mitgegangen in das Marat-Badehaus. Und wieso – in was für einem blöden Trip – komm ich nun urplötzlich dazu, hinzugehn und mich von meiner ganzen achtundzwanzigjährigen (minus drei Monate) Jungfräulichkeit zu trennen ausgerechnet auf diesem im Eis klemmenden Leichentransporter, noch dazu unter der unablässigen Audio- (und, weiß der Teufel, gar noch Video-) Beobachtung eines verrückten Kapitäns? Und obendrein mit Zoëchen Schtekaturko, die ich seit meinem siebten Jahr kenne, seit dem 1. September 1979: die Knie in Brillantgrün-Tinktur, ein Strauß irgendwelcher langohriger Blumen bis zu den Augen – ein Pinocchio, dem man den Kopf von Alice im Wunderland aufgeschraubt hat. Nein, aus alldem käme todsicher nichts Gutes heraus, zum Kuckuck mit ihnen allen. So erhob ich mich von den geschundenen Knien, sagte streng: »Mein Zoëlein, wird sie gestohlen sein?« und nahm wieder Platz auf dem Hocker, um das Sprottenbrot aufzuessen.

»Ich habe sie nicht, habe sie auch nicht gesehen, sei nur nicht böse … ich weiß nicht, wo sie ist, vielleicht hast du sie unten vergessen? Im Kühlraum oder wo. Oder in der Messe?«

»Übrigens, sag mal, im Ernst – was ist das da bei euch, mit denen – leben die nun, oder sind die doch tot? Im Kühlraum die meine ich.«

Zoëchen stellte ihren Becher auf das Tablett, öffnete den Mund, hielt ihn eine Weile geöffnet und schloß ihn dann korrekt. Erst blies sie die linke Wange auf, dann die rechte (eine Gewohnheit, derentwegen Pussja-Pustynnikow aus unserer Klasse ihr einmal spöttisch »Wangenschlange!« zurief; dann machte er aber, daß er die Treppe hinunterkam vor ihrer unerbittlichen Schultasche, die sich in eine Flügelrakete verwandeln konnte). Zoëchens Mund tat sich wieder auf, und sie artikulierte ausgesprochen deutlich: »Sieh mal, Wenka-Pennka, es verhält sich so …«

»Trödeltrulla, wo trödelst du da? Im Leninzimmer wieder?! Aber marsch – in die Kombüse! Sinzow, kannst du mir endlich sagen, wo wir sind? Im internationalen Gewässer oder in welchem Pfuhl?«

»Mit dem Heck stehts bestens, Käptn, da sind wir international. Aber die Nase steckt im nationalen, estnischen ... ein Stückchen ... Na, etwa ... gleich, gleich ... entschuldigen Sie, das Kurslineal ist weggetrabt ... aha, genau 80° auf der Linie des ersten Krans«, meldete Steuermann Sinzow. »Auf dem Backdeck ist jetzt, grob gesagt, Estland bei uns.«

»Und was hab ich dort zu suchen, in der Kombüse, Käptn?« erwiderte Zoëchen ruhig und nahm sich, ohne hinzusehn, eine Zigarette von meinem Nachttisch. »Bis Mittag ist noch lang. Und für Nudeln auf Seemannsart und Kompott aus Trockenobst gekocht kommt der Matrose Schischkin-Myschkin im Küchendienst ohne meine Aufsicht aus. Kann ich also über meine Freizeit verfügen?« Und sie knipste ein kleines silbernes Feuerzeug an, das sie aus einem jener rätselhaften Verstecke geholt hatte, in denen die Frauen kleine silberne Feuerzeuge aufbewahren.

»Freizeit? Da schau doch mal aus dem Fenster, du Bileams Ziege!« begann der Kapitän zu belfern, unterbrach sich aber selbst und verlangte mit der offiziellen Kapitänsstimme und in der offiziellen Aussprache des Schwarzen Meers: »Erster Offizier Sinzow, in zehn Minuten zur Haupttreppe, in Paradeuniform! Wachhabender, die Staatsflagge hissen!«

Zoëchen wandte sich, ohne vom Bett aufzustehn, auf ihrer schräg sich verdrehenden Taille zum Fenster – unter der durchleuchteten Bluse hing eine ihrer Brüste als dunkler Konus vor, die andere verharrte als geballte Halbkugel. Den vor die Augen gehobenen Arm bedeckte vom Ellbogen an eine feine schräge Goldschraffur. Aus dem Haar stieg der Rauch, mischte sich mit dem Licht und schlängelte sich in verschiedene Richtungen.

Jemandes sehr entfernte Stimme wollte wissen:

»Käptn, welche Staatsflagge, Weiß-Blau-Rot oder Gelb-Blau?«

»Das kann doch nicht wahr sein!« stöhnte der Kapitän, »Wieso die russische? Wieso Blau-Weiß-Rot? Das da ist die Halbinsel Saaremaa, Estland. Reib dir die Augen, du Krake. Möchtest du das neue Jahr im estnischen Stasi-Knast begrüßen? Die ukrainische mußt du hissen, Gelb-Blau natürlich!«

»Nu ja, ich seh schon, da bewegt sich was«, sagte Zoëchen. »So was wie ein Mensch, aber was für einer – das ist unklar, zu weit weg. Auf Skiern anscheinend. Was regen Sie sich so auf, Käptn? Ein Eis-Angler. Oder Sportler.«

»Jäger, Waräger – was kümmert das dich? Marsch zur Kombüse!« – Achov verlor endgültig die Geduld. – »Den Borschtsch schön dick, saure Sahne schön viel, Teigtaschen mit Kirschen, und vergiß nicht, Wodka zu geben in die ›Hetman-Bogdan-Chmelnizki‹-Flasche, aber nicht ›Jüdischen‹, welchen mit mehr Pep, ›Lotos‹ eventuell. Und deinem Klassenkameraden sag, er soll auch auf Deck kommen, vielleicht ist er ebenfalls nütze zu was, wie der Teufel grad sein Spiel treibt, wenn Gott schläft.« Darauf sang er so herzzerreißend, als ginge es um ihn selbst: »Und er fuhr wohl auf dem Meer weit hin, weit her, als ob es, als ob es die Ewigkeit wär.«

II

An der Schiffstreppe stand Steuermann Sinzow mit einer flachen weißen Schirmmütze und hielt sich beidhändig die Ohren warm mit grobwollenen Fäustlingen, wie sie von alten Frauen gestrickt und an den U-Bahn-Eingängen verkauft werden – der hochgestellte Kragen seines braunen Herbstmäntelchens reichte nicht bis zu den Ohren. Aus seinem Mund trat der Atem und stieg nach oben, sein Bärtchen schien heute noch glanzloser als gestern und seine Brust noch eingefallener. Neben ihm tigerte Ismaelchen in einem derben, knielangen Schafspelz umher, von Zeit zu Zeit blickte er durch ein Fernrohr.

»Auch mal gucken?«

Das Universum rund um das Schiff war blendend überfunkelt von Schneerippen, die am Horizont übergingen in Wolkeneisberge. Nur unten beim Schiff, in seinem kurzen Schatten, kam das Eis zum Vorschein, graugrün in den Rissen, angehoben und entblößt von den vergeblichen Anstrengungen der »Atenov«. Einen Skiläufer aber sah ich – wegen der Blendung – nirgends.

»Wir reisen mit eigenem«, antwortete ich stolz und riß die im Schrank gefundene zweireihige Matrosenjacke mit den Ankerknöpfen auf. An meinem Hals hing ein Zeiss-Doppelglas, ein Geschenk von Julij Goldstein zu meinem vorletzten Geburtstag und zum Pessach in einem. »For pleasure«, sagte Julij. »A very good Fernglas, ein deutsches, Beutestück. Aber paß bloß auf, mein Lieber, verhüte Gott, daß du das geheime Knöpfchen hier unten drückst aus Versehen. Seine Funktion ist unbekannt – es kann sein, du drückst darauf, und alles verschwindet. O.k., der Knopf ist fast unbemerkbar. Habe ihn selbst kaum gefunden, hier, unter dem Fokussierrad. Nimm es, nimm es fort von mir, nur weg mit Schaden, sonst habe ich Angst, daß ich ihm einmal nicht widerstehe.« Julijs Frau, die Äthiopierin, lachte und fuhr dem fünfjährigen Jascha im Vorbeigehen leicht durch das leichte hellrote Haar auf seinem dunkelbraunen Kopf – dem König und Gesalbten, der kam zu retten das Volk Israels und die Welt. Zwölf betagte Schwarze mit himmelblauen und schneeweißen Scheitelkäppchen blickten undurchdringlich-mißbilligend auf diese Familiarität. Julij, der in Amerika so braun und füllig geworden war, daß man ihn kaum mehr erkannte, klopfte mir auf die Schulter, recht spürbar mit den vielen silbernen Ringen an seiner dunklen Hand, zog sein weites weißes Gewand mit ukrainischer Kreuzstickerei zurecht und reichte Jascha ein facettiertes Gläschen Rosinenwein: »Na, fang an, come on, Jacob, frage: ›Warum sind wir denn aus Ägypten fortgegangen?‹«

»Blödmann, knöpf dich zu! Du erkältest dich – und ich darf dann herumdoktern«, sagte Zoëchen, die mich bis zur Treppe geführt hatte, zurückblickend. »Weißt du was? Gehn wir in die Kombüse – ich backe dir Quarkfladen, warme und große. Der Käptn hat bestimmt nicht dich, sondern Ismaelchen gemeint. Wozu sollen sie dich schon groß brauchen dort. … Du willst nicht, nein? – Na, wie du meinst … Br-r-r, Saukälte.« Und sie stuckerte eilend ans Heck, hinter den Aufbau.

»›Frostig und sonnig, ein Wintertag wonnig‹, wie unser Barde sagt«, äußerte Ismaelchen verdrossen. Und da naht sie ja auch, des Nordens Schöngestalt, siehst dus? Was für ein Opernglas hast du? Zwölffach?«

Ich hob mein Glas in die von ihm durchstochene Richtung: Hinter dem in der Mitte leeren Kreuz aus winzigen Zifferchen war es stechend weiß und sonnig. Ich drehte das Glas mal hierhin, mal dorthin (die Kautschukeinfassung der Okulare scheuerte an meinen Brillengläsern) – ja, etwas Dunkles huschte dort auf: Von links oben kam in mein Blickfeld eine breit und regenbogenhaft verwischte Doppelbild-Kontur.

»Hundertfach«, teilte ich aufs Geratewohl mit und rührte an das feingeriffelte Fokussierrad am Steg zwischen den Okularen, »›Carl Zeiss Jena‹!« Der Steuermann lachte.

Über das Schneefeld kam in weiten regelmäßigen Skilauf-Schritten eine magere Figur von militärischem Zuschnitt. Der schwarze glänzende Mantel mit schmalen Silberraupen und rotem Fuchskragen ließ die Schöße ausladend schwingen unten, fast bei den Skiern. Die schwarze Mütze mit hohem Deckel und eirunder Kokarde schob den Schirm vor die Nase, flog aber nicht weg, wenn der Mensch den Kopf zurückwarf: war wohl festgebunden unter dem Kinn. Eine schwarze schiefe Binde verdeckte sein linkes Auge. Am Rücken stak ihm ein langer nach hinten wippender Stecken mit einem blauschwarz-weißen Fähnchen. Die Flagge flackerte und flatterte.

»Ismaelchen, weißt du etwas von Galja Polowtschaninowa aus unserer Klasse? Wie gehts ihr so?« fragte ich unter dem Fernglas.

»Nee, seit dem Abiball hab ich nichts mehr gehört. Jemand hat mal gesagt, sie ist gestorben. Oder ins Ausland gegangen. Aber ich würde um keinen Zahn darauf wetten … Erinnerst du dich übrigens an Pussja? Er ist erfroren!«

»Pustynnikow? Im Wald? Oder auf der Straße eingeschlafen besoffen?«

»Schlimmer« – allzuviel Mitleid schwang da nicht mit in Ismaelchens Stimme: Pussja hatte ihm immer mit seinem Witzeln über Pickel und Pferdefresserei zugesetzt. »Er ist mit anderen Jungs in so ein Kältekombinat eingebrochen, um Schweinekeulen mit Dynamit zu versehn, der Direktor hatte irgendwem zu wenig geblecht … Da ist die scheiß Tür von dem Gefrierraum zugeschnappt. Und aus. Die Arbeiter kommen also am andern früh und sehen … Oh, ich erzähl dir ein andermal weiter. Der ist jetzt schon hier, das Einauge. Schnallt schon die Skier ab. Stellt schon die estnischen Eßtische in die estnische Eßnische … Mensch Meier, ist das ein langes Elend! Zweizwanzig! Oder zweifünfzig, nee! Hat man so was schon gesehn? Tierisch!«

Das tierisch lange Einauge kam mit seinen unmenschlich langen Skiern, unter jeder Achsel einen, bereits die Treppe hoch. Auf Deck angekommen, lehnte er die Skier an die Reling, zog einen Handschuh ab und salutierte lässig mit krummer Kralle.

»Eeestnisse Greenzwaaache, Poosten Saaremaa-Kirre, Leutnant Waaaldemaar Propp. Sie haaben die Staatsgreenze der Eeestnissen Reepubliik verleetzt.«

»Erster Offizier Sinzow«, hub Sinzow, vor sich hin und

nach unten starrend, an, »Kühltransporter, Typ ›Ulysses‹, ›Zweifacher Held der Sowjetunion P. S. Atenov‹, unter ukrainischer, grob gesagt, Flagge. Heimathafen: Stadt Ismail, Gebiet Odessa. Gehen von Petersburg nach Lübeck mit einer Fracht toter Körper. Die Abdrift erfolgte infolge eines Schadens an der Steuerung und einer unvorhersehbaren Änderung der Strömung gleichzeitig. Ein Eisbrecher-Schleppschiff ist bereits angefordert.«

Das einzige blaßblaue Auge des Leutnants zwinkerte aus der Höhe hernieder zu uns. Dann, nach einer Pause, zweimal schnell hintereinander. Offensichtlich ein Tick bei ihm.

»Mit welcher Fracht?!« – sein Akzent änderte sich vor Verwunderung, klang jetzt eher kaukasisch, doch mit einem Anflug süd-uraler Lautung. »Ah, ich verstehe, Rückführung sterblicher Überreste der für die Freiheit Europas im 2. Weltkrieg gefallenen Kämpfer. Edle Mission!« – Sein langer schmaler Körper streckte sich noch höher, die Skischuhe schlugen laut aneinander, und eine wiederholte Ehrenbezeigung wurde in größerer Entfernung von der Schirmmütze ausgeführt, mit gestreckter, zu uns hin offener Hand.

»Nein, nein, Genosse … Herr Leutnant, die Toten sind keine Deutschen, das sind unsere, grob gesagt, russische Produktion, wissenschaftliche Präparate für ein medizinisches Institut in Heidelberg«, stellte Sinzow richtig und reichte ihm die Mappe mit den Schiffspapieren. Ismaelchen grunzte unter dem Druck der Dämlichkeit Sinzows.

»So? So? Ach so«, sagte der Grenzer und blätterte in der Mappe. »Ist der Vertreter des Frachtversenders anwesend? Herr … Muchametsjanow.«

Ismaelchen trat vor und winkte ein wenig mit der Hand vor der Brust, weil er nicht den Mut hatte, sie ihm zu reichen.

»Eine Kontrolle der Fracht ist unumgänglich. Verdacht auf illegale Immigration. Zeigen Sie mir, wo ich hinzugehen habe.«

Ismaelchen sah vorwurfsvoll auf den Ersten Offizier (was

der freilich nicht merkte, weil er immer noch aufs Deck hinabstarrte) und versenkte seine Hände in den Schafspelztaschen.

»Aber dazu, Herr Leutnant, sind Sie, verzeihen Sie, nicht berechtigt! Unser Kühlraum befindet sich im neutralen Gewässer. Wir sind nur mit dem Bug in Estland, nicht wahr, Genosse Steuermann?«

Der Erste Offizier nickte bejahend, den Vertreter der Hoheitsorgane jedoch ließ das unbeeindruckt – wie ich aufgrund meiner langjährigen Erfahrung im Export-Import-Business vermutet hatte. Sie sind überhaupt schwer zu beeindrucken, da sie zu angespannt und feinnervig das Heil der landesherrlichen Majestät im Auge haben, aus der Tiefe des eigenen Ichs.

»Hat keine Bedeutung. Bin zur Kontrolle verpflichtet. Leisten Sie Widerstand, rufe ich aus der Zentrale einen Helikopter mit einem Einsatztrupp« – aus dem Mantel erschien ein Handy der alten amerikanischen Machart: ein gigantisches eisernes Schuletui mit angeschrägtem Kopf und halbausgezogener Antenne; es lag ihm allerdings gut in der Hand. Ismaelchen schaute bezaubert dem endlosen Verlängern der Antenne zu, die höher zu steigen drohte als der hinter dem Rücken des Leutnants ragende Flaggenstab, was er nun aber sagen sollte, wußte er offenkundig nicht. Seine Lippen, nach innen gebissen, wurden bleich, die Augen verengten sich. In der Schule bekam er als Lohn für diesen Gesichtsausdruck gewöhnlich eine Sechs, aber die Sache hier roch nach estnischem Knast und weiteren Unannehmlichkeiten, die Beschlagnahme der Fracht wäre noch die geringste. Für mich persönlich stand erst mal alles bestens – ich bin nur ein Fahrgast, was kann man mir anhaben. Andererseits freilich, ohne alle diese Transit-Visa läßt man mich ohnehin nicht nach Deutschland. Man führt mich auf die Brücke zwischen Narva und Iwangorod, versetzt mir mit dem Kolben des amerikanischen Gewehrs M-16 einen Stoß unter das Schulterblatt, und dort, drüben, wartet bereits der jenseitige Landrover auf mich mit abgedunkelten Fenstern … – Und der Stiefvater, was würde mit ihm dann, dem Armen, wenn er tatsächlich nicht tot sein sollte? O.k., zur Flucht wird sich immer noch eine Gelegenheit finden, aber jetzt ist eben nichts zu machen, *nützt ja nischt* (wie Ismaelchen sich ausgedrückt hätte, hätte er die Gabe der Rede wiedererlangt): es muß geregelt werden.

»Aber rufen Sie bitte zuerst Herrn Oberst Paul-Eerik Uutis an, kennen Sie ihn? In Tallinn, im Verteidigungsministerium, Abteilung Abwehr. Er ist im Bilde. Ich kann Ihnen seine Nummer geben, wenn Sie wollen. Er ist im Moment leider in Pristina, bei einer auswärtigen Sitzung des Verteidigungsrats der Nato, am Diensthandy aber wird er sich melden. Weiß nicht, ob er glücklich sein wird, daß man ihn anruft, aber er wird abnehmen.«

Der Leutnant schob schnell die Antenne ineinander und wendete sich mit seinem gesamten Körper um, um mich mit seinem einzigen durchscheinenden Auge anzustarren. Stand so eine Weile. Bewegte dann seinen Augapfel ein paarmal in der Vertikale – so dachte er nach. Zog die Antenne wieder heraus, in einigen langsamen Zügen, und hielt das Telefon mit seinen vernickelten Knöpfchen dann mir hin. Mit nichtzitternder Hand wählte ich eine Nummer. Ich hatte die Wahrheit gesagt: Pawel Utis, ein eingebürgerter Este schwarzmeergriechischer Abstammung, war momentan nicht in Tallinn, wo er die dortige Filiale der »AgrarExportTransit GmbH« leitete, aber in Pristina auch nicht. Er weilte in Athen und untersuchte dort die Exportperspektiven der als Bologneserhündchen deklarierten japanischen Zwergschafe.

»Die Mailbox«, informierte der Grenzer. »Mister Paul Utis will call you back.«

Ich zuckte die Achseln.

»Dann hinterlassen Sie eben eine Nachricht, oder rufen Sie später an. Oder er wird Sie zurückrufen, bestimmt sogar: Er ruft Sie zurück … Sorry, was haben Sie denn für eine seltsame Uniform an, Herr Leutnant? Bei der estnischen Grenzwache habe ich eine solche bisher nie gesehen. Selbstgenäht – oder gabs einen Ausverkauf bei den Filmstudios?«

Die Tür kreischte kurz: Im Halbdunkel der Treppe leuchteten Zoëchens halbnackter Arm und Lockenkopf auf: »Liebe Gäste, im Namen des Kapitäns bitte ich Sie von ganzem Herzen zu Tisch!«

III

Bevor wir uns aber niederließen um die Ceauseşcusche Suppenterrine, randvoll mit Borschtsch-Lava, ordnete Leutnant Propp einen Abgleich der Besatzung mit der Musterrolle an. Statt der Person des Kapitäns hatte er jedoch vorliebzunehmen mit dem Kapitänslied aus dem sowjetischen Jules-Verne-Film der 30er Jahre »Die Kinder des Kapitän Grant«, das aus allen Lautsprechern an Deck schallte, sowie einem Attest, auf dem Zoëchens zausige Unterschrift bescheinigte, Herr Kapitän Achov sei an Mumps erkrankt und stehe auf der Kapitänsbrücke unter Quarantäne.

Schiffsingenieur Nedezki trat nur für einen Moment aus dem Maschinenraum in Erscheinung, um mit seiner kleinen ölverschmierten Hand zu winken und *Yes!* zu sagen. Zu des Leutnants Genugtuung aber hatten die Matrosen vor dem Kran Nr. 1 Aufstellung zu nehmen. Schischkin-Myschkin, Salupjenea, Schekelanu und Gwosdin (einer wie der andere kleinwüchsige brünette Südländer mit altrömischem Kinn und laut Paß Moldauer mit dem Vornamen Victor) blickten schafsfromm, stampften in der ungewohnten Kälte auf der Stelle und bargen das altrömische Kinn in ihre karierten englischen Schals. Nur der Matrose Sascha mit dem bei einem Matrosen etwas wunderlichen Familiennamen Matrossow stand ein wenig abseits, aber im Gegensatz zu ihnen wie auf das Kommando *Stillgestanden*: die Hände an der Hosennaht, die Jacke zugeknöpft, die Bändermütze ohne Bänder keck auf dem Kopf. In des Matrosen Matrossows Augen jedoch glomm die ausweichende nordrussische Dreistigkeit.

Der estnische Leutnant schritt die Reihe ab, sichtlich bemüht, die imaginäre Staatsgrenze nicht zu verletzen, die ihm die Kante des kindlichen Filzschuhs von Steuermann Sinzow (mit Reißverschluß überm Spann) aufs Deck gezeichnet hatte, murmelte *üks, kaks* (estnisch: *eins, zwei*) und blickte von seiner natürlichen Wachturmshöhe herab abwechselnd in die Papiere und in die Gesichter der Matrosen. Das blau-schwarz-weiße Fähnchen über seiner Schirmmütze streckte sich immer wieder und erschlaffte dann. Ein flüchtiges Interesse erweckte in ihm nur der Bootsmann, ein alter knöcherner Mann mit einer alten knöchernen Pfeife im Winkel des zugepreßten Munds. »Pychva? Sind Sie Este? Oder Karelienfinne?« »Nein«, sagte der Bootsmann, ohne die Lippen zu bewegen. Sein ruhiger Blick ging am Leutnant und überhaupt an allem vorbei. »Herr Pychva ist ukrainischer Staatsbürger«, half Sinzow. »Und sein Name ist, grob gesagt, abchasisch.« Dann war ich an der Reihe. Mit aller mir nur möglichen Erhabenheit nickte ich zu Ismaelchen hin, welcher eilig, aber mit Weile mit zwei Fingern in der Innentasche seines Schafspelzes herumzufischen begann. Schließlich hatte er den Paß dann doch erwischt, durchblätterte ihn zuvor selbst und übergab ihn erst danach.

»Warum sind Sie in der Musterrolle nicht aufgeführt?«

Ich zuckte die Achseln, neigte den Kopf zur Seite, schloß die Augen halb und hob die Augenbrauen. »So. So!« sagte der Grenzer und gab den Paß zurück – mir!

Das Tischgespräch nahm seinen Gang über Stolpersteine. Leutnant Propp entpuppte sich unter dem Mantel in einem schwarzen Dienstrock, besetzt mit lauter glänzenden Knöpfen, Abzeichen und Aufnähern (durchweg irgendwelche Flügel, Kreuze und Adler) und in weinroten Skihosen mit weißen Lampassen. Sein blondes Haar unter der Schirmmütze war bis zu einem Silberstaub heruntergeschoren. Er leckte lautlos den Borschtsch vom Löffel ab (den er auf Mundhöhe streng rechtwinklig zur Achse seines reglosen Körpers hob) und spülte ihn hinunter mit dem pseudoukrainischen Schnaps – ohne jede sichtbare Wirkung.

Das Telefon tat er neben sich auf die Tischdecke und drückte alle halbe Stunde (sich offenkundig an die Glasen haltend) die Wiederholungstaste. Die mondäne Frage (meine), ob er nicht zufällig mit dem berühmten Leningrader Märchenforscher Prof. W. J. Propp verwandt sei, fand eine trockene Antwort, die fast chinesisch klang: »Der Sohn des Onkelssohns« – und Funkstille. Und als ihn Ismaelchen schmeichlerisch anging, woher er so gut Russisch könne, kam vom »Sohn des Onkelssohns« ebenso karg, er sei in Baku aufgewachsen. Daraufhin hob Steuermann Sinzow unerwartet das Haupt und sprach:

»Das von Eisbrechern geleistete Geleit von Schiffen durch das Eis erfolgt entsprechend den Vorschriften für Schiffe, die von Eisbrechern durch Eis geleitet werden. Ein Schiff, das im Schlepp eines Eisbrechers durch das Eis fährt, darf nicht ohne die jedesmalige ausdrückliche Anweisung seitens des Kapitäns des Eisbrechers seinen Antrieb auf Vorwärtsgang stellen. Es muß jederzeit bereit sein, bei der ersten entsprechenden Forderung des Kapitäns des Eisbrechers, seinen Schlepper freizugeben und gleichfalls volle Fahrt zurück zu fahren.« Wonach er sich unter Verweis auf den Ruf der Pflicht verzog. In der Messe, umgeben von Aiwasowski-Seelandschaften und Asparagustöpfen, verblieben nur Ismaelchen, ich und natürlich unser einen Stock verschluckt habender Gast.

Zoëchen brachte die geleerte »Bogdan Chmelnizki«-Flasche fort und dann voll zurück, füllte den dritten Teller Borschtsch und schnitt das dritte Schwarzbrot an, doch der menschliche Austausch mit dem unmenschlichen Leutnant kam nicht über den toten Punkt. Er hatte sich nicht einmal zurückgelehnt und den obersten Knopf des Dienstrocks nicht geöffnet. Eine gewisse Erwärmung trat erst ab Mitte der vierten Flasche ein. Ungefragt schritt er auf einmal zu einer Darlegung seiner Biographie. Sein Akzent wechselte je nach dem Grad der Erregung (vom estnischen bei o Grad bis zum reinen Moskauerisch bei der höchstgradigen, welche sich aber auch noch sehr verhalten anhörte), manchmal auch nach dem Ort der Handlung. Und die Biographie ergab kurzgefaßt Folgendes:

Der junge Propp wuchs, wie gesagt, in Baku auf. Sein Vater, Sohn des Onkels des Autors der »Morphologie des Märchens«, versah dort seinen Dienst als Leiter der Ersten Abteilung (des KGB also) bei der Sondergruppe der Küstenwachboote. »Verstehst du, ja?« – Die Stimme eines aufgeregten Kaukasiers, die Körperhaltung aber blieb stocksteif-nördlich.

Bei Gefahr für Leib und Leben nahm des Leutnants Vater freiwillig teil an einem Untersuchungsexperiment – aber, aber: Der bei den Schmugglern beschlagnahmte Kaviar war dann verdorben, wenn nicht gar vergiftet, was in Verbindung mit dem illegal produzierten Aserbaidschanischen Drei-Sterne-Weinbrand zur Rekrudeszenz seines Zwölffingerdarmgeschwürs führte. So wurde er aus gesundheitlichen Gründen entlassen und in ein Geheimstädtchen (mit einer Nummer anstelle des Namens) bei Tscheljabinsk im Südural geschickt, als Dritter Sekretär des städtischen Parteikomitees. Dort hat unser Waldemar das Abitur gemacht. Dort sah er auch die berühmte zwölfteilige Serie »Siebzehn Augenblicke des Frühlings« im Fernsehen (über einen sowjetischen Agenten, unter dem Namen SS Sturmbannführer Max Otto von Stierlitz so tief in die Nazi-Geheimdienste verstrickt, daß er praktisch die gesamte Gegenspionage des Dritten Reichs – inoffiziell, versteht sich – leitete) und verliebte sich unsterblich in die SS-Uniform und sonstige männliche Schönheit des Dritten Reichs und gottweißwarum besonders in den einäugigen Gestapomann Eismann, dem er in allem nacheiferte.

Zur Weiterbildung fuhr Waldemar Propp nach Tallinn ins Land der Väter und begann Jura zu studieren, aber hauptsächlich Basketball zu spielen – zunächst in der Uni-Mannschaft, dann in der Reservemannschaft des Tallinner »Kalev«, welcher in der ersten sowjetischen Basketball-Liga spielte.

»Hört mal, die anderen fünf Teile, sind die denn nun gefunden, wißt ihr was davon?«

»Welche anderen?« wunderten wir uns.

»Na, es sind doch siebzehn Augenblicke des Frühlings. Und Teile nur zwölf! Fünf Teile haben die großrussischen Chauvinisten in der Abteilung Kultur beim ZK der KPdSU verboten – gleich, damals schon! und versteckt. Unterirdisch! In der Giftgruft! Und in diesen fünf natürlich war die ganze Wahrheit dann – über Martin Bormann und Heinrich Müller, Gestapomüller, und daß Stierlitz in Wirklichkeit der deutsche Agent Stierlitz war, vor dem Ersten Weltkrieg unter dem Namen Maxim Issajew nach Rußland geschickt und unter dem Namen Stierlitz danach erst nach Deutschland zurück. Na, jetzt ist es aus, sie finden sie nie, wenn man sie zu Jelzins Zeit nicht gefunden hat, werden sie jetzt, bei dem da, eurem ... ihrem Neuen, wie hieß er noch? Puschkin? ... nein, da finden sie nichts mehr. Aus mit der Wahrheit, aus. Die scheiß Iwans haben den Film gesäubert von ihr!«

Obwohl er alle überragte, konnten sie ihn anscheinend in der Reservemannschaft von »Kalev« nicht recht leiden – vielleicht wegen seiner schlechten Aussprache des Estnischen oder wegen seines Vaters, des Dritten Sekretärs des Stadtparteikomitees in der Nähe von Tscheljabinsk. So kam es, daß er Mitte der 80er Jahre (nicht ohne Hilfe des Vaters, über dessen alte Freunde im Innenministerium) zu Dynamo Moskau wechselte, dem Klub der Miliz, wo er allerdings wieder nur in der Reserve spielte. Zu unbeweglich unter dem Korb, zu langsam mit der Ballabgabe – die Mannschaftskameraden nannten ihn kurz und witzlos »Latte«. 1988 kehrte der erfolglose Center zurück in das sich ablösende Estland, als unterer Ermittlungsbeamter in der Staatsanwaltschaft der Kohlengrubenstadt Kohtla-Järve. In seinem Gepäck befanden sich sechs Videokassetten mit »Siebzehn Augenblicke des Frühlings« sowie eine in Moskau neben der U-Bahn-Station »Taganskaja« für fünfzehn Rubel erstandene Fotokopie des Buchs »Moja bor'ba« von Adolf Hitler (Shanghai 1939). Seitdem sah er sein Lebenswerk darin, »Mein Kampf« ins Estnische zu übersetzen, aus dem Russischen freilich, denn von der gesamten Sprache Goethes & Goebbels' (© Julij Goldstein) kannte er lediglich »Hände hoch!« und das schmerzend-schöne Wort »Sturmbannführer«.

»Wie bitte ist der Satz aufzufassen, daß die Juden durchaus keine Freunde von Wasser sind? Sechs Jahre lang grüble ich und verstehs nicht. Weil das jüdische Element der Lehm ist vielleicht? Und das arische das Wasser?«

Ismaelchen schwieg und blickte auf mich, halb verwirrt und halb schadenfroh. Ich legte sachte meine Gabel mit dem Warenik, einer kleinen ukrainischen Teigtasche mit einer Kirsche darin, die wie ein bleiches Auge mit blutiger Pupille aussah, auf den Teller nieder und erklärte, daß der Autor auf ein im Mittelalter verbreitetes Vorurteil anspielte, das den Juden Unreinlichkeit nachsagt. Dabei wuschen sich die Europäer damals so gut wie niemals, die Juden aber mindestens einmal pro Woche. Aus der Brusttasche mit dem Adler kam ein kleines gelbes Notizbuch zum Vorschein, gebunden in ein altersschwaches gemustertes Leder, in welches zwei ehemals schwarze, nun bräunliche Blitze geprägt waren, und aus dem Notizbuch ein silberner kleiner Bleistift, und mit dem letzteren wurde ins erstere mikroskopisch klein (der Kopf neigte sich mit der sehenden Seite vor) geschrieben.

Bei der Errichtung (im offiziellen Wortgebrauch *Wiedererrichtung*) des Grenzschutzes der estnischen Republik

1991 wurde der Neffe des Morphologen in dessen Stellenplan aufgenommen und, wie er es selbst wünschte, auf die Insel Saaremaa, zu deutsch Ösel, geschickt, auf den entferntesten Wachposten – in einem Betonleuchtturm, den die Deutschen 1942 gebaut und die sowjetische Baltische Flotte, Zweifache Trägerin des Rotbannerordens, Mitte der 70er Jahre verlassen hatte, mit dem strategisch cleveren Ziel, den Unter- und Aufklärungsbooten des potentiellen Gegners die Orientierung zu nehmen. Im ersten Halbjahr war ihm ein Grenzsoldat unterstellt, dann wurde dessen Stelle gestrichen (die Schweden hatten die Finanzierung umprofiliert), der Leutnant blieb allein auf dem Wachposten. Befehle kamen keine, der Sold ging aufs Konto, Lebensmittel und die Patronen für die finnische Pistole L-35 »Lahti« wurden zunächst alle zwei Monate von einem Hubschrauber abgeworfen, dann irgendwann nicht mehr. Bis zum nächsten Dorf waren gute fünf Stunden Ski zu laufen (oder Rad zu fahren), und der Leutnant wurde allmählich zum Selbstversorger. Er fischte, sammelte Pilze, baute Kartoffeln und Tomaten an und errichtete sogar eine Art Hühnerstall aus alten sowjetischen Patronenkisten. Nach etwa sieben Jahren dieses Lebens bestand die einst fast neu gewesene Uniform aus den Vorräten der dänischen Armee nur noch aus Lumpen, es galt also, eine neue zu beschaffen. Da zeichnete er tatsächlich von den »Siebzehn Augenblicken des Frühlings« die Schnitte ab und brachte sie im Dorf einem alten Mann, der zu Hause ein wenig schneiderte. Umsonst hatte er sich mit dem Abzeichnen geplagt: Der alte Mann hatte die Schnittmuster auf dem Boden, er war früher der Garnisonsschneider gewesen. Die Knöpfe, Mützenabzeichen, Schulterstücke und Ehrenzeichen waren leicht im Wald unter den Knochen zu finden, den prächtigen Fuchs aber für seinen Fuchskragen erlegte Propp selbst. Der Hurensohn hatte sich angewöhnt, den Hühnerstall aufzusuchen – kein Gift schlug an, keine Schlinge verfing, so mußte sich der Hühnerherr selbst mit seinem Nachtsichtgerät hinter den Tomaten auf die Lauer legen. In drei Monaten verschoß er die Munition für drei Jahre. Erst dann traf er. Da half denn endlich auch die Augenbinde – in seinem Vorleben konnte er die Augen nicht einzeln zukneifen, nur beide zusammen. So schaffte er in seiner gesamten Basketballer-Laufbahn keinen einzigen Freiwurf in den Korb – um besser zu zielen, kniff er eins zu, und im Eifer schlossen sich immer alle beide …

Die Erzählung verlief regulär, unterbrochen nur von den Glasen alle halbe Stunde sowie dem irregulär hereinplatzenden Zoëchen und ihrer sarkastischen Frage: »Wünschen die Herren sonst noch was? Nudeln vielleicht ein Tellerchen, auf Seemannsart?«

Auf jede Frage dieser Art antwortete der ausgehungerte Eremit: »Haben Sie verbindlichsten Dank, gnädige Frau! Wenns Ihnen nichts ausmacht?«

Entrüstet knallte Zoëchen die Tür zu und ging nach Nudeln. In den Fenstern dunkelte es, vom Deck hörte man das Getrappel und Rufen der Matrosen, gelegentlich gellte der Käptn lautsprecherlaut: »Sascha, was ist mit der Maschine?« oder »Sinzow, was antworten die, die Sargnägel, wieso ist noch kein Eisbrecher da?« oder – wieder das alte Lied vom Kapitän: »Da ward er rot, da ward er blaß, Doch keine Seele sang ihm was!«

Unsere Augen, meine und Ismaelchens, schlossen sich selbsttätig, unsere Kinne krochen zur Brust und sprangen nach oben bei jedem Verdacht, daß das Ende der Saga erreicht sei. Doch die Saga nahm kein Ende. Nachdem der Leutnant in groben Zügen mit seiner eigenen Vita durch war, ging er zu seinem Vater über, dem ehemaligen Dritten Sekretär des erwähnten Nummernstädtchens im Ural. Bei der Privatisierung des sozialistischen Eigentums in den 90er Jahren wurde er Eigentümer einer nicht gerade großen, aber auch nicht kleinen Fabrik für Panzergeschosse, die aber an Überproduktion und Überlastung der Lagerkapazität litt und somit eine ernste

Gefahr für die Umwelt darstellte. Die Lagerhallen konnten jederzeit hochgehn und die Kontur des Urals verändern. Schon nur die Korrektur der geographischen Karten würde die Weltgemeinschaft Milliarden kosten.

Die Geschosse wurden zerlegt. Die Zerlegung bezahlten die NATO (aus den Mitteln für die Konversion der sowjetischen Militärindustrie) und die EU (aus den Umweltschutzgeldern). Die Hülsen kamen als Buntmetallschrott über Petersburg und Tallinn nach Holland, ihr gesamter Inhalt aber wurde unter Kreditgarantie der West-Ost-Bank en gros an irgendwelche *unrasierten Bärtigen* verkauft.

Eduard Karlowitsch Propp, der Papa also, war plötzlich frei wie ein Vogel, ging als Volks-Este nach Estland und eröffnete an der russischen Grenze bei Narva ein Gasthaus mit Spielkasino und intimem Service. (»Er hatte doch all sein Estnisch ein wenig vergessen, und dort leben sowieso nur Russen in der Gegend … und nach Deutschland ließen ihn die Bundesdeutschen nicht, obwohl unser Urgroßvater ein Deutscher war, ein Baron sogar. Sie schrieben, die Bürohengste: ›Nachweise Ihrer Deutschstämmigkeit wurden nicht vorgelegt …‹ Voriges Jahr war er im Fernsehen, in den Nachrichten. Da habe ich sogar ein Leuchtzeichen abgeschossen, als ich ihn sah – und sofort kam aus Schweden ein Kommando mit einem Hubschrauber, die dachten: eine russische Invasion! Man hat Vater das Ehrenzeichen zweiten Grades ›Estland sammelt seine Söhne‹ verliehen.«)

IV

Vom Tisch her klingelte es – ein klirrender Triller. Ismaelchen und ich schraken gleichzeitig hoch und richteten uns auf.

»Hier Propp«, sagte Propp und erhob sich, im Zwielicht wie ein dunkler Koloß.

Ismaelchen sprang vom Stuhl und schritt aufgeregt im Zimmer auf und ab – dann erdachte er einen passenden Grund dafür und schaltete das Licht ein. Zur Antwort auf die kurze Darlegung des Problems begann im antiken Handy des Leutnants fern und lang eine Frauenstimme zu gluckern. Dem Leutnant gelang es nur sehr selten, ein »jaa, jaa« oder »ei, vabandage, palun« dazwischenzuschieben. Einmal nannte er den Namen des Schiffes, ein andermal den meinen. Die Empörung im Handy wuchs an, bis sie – auf ihrem höchsten Ton – plötzlich abriß und empörte Stille wurde. Der Leutnant drückte den Aus-Knopf und wischte sich mit dem Ärmel die Stirn:

»Die Sekretärin. Herr Uutis weiß Bescheid über alles. Bittet, diese Nummer für immer zu vergessen.«

»Löschen Sie sie lieber für alle Fälle. Es könnte sonst noch Unannehmlichkeiten geben«, riet ich. »Rausfliegen wäre das Geringste. Könnten auch unters Eis geschickt werden. Mit dem Verein da, verstehen Sie wohl, ist nicht zu spaßen, das ist ernst: Der Schwertritterorden!«

Der Leutnant fing gefügig an, Handyknöpfe zu drücken mit dem flachen, milchigen und rissigen Nagel seines Daumens. Und zugleich begann er, ohne uns anzusehn, nahezu akzentfrei russisch vor sich hin zu reden (besonders gut, mit verdreifachtem Zischen, kam das Wort »Arsch« heraus – als kröch da eine Schlange hinein; aber auch das »rrr« konnte sich hören lassen):

»Da habt ihrs wieder mal geschafft, Arsch-Köppe, russische. Wollt ihr – fahrt ihr, wollt ihr nicht – nicht, tot oder lebendig, ganz wie ihr wollt. Euch brauchen alle, vor euch haben sie Schiß.

Und wir, die scheiß Esten … wir täten dir allesamt, die ganze Million wie ein Mann, täten wir rübermachen nach Deutschland, und jeder mit einer roten Rose im Arsch, pur-

purrot – wenn sie uns nur reinließen! In dem Sand hier, dem Muschelkalk, dem Sumpf – am Arsch der Welt, kannst du ruhig sagen –, da hats keinen Sinn für den, der lebt, daß er lebt, und für einen Toten nicht, daß er liegt. Zehntausend Jahre lang heulen wir uns raus hier, Arschgeigen.

Und in den Städten, das ist das Letzte, hör mir auf. Die haben andere gebaut, nicht für unsereinen, für sich. Wir mußten da rein, ob wir wollten oder nicht, als die Deutschen uns hier dann endgültig verlassen haben. Ihr – ihr natürlich lebt in jeder Stadt, egal, wer sie hochgezogen hat – euch macht das nichts aus. Und wir, wir wachen auf nachts im Gram und hören voll Angst, ob wer die Treppe raufkommt ... Und man wird uns nicht fortlassen von hier, man braucht uns, wir sind das Bollwerk der Zivilisation gegen euch ... Wollt ihr wissen, warum wir die Russen nun hassen? Wie es wirklich ist? Wollt ihr das?«

»Unser Schiff fährt unter ukrainischer Flagge« – Ismaelchen klang etwas beleidigt. »Ich persönlich bin Tatare, und der Kollege ist, Pardon, Jude!«

Aber der Leutnant, der bereits wieder in seinem langen Mantel aus einer Art schwarzem Glanz-Persenning stand und die Fuchspfoten band auf der Brust, war mit solchen Nichtigkeiten nicht zu stoppen: »Eben, und was ist ein Russe? Ein Tatar, mit einem Juden gekreuzt. Kratz an einem Tataren, und es kommt ein Russe zum Vorschein.«

Ich wollte richtigstellen, daß man das nicht so herum sagt, sondern genau umgekehrt, aber in meinen Augen schwammen fluoreszierende Kreise und Quadrate, die mußte man erst anhalten und aus dem Blickfeld drängen, so war Ismaelchen rascher als ich.

»Und kratzt du am Esten, was kommt da raus?«

»Bitte, bitte, kratzen Sie nicht am Esten, auf keinen Fall!« sagte der Leutnant sehr traurig und setzte sich mit dem Mantel (der dumpf knarrte) und der Schirmmütze (die mit dem Schirm auf die Nase stieß) wieder an den Tisch. – »Es kommt nichts zum Vorschein! Nichts! Dafür hassen wir Esten euch ja auch, und die Letten – Arschkletten – hassen euch auch, auf ihre Art, anders, aber genauso. Wärt nicht ihr gewesen mit euerm Peter und scheiß Imperium, wären wir längst waschechte hundertprozentige Deutsche – alle, bis zum letzten vertrottelten Hühnerficker! Von Anfang des 18. Jahrhunderts an blieben uns nur zweihundert Jahre, nicht mehr. Den Westslawen in Pommern, den Liutizen und Obodriten und wie die noch hießen da, reichten fünfhundert, die Pruzzen in Preußen brauchten noch weniger, die waren aber auch zahmer. Da kommt ihr, habt die Schweden geschlagen mit Ach und Krach, habt euch mit unsern Junkern geeinigt, daß sie über uns bleiben und ihr über ihnen, und Garnisonen eingerichtet – na, sieh mal an: die neuen Herrn an der Ostsee! Herrn! Was gebt denn ihr schon für Herren ab! Das ist der zweite Grund, warum wir euch hassen, weil, nachdem die Deutschen weg waren – seid ihr nicht an ihre Stelle getreten, sondern an unsre. Denn nach dem Krieg lebten wir bald besser als ihr – die saubere Arbeit wir, die Drecksarbeit ihr. Bei uns der Lada vorm Haus und blühende Apfelbäumchen, bei euch bestenfalls ein Moped und Unkraut unter dem Fenster. Alles verkehrt rum. Gabs denn das unter den Deutschen? – Auf faulem Stroh haben wir geschlafen, aus einem Trog mit den Schweinen gefressen. Das waren noch richtige Herrn!

Aber ihr – in jeder Kreisstadt ein Theater, ein estnisches, sogar ein Filmstudio in Tallinn – für die eine Million Esten, daß ich nicht lache! Bücher auf estnisch mit 30 000 Auflage. Damit wir nur ja unsere Faxen mit den vierzehn Fällen nicht vergessen. Und wenn wir seit achthundert Jahren davon träumen, sie zu vergessen?! Kollektiv-unbewußt! Wie soll man da euch Krautköppe nicht hassen?! …

Und jetzt ist es zu spät. Aus, Sense! Ganze Völker aufnehmen ist nicht mehr drin bei den Deutschen.

Und wißt ihr was? Wozu sie sie brauchen, eure Leichen, die Deutschen? Da bin ich grad jetzt draufgekommen.

Ich, ein einfacher estnischer Bauer aus Baku, hab das kapiert: Die Deutschen haben das Geheimnis des ewigen Lebens entdeckt und sind nun allesamt unsterblich. Sterben praktisch überhaupt nicht mehr. Aber das halten sie vor der restlichen EU geheim, aus finanziellen Gründen, wegen der Gesetze, Steuern, Versicherungen und so. Müssen also welche beerdigen – na, dann kaufen sie sich die. Lebendig brauchen sie keinen!«

Der Leutnant schüttelte konzentriert den restlichen Wodka in die Gläser und fügte überzeugt hinzu: »Sowieso bleibt ihr nicht an der Deutschen Ostsee! Königsberg nehmen sie euch, und euer elendes Sankt Petersburg steht auch nicht ewig, das decken die baltischen Wellen zu, nur die Spitzen gucken ein bißchen heraus! Der Überflutungsplan ist längst fertig, seit dem letzten Krieg vom Führer unterzeichnet. Liegt im Archiv und wartet auf seine Stunde!«

Unaufhaltbare Tränen flossen mir aus den Augen. Durch Schluckauf, Atemnot und Schluchzen hindurch schrie ich: »Vineta! Die größte und schönste Stadt Europas! Auf einer Insel, bespült von drei Meeren. Ein dreifacher Neptun zeigt sich hier! Wo die Oder mündet ins Skythische Meer! In den Skythischen Sümpfen. Hinter dem Land der Liutizen, die man auch Wilzen nennt! Zwölf Tore und ein Hafen! Ihr Garn haben sie auf goldenen Spindeln gesponnen! Glocken aus purem Silber! Ihren Kindern den Hintern buchstäblich mit Brötchen gewischt! Diese Schweine haben sie unter Wasser gesetzt! Die Dänen, die Polen, die Deutschen haben sie unter Wasser gesetzt! Hurenböcke! Aus Neid!«

Die Glasen wurden geschlagen.

V

Als ich die Augen öffnete, war niemand mehr in der Messe – außer Zoëchen Schtekaturko, die halb abgewendet mit aufgestütztem Ellbogen am Tisch saß, die eine Hand barg das Jochbein – die andere hielt ein leeres Schnapsglas. Die Glasen wurden geschlagen, ich hatte nicht mitgezählt. Aus ihnen herauf tauchte Zoëchens Geraschel und artikulierte sich auch: »… und ich sage zu ihm: Nein doch, mit keinem! Ich bin doch noch Jungfrau! … und er: Ach nee, das Fräulein ist Jungfrau, und der Bauch? – den hat der Wind aufgeblasen? … da bist du wohl eine Mutter Gottes, verfickt … Und ich zu ihm: Papa, scheren Sie sich bitte zum Teufel, Hundsfott! … Und der Frauenarzt, ein alter Armenier mit kalten Fingern, Pardon, meine Liebe, spricht er, mit Bestimmtheit läßt sich das nicht sagen, das Häutchen ist teilweise noch erkennbar; sagen Sie, haben Sie sich womöglich zufällig mal mit dem Handtuch von Ihrem Papa abgetrocknet zwischen den Beinen, und der hat davor vielleicht hineingewichst? … Na hörn Sie, sag ich, unser Vati ist Oberst, und sich waschen geht er mittwochs mit den Kadetten ins Anstaltsbad. … Ja, dann tuts mir leid, spricht der Armenier, da bin ich nun mit meinem Latein am Ende … Und Jascha und Wenka habe ich im Snegirjow-Krankenhaus zur Welt gebracht und bin sofort nach Vyborg, zur Oma; die Mama ist nachgekommen; und die Jungs gehn jetzt in Vyborg zur Schule, in die sechste Klasse bereits, auf ein Gymnasium, das beste und teuerste in der ganzen Stadt, die Mama kümmert sich um sie, wo ich auf hoher See bin … jetzt sind sie alle drei entweder in Vyborg oder – am Wochenende und in den Ferien – nicht weit weg da, auf der Karelischen Landzunge, wo mal der Stützpunkt der Baltischen Flotte war … wir haben uns dort ein Häuschen gekauft, von den Zigeunern, und winterfest gemacht … …Wenn die Tour hier zu Ende ist, auf der Rückfahrt, fahren wir direkt nach Vyborg, an Petersburg vorbei, Achov hat es versprochen … da geh ich von Bord und sehe sie … Aber wann wird das sein? – Sascha, der Ingenieur, macht sich lustig über mich: Weißt du, sagt er, wodurch sich so eine Tramp-Fahrt auf Charterbasis wie unsre unterscheidet von einer Linienfahrt? – Bei unsrer weiß keiner an Bord, wann die Fahrt zu Ende sein wird, nicht mal der Käptn, so siehts aus, meine Gute … Und Vati war ja, als wir nach Vyborg sind, in Leningrad geblieben und ist gleich ganz in die Kadettenschule gezogen, und dann hats ihn erwischt, auf dem Schießplatz, da hat der Kadett Fischermann ein halbes Magazin verschossen auf ihn und das andere halbe auf sich …«

Mit seinem Körper die Tür aufschiebend, fand Ismaelchen herein. »He, alter Knabe! Und du … altes Mädel! Alles paletti! Über Funk kam: Der Eisbrecher ist unterwegs. Von Gotland. Nun tritt unser Plan B in Kraft. Wir sind ein Forschungsschiff der Akademie der Wissenschaften, du, Wenka, bist der wissenschaftliche Leiter. Bereite dich vor, Bruderherz. Mit den Schweden ist nicht zu spaßen, Leute sind das, die nerven, habens dick hinter den Ohren! Kennst du übrigens den Unterschied zwischen einem Schweden und einem Eichhörnchen? Aber Mann, du bist ja auch nicht aus Dummsdorf! So ein Cleverle! Wie 'n Baby hast du den eingewickelt, den Deppen, den estnischen. Grandios, ein Talent! Nicht umsonst war der Chef so außer sich, als du aus der Firma weggingst. Mir zum Beispiel wäre der Uutis, Pawlik, aus der Tallinner Filiale im Leben nicht eingefallen, ich schwörs. Klasse! Und die Sekretärin aber auch, unser Kristinchen. Ich hab mich immer gewundert, wieso der Chef die nicht wegschickt, wo sie doch dauernd die Kunden anpöbelt und die Tassen fallen läßt – bumst er sie? Na, jetzt seh ichs. Spitze, was? Das hätte ich nie geglaubt – dieser Hering mit Brille, dieses Schneewittchen, kein Arsch, keine Tittchen!«

Zoëchen stellte ihr Glas auf den Tisch, zog ihren Rock zurecht und schritt um mich herum. Ein Geruch von Flieder und Wodka in meinem Rücken, kräftige kühle Hände unter meinen Achseln.

»Statt zu labern, hilf lieber! Siehst du nicht: Unser Hähnchen ist hin. Jetzt aber husch in die Heia, sonst wird mit dem morgen nichts, kannst du voll vergessen. Kannst dann allein mit deinen Schweden reden. Und mit den Eichhörnchen.«

Ismaelchen trennte sich bereitwillig von der Tür, ging aber gleich in die Hocke und erstarrte mit stehengebliebenem Blick. Zoëchen winkte hoffnungslos ab, bückte sich wieder zu mir und zog mich hoch: »Wenka, du Schlauch, nu komm, gehn wir heim!«

Und wir gingen heim. In den schwankenden und dunkel schimmernden Gängen im Schiff knarrte, lachte und sang Achov: »Und im Frieden und Krieg sang er leise das Lied: Kapitän, Kapitän, bitte lächeln …« Zoëchen legte meinen Arm um ihren Hals und führte mich wie einen verwundeten Kämpfer auf anderthalb Beinen aus der vordersten Linie. »Gleich, mein Lieber, gleich, … komm, komm, sind ja gleich da … Fall nur nicht um, bitte, fall nicht!«

»Kapitän, Kapitän, bitte lächeln …«, röchelte der Kapitän. »Mursojanz-Ulugbekowa, wo bleibt mein Kaffee?«

»Kapitän, was ist? Brauchen Sie etwas? Ihre Herztropfen?«

»Und er weinte, er litt, und nicht eine kam huldreich und litt mit ihm mit.«

»Wenka, bleib hier sitzen so lange, hier auf dem Sesselchen, ja? Ich guck nur mal schnell, was los ist mit ihm, bin sofort wieder da. Nur schlaf nicht ein, ja? Oh, Jesus, alle Kälber an nur eine Zitze!«

»Du hast zwei, du Rubensbild ›Vaterliebe einer Römerin‹! … Nur die Kühnen sind Meister der Meere!« – heulte der Kapitän auf und schaltete sich ab.

Ich saß in einer Nische des Korridors, die sich wahrscheinlich aus dem Abriß oder dem Nichtbau einer Kajüte ergeben hatte, auf einem roten Kunstledersessel ohne Armlehnen, neben einem Tischchen mit aufgemaltem rot-weißen Schachbrett und vor dem ausgeschalteten Fernseher »Regenbogen«. Ich saß und saß, und plötzlich wußte ich, daß ich an die Luft muß, und zwar sofort. Ich erhob mich mühsam und schob mich an der Korridorwand voran. Unterwegs las ich die gerahmten und verglasten »Regeln zur Nutzung des Fernsehers und der Brettspiele durch die Schiffsbesatzung« und »Eine Seite aus dem Leben P. S. Atenovs: Der erste ›Heldenstern‹«. Pawel Atenov wurde im Januar 1943, getarnt als Flottenleutnant baltischer Abstammung in Genesungsurlaub, über der Insel Ösel abgeworfen und bereitete die berühmte sowjetische Truppenlandung des Jahres 1944 vor. Enttarnt wurde er von dem Garnisonsschneider wegen eines Zuschnittfehlers an seiner Paradeuniform, die er am Führergeburtstag zu tragen hatte; er floh in die Wälder, verbarg sich dort lange, nährte sich von Igeln und Eichhörnchen, fand schließlich an einer entlegenen Küste einen Leuchtturm, liquidierte die Wachen, schoß die vereinbarten Signale ab und schwamm – fünf Stunden lang, die Pläne der deutschen Befestigungsanlagen zwischen den zusammengebissenen Zähnen – in dem zehn Grad kalten Juniwasser zu dem russischen Schnellboot.

Der Korridor bog ab und stieß auf eine Tür – wie immer verschlossen und ohne Klinke. Doch auch mit dem Universalschlüssel aufgeschlossen, öffnete sie sich nicht. »Verdammt, du baltisches Biest!« schrie ich, vorwurfsvoll und ungerecht, die Tür an.

»Weniamin, schämen Sie sich nicht? Sie als Angehöriger der russischen Intelligenz beschimpfen jemanden mit seiner ethnischen Herkunft!« sagte die Tür noch vorwurfsvoller und fuhr mit einem langen Donnern auf Schienen in die Wand.

»'tschuldigung, Frau Karakos, ist mir so rausgerutscht.«

»Rausgerutscht? – Draußen ist draußen«, antwortete Frau Alexandra Karakos in der Türöffnung und lachte unerbittlich

– die Leiterin der Balto-Finnischen Abteilung des Ethnographischen Museums und meine Diplom-Mutter von damals, als ich meine Abschlußarbeit im Fernstudium schrieb zum Thema »Die Hauptmann-Wosnitsyn-Affaire und die baltisch-russisch-jüdischen Kontakte im Sankt Petersburg des 18. Jahrhunderts«. (Hauptmann Wosnitsyn war zur jüdischen Religion konvertiert und hatte mit Gleichgesinnten heimlich den jüdischen Ritualen gefrönt. Dafür wurde er hingerichtet.) »Alexandra die Befreierin« nannten ihre wissenschaftlichen Mitarbeiter sie scherzend, weil sie sie bereitwillig in der Stadt Hühnerflügel von der humanitären Hilfe ergattern gehn ließ. Damals, Anfang der neunziger, waren Lebensmittel ein Engpaß. Ich jobte im Museum tagsüber als »Oma«, also als Aufsicht (das ist normalerweise ein Zubrot für kultivierte Rentnerinnen), und jede dritte Nacht als »Opa«, also Nachtwächter (die waren in der Regel weniger kultivierte Veteranen der Arbeit und des Kriegs). Am Tage ging ich zu ihr ins Büro (auch die Museumsbesucher waren ja hinter den humanitären Hühnerflügeln her und blieben aus), um mit ihr drei bis sieben Tassen Kaffee zu trinken und meine Diplomarbeit zu besprechen. Nachts kam sie zu mir herunter in die Wachstube: Wir tranken Tee mit humanitärem Zwieback, diskutierten die aktuelle Politik (die generell indiskutabel war) und sprachen über Tschechow und die romantische Klaviermusik des 19. Jahrhunderts. Von 1990 bis ins Jahr 1999 verließ sie das Museum nahezu nie, weil sie (mit Grund!) befürchtete, daß die Direktion in ihrer Abwesenheit Teile der Sammlung ins Ausland verkauft.

Alexandra die Befreierin war ihrer Abstammung nach Krimtschakin und predigte immer Vorsicht bei ethnographischen Formulierungen. Die Krimtschaken oder Krimjuden, die seit dem Mittelalter auf der Krim lebten und eine Turksprache sprachen, zählten bei der Volkszählung von 1989 genau 1448 Seelen, davon 604 auf der Krim. Vor dem Zweiten Weltkrieg waren sie etwa doppelt so viele, doch vom 11. bis zum 13. Dezember 1941 wurden alle, die auf der Krim geblieben waren und von der Gestapo, krimdeutschen Kolonisten und tatarischen Freiwilligen ausfindig gemacht wurden, in der Schlucht Dubki (beim Kilometer 10 der Landstraße zwischen Simferopol und Feodossija) gesammelt, angeblich zur Zwangsarbeit in Moldawien, und erschossen. Von Alexandra Karakos' Verwandten war nur ein Neffe übriggeblieben, Boris, er lebte in Odessa, auf der Moldavanka. Seine Frau Raja, gebürtige Blumenspeck (eine Jüdin also auch, aber keine Krimtschakin), verprügelte ihn von Zeit zu Zeit – dann begann er zu trinken, schloß sich ein im Türmchen des Puppentheaters, wo er in der Puppenfertigung als Tischler arbeitete, und führte von dort aus den Passanten allerlei Körperübungen vor. Ende der achtziger Jahre hatte er schließlich genug Mut, schlug zurück und zog nach Leningrad, quartierte sich bei seiner Tante ein und eröffnete eine kleine Firma, die durchsichtige Plastikschlüsselanhänger mit Kondomen darin produzierte, einen der Verkaufsschlager des frühesten neurussischen Kapitalismus.

»Aber Frau Karakos, was tun Sie denn hier?«

»Ach, Weniamin, kennen Sie denn die Geschichte mit meiner Wohnung nicht? Oder? … Aber wie froh bin ich, Sie zu sehen! Der erste lebende Mensch seit drei Monaten! Kommen Sie, kommen Sie herein bitte, genieren Sie sich nicht. Es ist nur sehr kalt hier. Ich wollte gerade nach oben mich aufwärmen gehn.«

Der Raum war ein schmales gewölbtes Garderobenzimmer mit hörnchenförmigen, trüben Leuchten über den Spiegeln, mit rauh verputzten Säulen und einer auf Eiche gestrichenen Theke, hinter der zwei Reihen leere Kleiderständer standen mit Blechnummern, die wie kleine numerierte blecherne Blätter bebten. Nur an einem Haken hing ein Dreiviertelmantel aus Drapé. Kalt war es hier, in der Tat, saukalt, die in der Messe zurückgelassene Matrosenjacke brachte sich in Erinnerung. Ich hängte mich über die Theke, nahm den Mantel vom Haken und hielt ihn ihr auf. Sie zog die Ärmel ihres taillenlosen halbwollenen blauen Kleides lang – in diesem Kleid war sie immer zur Arbeit gekommen, eine Kamee mit einem Hirsch darauf am Hals –, klemmte die Ärmel am Handgelenk mit den Fingern fest und streckte ihre kleinen Fäuste hinter sich. Ich ließ sie behutsam in die Mantelärmel gleiten. Sie hakte mich unter. »Vielen Dank. Ein Gentleman wie immer! Nun lassen Sie uns gehn, schnell!«

Der Neffe Boris hielt sich mit seinen Kondom-Anhängern zunächst über Wasser, machte sogar Gewinne, aber dann kam, was immer kam: Man hatte ihn beschissen, er konnte die Schulden nicht abzahlen, man verlangte die Wohnung der Tante. Die Wohnung lag am Gribojedow-Kanal, unmittelbar neben der Kirche »Erlöser auf dem Blut«, die so hieß, weil genau hier, an dieser Stelle, 1881 Zar Alexander II., auch Alexander der Befreier genannt (wegen der Aufhebung der Leibeigenschaft), von einem Terroristen namens Karakosow getötet worden war. »Was sollte ich tun, Weniamin, was sollte ich tun? Sie hätten ihn umgebracht! Aber ich konnte mich nicht abmelden aus dieser Wohnung, weil ich keine andere Adresse angeben konnte, es ist ja gesetzlich verboten, nirgends zu wohnen. Dann haben die das alles so gedeichselt, als sei ich umgekommen: Ein Auto hat mich ein bißchen umgefahren, aus dem Krankenhaus haben sie mich dann hierher verfrachtet.« Ihr straffes gelbliches Gesicht mit den halbgeschlossenen Lidern wandte sich mir mit einem schuldbewußten Lachen zu. Die etwas zu breite Haut an ihrem etwas zu schmalen Hals schaukelte und bebte ein wenig. Wir stiegen vier in der Mitte ausgetretene Stufen hinauf (rasteten kurz auf jeder), dann drückte ich endlich den bronzenen Türgriff in der Form eines Approximationszeichens. Die Tür ging auf.

Nach dem durchhärteten, doch klaren goldenen Licht zu urteilen (in der Welt ist kein schöneres), war es gegen sieben Uhr abends. Der Platz der Künste zeigte sich erstaunlich still und menschenleer, lediglich ein finnischer Autobus fuhr vorsichtig zum Tor des Museums heraus und bog um die Grünanlage mit dem Puschkin-Denkmal in der Mitte, an der Bordwand eine Reklame-Schablone: im Gluckern aus einer geneigten Flasche die Aufschrift »White Nights in Pietari!«

»Zum Michajlowski-Park?« fragte ich und wollte nach links, aber Alexandra die Befreierin preßte meinen Oberarm mit ihren kleinen eisernen Fingern: »Nein, nein, ich sitze lieber etwas dort auf der Bank, beim Puschkin. Zehn Minuten, nicht länger. Ich habe noch grausam viel zu tun mit dem Katalog der russischen Friedhöfe am Peipussee. ... Seltsam, sehr seltsam: gewöhnlich ist hier ein Betrieb wie auf dem Jahrmarkt – Kioske, Touristen, Flaschensammler und die Polizei ... und jetzt keiner, außer Tauben. Nutzen wir das Angebot? Es wäre schändlich, es auszuschlagen.«

Sie ließ meinen Arm los und lief mit kleinen Schritten, doch unerwartet rasch in ihren hellen absatz- und schnallenlosen Schuhchen, quer hinüber, direkt vor der Nase des sich verdutzt rüttelnden Autobusses. Ich kam nicht hinterher und wartete auf dem Bürgersteig. Als der Bus vorbei war und seine Staubwolke verflogen, war meine alte liebe Frau Karakos nirgends mehr zu sehn – weder auf dem Bürgersteig drüben noch hinter den Bäumen, noch beim Puschkin mit seiner bronzenen Taube, der ihm an den Hinterkopf geschraubten. Aber es war auch keinerlei russisches Museum mehr da, von seinem Gußeisengitter an nur Wiesen und Sträucher in milchigem Licht, soweit das Auge reichte, bis hin zur Newa. Ich blickte hinter mich: Am Ort des Ethnographischen Museums und hinter ihm, bis zum Fluß Fontanka – enge Reihen verkohlter Fichten auf fettem schwarzen Boden. Doch der Große Saal der Petersburger Philharmonie stand noch, und am

Giebel des Theaters der Musik-Komödie rollte sich langsam ein Wachstuchstreifen ab mit der Aufschrift DER ZIGEUNERBARON.

Die Legende von der unsichtbaren Stadt Kitesch – im Himmel, unter Wasser und unter der Erde

I

» … das Mittelmeer ist glatt, seidig, in den Lagunen batisten, die Farben – von einem wäßrigen Grün bis zu scharfem Hellblau. In der Gischt – weiß, wie geknitterte Spitze. Die Ostsee – entweder samten oder Sämischleder mit dem Strich auf dieser oder auf jener Seite. Dunkelgrün, dunkelblau oder dunkel-stahlfarben. Wellen mit rötlichem Futter. Seltener kohlschwarz – dann aber ledern. Die Newa kann auch so sein – aber grün nie.«

»Und das Schwarze Meer?« fragte ich, ohne die Lider zu heben.

»Das Schwarze Meer ist Satin, Popeline, in den Buchten Kattun und Mull. Aber bei keinem Wetter schwarz, nicht einmal nachts. Nachts pumpt man es vollkommen leer und läßt am Kaukasus Tkemalisoße ein, das ist eine georgische Kirschpflaumensoße, und an der Krim-Küste – Scheiße.«

»Aber Sie sind ja ein Dichter, Herr Achov!«

Ich schob mit zwei Fingern mein linkes Lid über die Braue und fand mich auf dem Stahlklo sitzend: die Unterhose an die Knöchel gerutscht, die Ellbogen auf die Knie gestützt, die Wangen in den Händen. Die Tür zur »Admiralskajüte« stand offen und eröffnete den trüben, graublauen Morgen des dritten Tags. Die Kapitänsstimme kicherte geschmeichelt:

»Kikiki … A bisserl schon. Hasts erfaßt! In der Zeitung ›Der Binnenschiffer von Ismail‹ hatte ich mal eine Humoreske, gereimt, über die Verschmutzung des Hafenbeckens. Zum Tag der Mitarbeiter der Binnenschiffahrt der UdSSR. Wenn du willst, Junge, trage ich dir was vor von meinen Sachen?« Und ohne meine Zustimmung abzuwarten, fing er mannhaft-dunkel (so mannhaft-dunkel, wie ein greiser Tenor eben sein kann) zu deklamieren an: »Führe mich. Zur Karte. Meines. Landes. Laß mich berühren. Mit sehender. Hand. Die Orte, an denen. Verzeichnet sind. Stalingrad. Kachowka. Dschankoj.«

»Das ist ein Gedicht von Alexej Surkow. Im Namen eines blinden Bürgerkriegsveteranen gesprochen. Aus ›Reise ins Land Poesie‹, einer Anthologie für die Jugend«, bemerkte ich und ließ das Lid wieder fallen. An seiner Innenseite erglühten Gestirne, die kein Sterndeuter kennt.

Achov fauchte gekränkt durch die Nase.

»So ... Und ich dachte: Konstantin Simonow ... Da schau, was für einen gebildeten Gast wir haben! Ist ja beinah unheimlich, mit solchen Gästen auf ein und demselben Schiff sich zu befinden! ... Na gut. Genug geplaudert, du Professor. Genossin Schtekaturko hat mich gebeten, dir auszurichten, der Tisch ist gedeckt und sie an Land. Ende der Durchsage.«

»Warten Sie, warten Sie, bitte! Was für ein Land? Warum hat mich keiner geweckt!«

Meine gelb-blaue Unterhose hochziehend, drängte ich stürmisch aus der gepanzerten Sanitärzelle und hastete, von der Kälte versengt, humpelnd über das Linoleum zum Fenster. Tatsächlich, eine Küste: rotbraune Dächer lugten oben aus schwarzen Körben – den vom Regen bestäubten, nachlässig ineinander verflochtenen Baumkronen. Über den Dächern ein kastenförmiger Dom mit angespitzten Türmen, einem dicken am Bug und zwei dünnen am Heck. Eine kleine finstere Stadt über einer grauen vieltorigen Mauer.

»Du pennst zu lange, junger Herr. Was gibts da zu fragen? Das Land ist Schweden. Insel Gotland. Der Hafen Visby. Wo uns der Eisbrecher hingeschleppt hat, zur Reparatur. Wessen Papiere in Ordnung sind, der hat Landurlaub – bis zum

Abendessen. Du auch, wenn deine Papiere stimmen. Aber erst frühstücke, sonst wird Zoëchen mich frühstücken … mit Stumpf und Stiel. … Sascha, Sascha, was sagen die Schweden, werden sie fertig bis zum Abendbrot oder nicht?«

»*Shit,* sagen sie, *o.k.,* sagen sie, Käptn. Aber werden wohl fertig. Es ist wohl nichts Aufregendes. Ins Dock wern wer nich müssen. Die haben hier so eins auch nicht in der Länge. Hab zwei Fläschel *Lotos* rausgerückt und eine Schachtel *Belomor.* Jetzt müssen sie das Potpourri erst mal verdauen. Dann sind ein paar Steuerschieber auszutauschen. Gut möglich, daß die eine oder andere Klappe marode ist … Aber das Ruderblatt ist noch gut, denk ich mal. Braucht keine Reparatur. Nein, das kriegen sie hin bis dahin, keine Sorge, Käptn.«

Zur Illustration sagte eine schwedische Stimme verwundert: »shit«, und eine andere schluckte, atmete aus und sagte ebenfalls: »shit.«

Der Kapitän brummelte etwas Mißtrauisch-Beruhigtes und wurde still. Man konnte hören, wie seine Rollstuhlrollen leise rummelten und quietschten.

Ohne jede Hoffnung, die Anordnung der Türen und Treppen jemals zu verstehen auf diesem ausgeklügelten Schiff Typ »Ulysses« (Projekt 17700), das im Schiffsbau-Konstruktionsbüro »Lenins Schmiede« (seit 1993 »Der Schoner«) einfallsreich entworfen und dann nach den noch einfallsreicheren Anweisungen Kapitän Achovs von Rumänen in Giurgiu umgebaut worden war, tat ich in dem dunkel schimmernden Korridor auf gut Glück einen gleitenden Schritt, stieß die erstbeste Tür auf, stieg die erstbeste Treppe hinauf und befand mich seltsamerweise stante pede auf Deck – und zwar direkt am Landungssteg. An Land ging ich aber nicht vorerst – mein Import-Export-Leben hatte mich Vorsicht gelehrt oder, wie mein Stiefvater zu sagen pflegt … pflegte: *auf der Hut zu sein.*

Längliche Tropfen krochen über mein Gesicht, kondensiert aus der weichen Feuchtigkeit der Luft, von der unerwarteten Wärme schwitzte ich unter dem groben Stoff der Matrosenjakke. Der Kai war abgeriegelt mit Betonpaneelen auf Füßen, über die Paneele lief auf einem Transparent, das sich seit seinen fast dreihundert Jahren rotgelb verfärbt hatte, in blauen kursiven und geschweiften Lettern die Losung: »HOCH LEBE DIE IM KRIEG ERPROBTE FREUNDSCHAFT DER BEIDEN BLAUGELBEN VÖLKER – DER SCHWEDEN UND DER UKRAINER!« (Sie ging zurück auf die Poltawa-Schlacht von 1709, bei der der abtrünnige ukrainische Großhetman Mazeppa dem Schwedenkönig Karl XII. gegen Peter den Großen beistand; damals hat Weiß-Blau-Rot gegen Blau-Gelb gewonnen.)

Jenseits der Absperrung fuhren Radfahrer im Straßendunst mit eingezogenen Köpfen und auf dem Wind liegenden Mantelschößen. Auf der Spur neben ihnen rollten vorsichtig Autos, die undeutliche leere Netze vor sich hertrieben. Neben diesen und den Autos und Radfahrern der Gegenrichtung rannten nasse schwedische Mädchen über den Bürgersteig, die Hände in den Taschen ihrer engen kurzen Regenmäntel – als liefen sie in bunten Zwangsjacken. Hinter dem Bürgersteig ragte der Berghang unter Reisig und Tropfnebelschleiern.

Auf dieser Seite der Absperrung stand unter einem Plexiglas-Schutzdach, die Hände im Rücken verschränkt, ein Polizist in einer stumpfblauen Jacke mit erhaben gestickten Abzeichen auf den dicken Ärmeln, den Schultern und der Brust – und bewachte den Ausgang. Vom Schutzdach herab hing eine schwedische Flagge wie eine Gardine, trüb vor Nässe.

Der Polizist drehte seine straffe runde Wange zu mir und schwenkte einladend den Knüppel hinter dem Hintern – als wärs ein Schwanz. Zur Antwort strich ich dreimal mit der Hand durch die Luft und tat, als sei ich herausgekommen, um im Regen zu rauchen. Demnach hatte ich nun, ausspuckend über Bord, im Matrosengang mich zum Bug hin zu bewegen. Zum Glück fand sich in der Tasche eine antike Schachtel

»Astra« (ovale, filterlose, produziert vor zehn Jahren in Leningrad, in der Uritzki-Fabrik): Ich sog ihren feuchten Rauch ein und spuckte ihn mit den Tabakfädchen aus. Sofort brannte die Kehle. Ab und an hielt ich ein, um einen Blick auf die Insel zu werfen (in die Okulare drängten sich ungewöhnlich breitschultrige Fichten auf hochrasierten Beinen und graue Platten säuberlicher Ruinen) und auch die näheren Gegebenheiten zu durchstreifen: es gab keine Wege an dem Polizisten vorbei, die Absperrung betraf die gesamte Schiffslänge, und an beiden Enden schlossen sie zwei mannshohe Gitter ab. Und was zum Kuckuck würde ich dort anfangen, auf diesem Gotland, in dieser Mausefalle, von allen Seiten umgeben von starrem, quecksilberblinkendem Wasser und einem zusammengefrorenen Wattehimmel, noch dazu mit dem gefälschten Paß, der mir zwar gestern zuteil wurde von dem estnischen Leutnant, aber ohne schwedisches Visum. Werd ich denn in die Wälder um Visby gehn, mich von Igeln und Eichhörnchen nähren, bis mich alle vergessen haben? … Oder vielleicht doch? … Die halbtausend blassen amerikanischen Rubel und die deutsche Kreditkarte, die ich vom Stiefvater geerbt habe, hat Zoëchen gottseidank nicht mit in die Waschmaschine, sondern ordentlich unters Kissen geschoben. Ich fühlte in meiner Hosentasche nach der Brieftasche und versuchte mich angestrengt zu erinnern, ob Schweden zum Schengener Abkommen gehört.
»Hallo, Landsmann«, sagte jemand von unten auf russisch, »hast du ne Kippe für mich?«

»HALLO, LANDSMANN, HAST DU NE KIPPE FÜR MICH? HE, HÖRST DU?«

Ich hängte mich über den Bug und schmiß tief dankbar die verdammte Packung »Astra« hinab. Im Flug entflogen ihr weiße Striche, wurden sofort naß und fielen sich überschlagend. Eine von ihnen fing, auf der kurzen Pier unter dem Bug der »Atenov« hin und her laufend, ein flachsblonder Kerl in einer Wattejacke und Gummistiefeln. Eine Hose trug er auch, in die Stiefel gesteckt, an der anderen Seite der Pier lag ein hochbordiger Einmaster – wie eine halbe Walnußschale. Über seinem hölzernen und gezackten Achterdeck hing eine kleine weiß-blau-rote Flagge, spitztütig eingerollt wie eine Restaurant-Serviette.

»Danke, Kumpel!« schrie jener, etwas leiser. »Und ich dachte, die Ukrainer sind geizig.«

Die Pier befand sich schon jenseits der Quarantäne-Absperrung, in der Freiheit. Das Seitengitter war verziert mit einer kleinen quadratischen Werbung für »Gorbatschow«-Wodka, eine Flasche schießt aus brechendem Arktis-Eis empor wie eine Kriegsrakete.

»WO FAHRT IHR HIN?« brüllte ich, mich über die Reling beugend.

»Nach Rügen, dann Lübeck.«

Ich wurde plötzlich so aufgeregt, daß ich mich mit meinen Schuhspitzen in eine Seilrolle einhakte und mich noch weiter hinaushängte. So gesehen fehlte nicht viel an der Position einer Galionsfigur, wären denn im Kühlschiffprojekt 17700 Galionsfiguren vorgesehen gewesen. Rasierte man mich an Gesicht und Brust, sähe ich aus wie eine betagte Nixe mit verengten Augen und satt vom Wind.

»WANN?«

Der Kerl zeigte seinen Zeigefinger, das hieß »in einer Stunde«. Und ich fing an flüsternd zu schreien:

»Könnt ihr mich mitnehmen? Ich habs eilig nach Deutschland, und wir stecken hier fest. ICH ZAHLE.«

Der Kumpel ließ aus dem Mund Spucke in das Meer zwischen der Pier und dem Bug der »Atenov« und schob mit einladendem Arm die Luft zu sich heran.

»UND WIE?«

Ich deutete auf den »Gorbatschow«-Wodka an der Ausgangssperre und spreizte einige Male die Arme.

Er nickte: *aha, kapiert!* und richtete eine lässig aus der Brusttasche gefischte Fernbedienung seitlich auf sein Schifflein. Über die Reling schob sich ein Gestell, das aussah wie eine kleine Raketenrampe und drehte sich einige Male hin und her, als blicke es um sich. Der Kollege bemaß die Richtung mit der Hand und schwenkte wiederum die Fernbedienung. Aus dem Gestell stieg zügig eine teleskopische Weißmetall-Leiter und dockte sich dann, nach ein paar Probestößen, direkt vor meiner Nase an den beiden Wangen der »Atenov« an. Aus ihren Ständern fuhren schnurrend Insektenbeine und saugten sich unverbrüchlich unter der Reling fest. Ich seufzte, gedachte traurig des im Leninzimmer verbliebenen Koffers mit meinen Autorreferaten zur Dissertation (die ich freilich auswendig konnte, samt der gesamten Bibliographie), ergriff die kühle und glatte Sprosse, schloß die Augen und begann nach unten zu krauchen.

»Bist du noch bei dir? Mit den Füßen voran! Sonst fällst du noch runter und brichst dir die Birne!«

II

Der Segler hieß »Seekönig« und war keine Brigantine oder Karavelle, wie ich zuerst gemeint hatte, aber auch kein mittelalterliches Nowgoroder Meer-Uschkuj mit Deckflächen auf Bug und Heck und einer offenen Mitte (im Unterschied zum Fluß-Uschkuj mit seinem breiten und durchgehenden Deck), sondern eine Kogge, erfuhr ich, ein Hanseschiff, historisch getreu konstruiert im Yacht-Club der Stadt Lodejnoje Polje (in der sich zu Peters Zeit das Schiffsbau-Zentrum befand, wo man das erste Schiff der Baltischen Flotte, die *Standarte*, gebaut hatte). Der Yacht-Club vermietete Schiff plus Besatzung an Herrn Wendelin Wende, einen deutschen Hobby-Archäologen. »Wir suchen die Schätze von Vineta«, gab mir der Kerl zu verstehn (bei näherer Betrachtung erwies er sich als ein

Typ mittleren Alters, sehnig, mit rotem Gesicht. »Hast du mal von denen gehört?« Um nichts zu verlieren von dem vollen Genuß des kostbaren Tabakheus, atmete er eine gute Hälfte der »Astra« auf einmal in sich hinein – in die gekonnt eingekniffenen Lippen. Die andere Hälfte allerdings entfiel ihm mit der fallenden Unterlippe, als ich ihm mitteilte, daß ich von den Schätzen Vinetas nicht nur gehört, sondern über sie sogar eine Dissertation verfaßt hatte.

»Sag mal, kann ich vielleicht irgendwo drinnen sitzen in einer Ecke, bis wir ablegen, mein ich. Auf irgendeiner Kiste. Mir ist irgendwie nicht gut. Nach dieser Äquilibristik. ... Wird euer Deutscher hier einverstanden sein mit mir? Wie ist er denn so, als Mensch so – gehts, oder? Wird er nicht stinkig sein?«

»Kannst dich setzen auf die Kiste, klar, wieso nicht. Ich setz mich auch selbst mit zu dir. Und der Deutsche bin ich selbst, sagte der Kollege. Er streckte mir seine jodfarbene Zange entgegen, die beiden Mittelfinger fehlten. »Wendelin. Kannst Wenka sagen. So, als Mensch bin ich – wie du und ich. Stinkig sein werd ich nicht.«

... Der Amateurarchäologe entpuppte sich als deutscher Spion. »Im Ruhestand, keine Angst«, wie er unterstrich, sich auf der quietschenden Schiffstreppe eigens umwendend zu mir. Im März 1985 – er war an der Leningrader Hochschule für Schiffsbau Student im Diplomjahr und noch im heimatlichen Rostock vom BND angeworben worden (Onkel Günther, kein richtiger Onkel, sondern Mamas alter Freund, kam aus Hamburg zu Besuch mit Jeans, LPs und einem Sack Nescafé) – war Wenka-Wendelin in der Pjotr-Lawrow-Straße vor dem westdeutschen Konsulat verhaftet worden bei dem Versuch, dem Kulturattaché Franz-Joseph von Frickenhausen – der sich ins Konsulat rettete – eine fliederblaue Rolle mit unscharf kopierten technischen Zeichnungen des Zerstörers »Dreißigster

Jahrestag des Sieges« zu übergeben, die auf der Fensterbank der Toilette des Admiralitätswerks vergessen worden war, wo der nicht zustande gekommene Schiffsbauer sein Vordiplom-Praktikum ableistete.

»Ach, das waren die Organe? Haben ihm das absichtlich untergeschoben?«

»Großgetan haben sie damit natürlich, ich glaubs aber nicht. Klopapier war damals ein Engpaß. Da hat sich eben einer der Assistenten was aus dem Schrank genommen, war ja auch dünn. Konnte schließlich nicht den Finger nehmen, oder? Nen Schluck Tschifir?«

Austauschen konnte man ihn gegen keinen, weil, erstens, ohnehin momentan keine von uns im bundesdeutschen Knast saßen, und zweitens war er ja noch Bürger des Bruderlands DDR, und drittens, die Hauptsache, die Bundesdeutschen ließen ihn kategorisch fallen: Das sei wohl Eigenmächtigkeit irgendeines jugendlichen Abenteurers. Der habe wohl den Idealismus eines unerfahrenen Diplomaten ausnützen wollen, welcher sich gedacht habe, warum nicht mit dem Landsmann zweiten Grades reden über die Pyrrhichien bei Hölderlin oder so? So war der Bruderstaatsbürger Wendelin Wende wie ein Sonderangebot vom Umtausch ausgeschlossen und hatte gemäß Paragraph 65 des Strafgesetzbuchs der Russischen Sowjetischen Föderativen Sozialistischen Republik (»Spionage zugunsten eines ausländischen Staates«) in die Autonome Republik Komi, reich an Wäldern, Sümpfen und Straflagern, zu reisen, wie ein gewöhnlicher Krimineller. Zuerst war es hart. Was er auch tat, er schaffte die verlangte Anzahl gefällter Bäume nicht, ohne Pakete kam er vor Hunger um, und die Leute mit den Tattoos waren hinter dem kleinen, stellenweise noch pummeligen Deutschen mit den vollen Lippen her, aber: »In Rußland findet sich immer ein guter Mensch, stimmts, Namensvetter?«

»Der gute Mensch« war ein älterer Jude aus Leningrad, »aber kein Virus, das heißt, er gab sich nicht für einen Russen oder sonstwen aus, und eine Autorität bei den Berufsganoven«, denn über ihn kam der gesamte Tee ins Lager – der indische mit den Elefanten drauf, der stärkste. Tee ist neben Tabak die höchstwertige Valuta im russischen Knast, mit einem überaus dicken Aufguß gewinnt man »Tschifir« aus ihm, als Ersatz für Drogen und Wodka. »Papa Tschifir« hieß der gute Mensch. »Ein Berg von einem Menschen, dick wie ein Wal, verurteilt wegen Spekulation mit diesem Tee, den er in Odessa von indischen Matrosen gekauft hatte. Wir haben uns im Lazarett kennengelernt – mir hat die Säge zwei Finger abgesägt – war ein Unfall … na, so gut wie …, und der Vater unser, der ruhte sich bloß aus, mit einer Herz-Insuffizienz. Er wurde wahrhaftig wie ein zweiter Vater für mich, sogar besser (der erste, ich war noch ein halber Samen, da baute der einen Propeller an die Motorsäge »Freundschaft« und flog – wie dieser blöde Karlsson auf dem blöden Dach – aber westwärts). Und nie wieder von ihm gehört, und erst recht keine Jeans und keine »Deap Purple«-LP gekriegt … Aber Papa Tschifir hat mir buchstäblich den Arsch gerettet, dem dummen deutschen Grünschnabel!«

Der Nicht-Virus-Jude, die Autorität – mein Stiefvater, Gott hab ihn selig … oder nicht? … leitete im Lager als Musiker im ersten Beruf das künstlerische Laienschaffen und den Kultursektor überhaupt. Aus welchem sentimentalen Beweggrund auch immer, er brachte den jungen Deutschen bei sich unter – statt Bäume zu fällen, durfte er mit der Schönschrift des technischen Zeichners Wandzeitungen, Anschläge und Losungen schreiben und bei den Konzerten zum Ersten Mai und zum Siebten November auftreten mit der Rezitation eines Gedichts, das in Rußland kein Schwein kannte, dafür jeder Schüler in der DDR auswendig konnte: »Nina, Nina, wot kartina, äto traktor i motor« (*Nina, Nina, sieh das Bild, einen*

Traktor und Motor). Später hat es auch Nina Hagen gesungen – ob sie meinte, sie sei gemeint? Diese Nummer war besonders bei der Lagerleitung beliebt mit Gevatter Perebijnos an der Spitze, der sich schluchzend und schniefend daran erinnerte, wie ihn die Rote Armee aus einem Schweinestall bei Auerbach im Vogtland befreit hatte, wohin er aus seinem Heimatdorf im ukrainischen Poltawa noch als halbes Kind in die Zwangsarbeit verschleppt worden war (offizielle Version, die inoffizielle: »Hab mich selber verpflichtet, so blöd war ich. Dachte, die Scheiße duftet nach Schokolade bei denen dort in Europa! Nur … verstehste … ich hab das nicht gesagt, du hast das nicht gehört!«) Ein paar Jährchen vergingen, der deutsche Jüngling hat sich eingelebt, abgehärtet, normalisiert, russifiziert – den bei »Nina, Nina« unabdingbaren Akzent mußte er nun vortäuschen, sollte Major Perebijnos nicht enttäuscht werden.

Der Fußboden neigte sich, ich stemmte mich mit den Füßen gegen ihn und fiel so nicht von der Koje (Sitzkisten gab es gar keine). Den Tee jedoch hielt ich nicht auf, er warf sich mit seiner bernsteinfarbenen Spitze aus dem Glas und überschwemmte, sich in Lamellen verlängernd, das Klapptischchen aus Eisenbahnplastik. Über uns waren nun undeutlich Stimmen zu hören, dann knarrte und knirschte unter schweren Schritten zuerst das Deck, danach die Treppe in den Schiffsbauch. »Wenka, wo bist du? Bei dir? Haben alles eingekauft. Können ablegen quasi. Deine *Chesterfield* ohne Filter waren fast nicht zu finden, haben drei Läden auseinandergenommen, in Europa raucht solchen Mist keiner. Da, nimm! … … Hej, Wenka! Spinn ich, oder bist das du?« – In das Kämmerchen »in der Größe von anderthalb Särgen«, wie der Hausherr attestiert hatte, schob sich ein um und um krauser Kopf. Auf dem Sattel seiner platten finnischen Nase saß eine riesige Hornbrille. – »Du spinnst, ich bins!« sagten Wendelin und ich gleichzeitig. Samurewitsch, der Archäologe, von welchem ich angenommen hatte, er sitze zur Zeit im Freiherr-Mannerheim-Institut für maritime Archäologie in Helsinki und schenke den Wodka »Jüdischer« aus, einen halben Liter für alle sieben, schüttelte sich vor Verwunderung wie ein nasser Hund und schrie nach hinten und oben:

»Jungs, hier sitzt unser Wenka-Vinetarier beim Wendelin und zecht Tee!«

Die Archäologen Sdorowljak, Wydro, Werasub, Zitrik, Skorbnik und Towstopal, als wissenschaftliche Matrosen angeheuert von dem reichen Ausländer Wendelin, kamen heruntergestürmt und drängten sich, freudig die Vollbärte schwenkend, in die Kajüte, um mir mit ihren spatenartigen Archäologenhänden auf die Schulter zu klopfen. Die »Seekönig« krängte nun deutlich. Als sie aber entdeckten, daß sie in die Mitte des ihnen gut bekannten Romans vom Leben ihres Arbeitgebers geraten waren, verzogen sie sich sachte. Die Leinen waren zu lösen, die Pufferreifen einzuholen und die Segel zu setzen, und überhaupt war alles Nötige zu richten, um von der verregneten Insel Gotland fort in das trübe Baltische Meer zu segeln.

»Wieso warst du dieses Jahr nicht mit bei den Ausgrabungen? Du glaubst nicht, was wir gefunden haben – ein ledernes Wikingerkondom mit einer Darstellung der Göttin Freia darauf! … Na, wir reden nachher noch, wenn wir auf Kurs sind«, – Samurewitsch gab mir den letzten Klaps auf meine aufzuckende Schulter und folgte seinen Kollegen.

… Ende des Jahres 1988 wurde Wendelin Wende infolge der perestroikabedingten Erschlaffung des Staatsorganismus vorfristig entlassen, bekam seinen Lagerlohn in Ostmark nach dem damaligen großzügigen Wechselkurs und wurde mit einem Aeroflotflug Leningrad–Dresden ausgeflogen aus der Noch-Sowjetunion. Während des ganzen Fluges lutschte er die von den Stewardessen verteilten »Anflugbonbons« und rauchte säuerliche »Belomor«-Papirossas hinterher, starrte in die rosablauen Felder über den Wolken und dachte traurig, er werde Rußland nie mehr wiedersehen. Und die Autonome Republik Komi schon gar nicht. An seinen Wangen mahlten die unrasierten Kaumuskeln. Er konnte ja nicht ahnen, daß er zwölf Jahre später legitimer Miteigentümer der AG Möbelexport-Transit sein würde, welche im Landkreis Sykdyvdal dieser wald-, sümpfe-, seen-, pilz- und mückenreichen und ausschließlich von Strafgefangenen, Geologen und den kleinen stillen Komi besiedelten autonomen Republik der Russischen Föderation Zweibanktische für deutsche Biergärten produziert.

Im Dresdener Flughafen holte man ihn unerwartet ab (»Meine Frau Mama, die Schlampe, hatte sich längst in den Westen abgesetzt, zu ihrem Säger«) – zwei unwahrscheinlich korrekte junge Männer mit unauffälligem russischen Akzent und einer Limousine »Wolga GAS-24«. »Aber keinem schwarzen Wolga, einem beigen!« – unterstrich Wendelin eigens. Die jungen Männer fuhren ihn zu einem unauffälligen Haus, schlossen mit eigenem Schlüssel eine unauffällige Tür auf und führten ihn in ein unauffälliges Zimmer. Vom Schreibtisch erhob sich ein Mann mit einem unauffälligen nackten Gesicht, mit einem sich traurig unter die Unterlippe verdrückenden Kinn, mit beinernen Geheimratsecken unter dem über sie gekämmten aschblonden Haar und mit Augen, die etwas enger beieinanderstanden als nötig und ab und zu unverständlich blitzten. »Wie können wir Ihnen helfen, Genosse Wende?« fragte der Mann so gut deutsch wie russisch: »Tschem my moshem pomotsch wam, towarischtsch Wende?«

Das kleine Schiff setzte sich knarrend in Gang, die Küste drehte sich langsam im Fenster und der Magen desgleichen im Bauch. »Backbord, fuck you«, schrie der Zitrik den Sdorowljak an oder der Wydro den Towstopal, oder wer da immer oben am Ruder war.

»Sag mal, richtige Seeleute habt ihr schon auch? Oder ausschließlich Archäologen?« fragte ich vorsichtig.

»Eh, Bruder, kriegst du kalte Füße, ha?« freute sich Wendelin. »Der Käptn bei uns, keine Bange! – der Käptn ist echtest! – ich hab ihn von der »Krusenstern«, dem Schulsegler der russischen Marine, für nicht zu knapp Penunzen. Er war der Dritte dort, davor bei der Unterwasserflotte. Die Ostsee kennt er wie die eigene Frau, von vorn und von hinten. Tragen wir dich jetzt mal besser in die Schiffsrolle ein. Das O.k. für die Abfahrt haben wir seit gestern, aber solange wir in den schwedischen Gewässern sind, kann sonstwas passieren, jemand kommt und prüft alles noch mal, die sind so, die Schweden. Weißt du zum Beispiel den Unterschied zwischen einem Schweden und einem Eichhörnchen?«

Ich sagte, ich kenn ihn, und reichte ihm den Paß. Mein Gastgeber schlug auf seinen Knien (das Tischchen war überflutet mit meinem Tee) eine Kladde auf und begann, meine Daten einzutragen, in einer Handschrift, die ich als eine schwimmende bezeichnet hätte, wäre sie nicht eine tauchende gewesen. Der Fortsetzung seines Romans war dies indessen keineswegs im Wege.

Der gute Mensch aus Dresden half Wendelin nicht sonderlich. Einzig zu einem Job verhalf er ihm: als Hilfskraft beim Verband der Kleingärtner, Siedler und Kleintierzüchter. In die Residentur, jenes unauffällige Haus, lud man ihn nicht mehr ein. Von Zeit zu Zeit versuchte Wendelin, sie selbst zu finden, und lief bis in die Nacht durch die menschenleeren Straßen Dresdens, doch alle Häuser waren unauffällig, die meisten mit verwittertem Putz und Spinnennetz-Rissen unter Fett- und Rußschichten. In vielen saßen unauffällige, staubige Menschen hinter den unauffälligen, staubigen Gardinen unter undeutlichen Porträts, einige hatten auch links ein Glas Tee stehen in einem zinnernen Glashalter mit dem unscharf plastischen Kreuzer »Aurora« darauf. Wendelin langweilte sich unter dem ihm fremdgewordenen Volk. Aber da trat unversehens eine neue Zeit ein, die »Wende«, wie man sie nannte. Und ihr Namensvetter, Wendelin, wurde unversehens schwerreich. Er verdankte das – wieder! – dem Tschifir-Papa Jakow, welcher sich unversehens meldete und bald nach Dresden kam, um den Knastbruder zu besuchen und dabei drei Säcke Milizmützen, Marineknöpfe, Panzerkokarden, Infanterieschulterklappen, Pilotenabzeichen und anderen gängigen Rotarmistenramsch dieser Zeit bei den Straßenhändlern abzusetzen, die überall im vereinigten Deutschland auf einem Klapptisch oder direkt auf dem Gehsteig auf ausgebreiteten Decken Sowjet-Souvenirs feilboten. »Und du«, spricht er, »willst du ewig wurzeln und wursteln bei diesen Schrebergartendeppen? Was züchten sie da? Irgendwelche Gladiolen, nehm ich an. Weißt du was? Laß uns die Gladiolen holen und auf den Markt in Jaroslawl rüberschaffen en gros. Habe gerade, nicht weit weg von hier, eine befreundete Fliegerstaffel aufgetan, sie wird sowieso bald im Rahmen des Abzugs der Sowjettruppen ins Gebiet Jaroslawl umstationiert, da kriegen wir alle hiesigen Gladiolen von den strategischen Bombern auf den Jaroslawler Markt geworfen!« Doch es kam weit pfiffiger. Die Mitglieder des Verbands der Kleingärtner, Siedler und Kleintierzüchter beschäftigten sich, außer mit Gladiolen, schwächlichen Apfelbäumchen und kränklichen Bienen, seit den siebziger Jahren auch mit der Zucht weißer flauschiger Hündchen mit Zotteln über den Augen, einer spezifisch russischen Hunderasse »Bolonka Franzuska« (französische Bolonka), welche von Wendelins Verband offiziell anerkannt war (im Unterschied zur »Bolonka Zwetna« (bunten Bolonka), welche in der DDR individuell, inoffiziell und heimlich gezüchtet wurde). Die westdeutsche »Deutsche Vereinigung der Zwerghundrassenliebhaber e.V.«, welche sich des Territoriums der ehemaligen DDR bemächtigte, verbot dann alle Bolonkas, ob weiß, ob bunt, und befahl, sie Bologneser zu nennen. Wendelin Wende wurde zum Haupt der empörten Liebhaber russischer Bolonkas und gründete die nichtkommerzielle Vereinigung »Bolonkas deutscher Freund e. V.«, die sehr enge freundschaftliche Beziehungen mit Papa Jakows Kooperative »Transit« anknüpfte. Von Petersburg rollten nach Dresden zunächst als japanische Zwergschafe verzollte Bolonkas, die verschreckt und benommen aufblickten durch ihre Zotteln, dann Ballen von Ginsengtee, dann Gräberwachs in loser Schüttung und schließlich Bündel über Bündel mit Aas (im ledertechnischen Wortsinne) der Marfrettis, einer mysteriösen Kreuzung von Marder und Frettchen, auf der Kurilen-Insel Iturup gezüchtet.

Von hier an war mir dann diese Geschichte mehr oder weniger bekannt, obwohl ich damals noch nicht in direkter Berührung mit den Geschäften meines Stiefvaters stand (einige Jahre lang gelang es Mutter und Lilka, mich davon fernzuhalten, sich auf mein Studium berufend, meine wissenschaftliche Arbeit und mein philharmonisches Abonnement »Romantische Klaviermusik des 19. Jahrhunderts«. Aber man bekommt doch einiges mit in derselben Wohnung mit jemandem ...). Allmählich fanden sich neue Artikel im Warenverkehr zwischen Petersburg und Dresden – *rotes Quecksilber* zum Beispiel, die populärste und geheimnisvollste Substanz der frühen neunziger Jahre: alle haben von ihr gehört, viele haben sie verkauft bzw. gekauft, aber anscheinend niemand hat sie je gesehen. Oder die Enterleiter mit automatischer Zielsuchlenkung und Magnetsauggreifern. Oder Panzerschrott, säuberlich in Ölpapier gewickelt und verpackt in zugenagelte Kisten mit der Aufschrift »Vorsicht! Glas!«

Nach einiger Zeit überließ Wendelin Papa Jakow seine Anteile an den gemeinsamen Unternehmen (mit Ausnahme der ihm ans Herz gewachsenen Möbelwerkstatt in der Autonomen Republik Komi) und investierte das freigewordene Kapital in Spekulationsgeschäfte mit ostdeutschen Immobilien und auch in ein paar Computerfirmen, die damals gerade den Anfang ihres schwindelerregenden, aber nicht lange währenden Höhenflugs an der Frankfurter Börse erlebten. Auch hier stieg er sehr rechtzeitig aus (mit einem bescheidenen Gewinn in absolut legaler Millionenhöhe) und teilte jetzt seine wohlverdiente »Muße« auf zwischen der Komi-Republik und Lustreisen zur See auf der Suche nach der unbekannt wann und wo versunkenen Stadt Vineta mit den goldenen Dächern und dem Pflaster von Smaragd, von der er seit seiner Kindheit träumte – seit er nächtlich die Seefahrerromane in den bunten Umschlägen verschlungen hatte, die Onkel Günther aus Hamburg schickte oder mitbrachte (»Von Piraten, Vitalienbrüdern, Hansa-Kriegen und so in der Art … Weißt schon! Deswegen habe ich auch Schiffsbau studiert, bei der Flotte haben sie mich nicht genommen, die Scheißer! Plattfüße sollte ich haben! Und?! Ich wollte doch nicht laufen über das Wasser!«)

In der langsam steigenden und sinkenden Koje halb sitzend eindösend, stellte ich die einzige noch gebliebene Frage. Mit einer Antwort auf sie habe ich kaum gerechnet:

»Und diesen … diesen Residenten … den hast du nie mehr gesehen?«

»Den Kultur-Schmultur-Attaché meinst du, vom Leningrader Konsulat? Doch, natürlich! Dieses Frühjahr in Kopenhagen. Er leitet da eine männliche Striptease-Bar mit politischen Flüchtlingen aus dem Kaukasus, aber tierisch, sag ich dir: alle nackt, von Kopf bis Fuß rasiert, aber mit Bärten! War ein guter Abend, wie mit einem alten Freund! Haben einen Liter Wodka ›Absolut‹ zur Brust genommen, uns an Leningrad erinnert … Oder wen hast du gemeint?«

III

… Wir sprachen über Vineta.

Vineta! Erhabene Stadt, größte und schönste der Städte Europas. Auf einer Insel, von drei Wassern bespült! Wo die Oder mündet ins Skythische Meer! In den Skythischen Sümpfen! Hinter dem Land der Liutizen, auch Wilzen genannt! Zwölf Tore und ein Hafen! Garn auf goldenen Spindeln gesponnen! Glocken aus purem Silber!

Von dem kleinen dunklen Glas prallten Wasserfetzen ab. Hinter ihnen und dazwischen hob sich langsam der Meeresspiegel – schräger und schräger. Über diesem Spiegel, der fast aus seinem Rahmen rutschte, stand die gekippte Küste Gotlands – ein schiefer felsiger Himmel. Die Koje unter mir senkte sich nicht nur tiefer und tiefer – sie drehte sich auch. »Wie fuhren unsere slawischen Vorfahren zur See« – ein Buch mit diesem Titel hatte der künftige finnische Professor Goldstein noch als angehender Kondottiere der Populärwissenschaft in der Leningrader Filiale des Verlags »Kinderliteratur« veröffentlicht. Ja, genau so fuhren sie zur See – mit flüchtendem Magen, die eine Hand klammert sich an der Koje, die andere zielt mit einem Krug Malzwein in die Mitte des Barts. Sie blickten voll Schrecken zum Schiffsfenster und schrieen durch das an Deck donnernde Wasser: »Vineta! Erhabene Stadt, größte und schönste der Städte Europas! Vineta, wir kommen! Vineta, wir kommen zu dir, mit weichen Pelzen, mit gelbem unterirdischem Elfenbein und dem weißen Silber des Nordens!«

Wendelin Wende, das zerknautschte Gesicht zur Seite geneigt, hörte aufmerksam zu und goß wieder und wieder den Teeteer nach in die Blechbecher mit den eingestanzten Nummern. Von Zeit zu Zeit zog er einen Flachmann unter der Jacke hervor und spritzte, ohne hinzusehen, da er die Augen in ihren Fältchen unverwandt auf mich gerichtet hielt, etwas hinzu, was jedoch in der teerschwarzen Bitternis und herben Zähflüssigkeit in dem erstarrten Mund kaum Wirkung tat. »Allerfeinster Rübenwein«, erklärte er auf meinen fragenden Blick. »Krieg ich bei den Zigeunern.« Mein Kopf drehte sich, die Kehle brannte, Tränen stiegen in die Augen. Ich erzählte ihm von dem großen Bund der westslawischen Handelsstädte – von Vineta bis Nowgorod. »Übrigens, Wendelin, ist Ihnen das schon mal durch den Kopf gegangen? Nowgorod – das heißt ja auf deutsch Neustadt/Neugarten, nämlich *now* ist *neu* und *gorod* ist *Stadt* oder *Garten,* eigentlich die Ummauerung. Wenn es eine Neue Stadt gibt, muß es irgendwo auch die alte Stadt geben, nicht?«

»*Alt* ist *star* – Stargorod?« Wendelin kratzte sich die stoppelige Wange mit dem stumpfen Ende seines Bleistifts.

»Eben! Stargorod, Staregard, Alte Stadt. Zum Beispiel die Stadt *Oldenburg*, schon mal gehört?«

»Ja, kenn ich«, antwortete Wendelin ernst. »Tante Berta hat dort gelebt … also, wie nun? meine Großtante väterlicherseits. Ein Kaff, wies im Buche steht, wo sich die Rollmöpse und die Pumpernickel gute Nacht sagen. – Warum? – Ach so! Na, da!«

Natürlich ging es nicht allein um die Alte Stadt. Nach meiner (unter der Leitung von Professor Goldstein ausgearbeiteten) Theorie existierte der westslawische und baltische Städtebund bereits im Frühmittelalter – in der Art der Hansa, aber lange vor ihrer Gründung im 13. Jahrhundert. Und vermutlich tatsächlich unter der Führung Vinetas, weil Vineta den Deutschen und Skandinaviern, die es vernichtet haben, im Gedächtnis geblieben ist. … Obwohl die Stadt eigentlich eher nicht Vineta hieß, eher nämlich hat man den Namen des Städtebunds auf sie übertragen. Wenden – Weneden – Vineten – eine ältere Sammelbezeichnung für die Slawen. Und der Wenden-, Weneden-, Vineten-Bund ist Vineta, so wie Hansa der Hanseatische Städtebund ist. Am ehesten nannte die Stadt selbst sich Wolhyn, das ist – *wol/woln* = frei – eine freie Stadt (ein anderer aus den Chroniken bekannter Name der Stadt ist Wollin); s. auch Gilferdings Onega-Bylinen (Nr. 782 meiner Bibliographie):

Und aus jenem aus Galizien verdammten
Aus berühmtem aus dem Indien reichen Lande
Und aus jener aus der reichen Wolhyn-Stadt
Die berühmten aus dem Indien die Schätze usw.

Somit wissen wir nun, wo es sich befand, »das Indien des Geistes«, von dem der Lyriker Nikolaj Gumiljow schrieb, den die Kommunisten erschossen haben; »das Weiße Indien«, das ein anderer großer russischer Dichter, der in Stalins Lagern gestorbene Nikolaj Kljujew, besang: an der Südküste der Ostsee!

Erst die allmähliche Unterwerfung und dann vollständige Vernichtung Wolhyniens-Wollins öffnete dem deutschen Lübeck (dem längst germanisierten slawischen Ljubitsch) den Weg zur vollkommenen Hegemonie an der Ostsee und zur Erschaffung der Hansa.

»Haben Sie, junger Mann, irgendwelche Beweise, oder präsentieren Sie hier lediglich einen weiteren der gängigen Versuche, sich die Geschichtswissenschaft aus den Fingern zu saugen?« erkundigte sich Professor Palatschinker kühl.

»Meine Beweise lassen sich rekonstruieren auf Grund linguistischer und folkloristischer Gegebenheiten, sämtliche schriftlichen Quellen wurden von den Deutschen, Polen und Dänen vernichtet bei der Liquidation der Vinetischen Union. Vineta-Wolhynien selbst wurde in einem Zuge vom Erdboden gefegt oder gespült, als die Dänen die oberen Schleusen öffneten. Eine gigantische Wasserwoge überrollte die Insel, genauer gesagt, das von den Oder-Armen und -Kanälen gebildete Inselsystem, und hinterließ NICHTS. Dieses augenblickliche Verschwinden war von überwältigender Wirkung auf die Zeitgenossen!« antwortete ich mit Festigkeit, weil ich auf diese Frage dank meines Doktorvaters vorbereitet war. »Wie Sie, Herrr Professor, wissen, schrieben Sie selbst, Herr Professor, in der ›Kostenlosen Petersburger Zeitung‹, daß die Skandinavier die Rus, also Alt-Rußland ›Gardarika‹ nannten, das Land der Städte. Welche so zahlreichen Städte sollten da denn gemeint sein?! Nowgorod? Ja. Auch Staraja Russa (Alt-Rus) – gut. Vielleicht noch etwas wie Lodejnoje Polje? Pardon, Pardon, Lodejnoje Polje hat ja Peter der Große gegründet … Nicht eben viele, nicht wahr? Also, meine These ist: Gardarika war der Städtebund Vineta!«

»Und wo bleibt Rußland? Wo haben Sie Rußland gelassen, Herr Doktorand? Es existiert wohl überhaupt nicht für Sie? Da gab es nur Waräger und Chasaren, was?«

So brachte ich sowohl die Slawophilen als auch die Westler, sowohl die Patrioten als auch die Demokraten gegen mich auf – und das Schicksal meiner Dissertation war besiegelt. Besonders heiß wurden die gelehrten Töppe, als ich zum Ursprung Rußlands und zur – o Perle meiner Doktorarbeit! – Genealogie der Legende jener Stadt Kitesch kam, die sich vor den Mongolen unter die Wasser eines Sees rettete. Die Töppe dampften, die einen durch Haken-, die anderen durch Stupsnasen.

Ist es nicht verwunderlich, frage ich den versammelten Wissenschaftlichen Rat, der wortlos seine Bleistifte rollte auf dem Tisch (man legte ihm eigens runde, kantenlose hin, die leiser rollten) und an mir vorbeistarrte – über die schräg leuchtende und leuchtenden Dunst ausatmende Newa – die einen geradeaus auf Peters des Großen kleines Haus am anderen Ufer, die anderen in die hinter dem leuchtenden Dunst unsichtbare baltische Weite –, ist es nicht verwunderlich, daß das russische Volk nicht eine einzige, winzige Erinnerung an die große und so tragisch untergegangene slawische Stadt in seinem kollektiven Gedächtnis bewahrt hat? Und das, obwohl sämtliche erhaltenen chronographischen Quellen einstimmig stabile und enge Verbindungen zwischen Vineta und Nowgorod bezeugen (s. Nrn. 2, 17 der Bibliographie). Nowgorod war nämlich eine Kolonie Vinetas, eine Handelsfaktorei – und nicht die östlichste, denn die Handelswege führten weiter, ins Land Biarmien, auch Groß-Perm genannt, zu den Fellen, zu Silber und Mammutbein; aber es war eine der wichtigsten Faktoreien auf diesem Weg. Gegründet wurde sie von den damaligen Russen, nämlich einem baltischen, also nicht slawischen, sondern lettisch-litauischen Stamm, der an der Ostseeküste zwischen den Pruzzen-Prussen und den Masuren lebte. »Prussen« ist eigentlich »Po-Russen«, also jene, die »hinter den Russen«, das heißt östlicher als sie (von Vineta aus gesehen), leben. »Russen« werden ständig in den frühpreußischen Chroniken erwähnt (s. Nrn. 5, 8 und 76 der Bibliographie), und zwar als Verbündete der Pruzzen in ihren Kriegen gegen die Deutschen und Polen. Von den erstarkten Polen wurden die Russen aus ihrem Land, vor allem aus ihren Häfen verdrängt und emigrierten auf Vinetas Schiffen in die Gegend von Staraja Russa (Alt-Rus). Später gründeten sie auch Nowgorod (Neugart).

»Du meinst: Staraja Russa ist Stargorod, die Alte Stadt?« fragte der aufmerksame Wendelin, glättete die horizontalen Falten auf seiner Stirn und vertiefte die vertikalen auf seinen Wangen. »Nicht Oldenburg?«

»Vielleicht Staraja Russa, vielleicht Vineta selbst. Aber das spielt keine Rolle. Wichtig ist, daß man nur Kolonien Neustädte nennt.«

… Nein, meine Herren vom Wissenschaftlichen Rat, vergessen hat das russische Volk das tragische Los Vinetas nicht. Es ist aufbewahrt in den Legenden über die himmlische Stadt Kitesch und wurde in der Folge besungen in der Oper Rimski-Korsakows. Die realen Verhältnisse von Zeit und Ort wurden wohl vergessen, und die Vernichtung, genauer, das plötzliche Verschwinden der berühmten Stadt hat man dann verbunden mit der Hauptkatastrophe der altrussischen Geschichte, die alles in den Schatten stellte: mit dem Mongoleneinfall. Überlegen Sie selbst, meine Herren, wen hätte denn das Schicksal des Städtchens Kidekscha interessiert, vier Kilometer von Susdal gelegen, an dessen Ort die heutige Wissenschaft Kitesch lokalisiert, und wer hätte auch nur bemerkt, daß auf der Welt (genauer gesagt im Woskressensker Landkreis des Gebiets Nishnij Nowgorod) der See Swetlojar existiert – wäre nicht die alte Sage auf den wenig verbreiteten lokalen Mythos übertragen worden?!

Die Hauptmotive der Kitesch-Mär – das Glockenläuten vom Grunde des Sees, die Umrisse einer Stadt unter dem Wasser und vor allem die goldenen Kuppeln – sind vollkommen identisch mit den Motiven der deutschen und skandinavischen Vineta-Sagen (s. Nrn. 43, 44 und 192 der Bibliographie). Für die letzteren, die in »Nils Holgerssons wundersamer Reise mit den Wildgänsen« von Selma Lagerlöf zusammengefaßt und gekürzt zu finden sind (s. die erwähnte Nr. 192 der Bibliographie), ist jedoch bezeichnend der *Blick von der anderen Seite*, ich würde sagen, *der Blick des Fremden, des Feindes*. Immer wird der wahrscheinlich im Vergleich zur primitiven Lebensweise und Kultur der zeitgenössischen Deutschen übermäßige Reichtum und Glanz der Stadt betont sowie die Gier, die Anmaßung und Hochnäsigkeit ihrer Bewohner: Vorwürfe, die von Armen und Wilden gern gegen Reiche und Zivilisierte erhoben werden. Vinetas Untergang war in der Sicht der Deutschen und Skandinavier vollkommen verdient – die Strafe Gottes und nicht Menschenwerk. Nicht ihr Werk. (»›Was soll denn das nun wieder heißen! Wer ist der Herr hier!‹ tobte der König des Meeres […] Und das Meer ging zum Angriff über.« – Zitat Ende). Auch ist ja bemerkenswert, daß in diesen Texten davon, daß die Stadt eine slawische Stadt war, nichts gesagt wird – als wollten die Deutschen auf diese Weise ihre Ansprüche sichern auf die Schätze Vinetas: Es ging vor allem um sie – die goldenen Kuppeln, die silbernen Glocken …

»Und die Pflastersteine von Smaragd«, ergänzte Wendelin. »Die Pflastersteine von Smaragd interessieren mich besonders.«

… und um die Pflastersteine von Smaragd!

Den letzten Stoß versetzte dem Wissenschaftlichen Rat meine Überlegung, die Erinnerung an Vineta sei überliefert in der Familienlegende der Rurikiden-Dynastie, der Dynastie jener russischen, das heißt russisch-baltischen Könige, die der Stadtrepublik Wollin als Heerführer dienten (etwa so, wie das später auch in Nowgorod Brauch wurde). Nach Vinetas Untergang übersiedelten sie zusammen mit ihren skandinavischen, baltischen und westslawischen Söldnern schließlich endgültig ins Nowgoroder Gebiet. Ebendeshalb war ja für die Skandinavier Vineta gleich Gardarika gleich Rus, also Rußland. Der Städtebund Vineta war ebendie erste Rus – die Ur-Rus! So ist es kein Zufall, daß, wie die Chronik meldet (s. Nr. 11 der Bibliographie), Groß-Kitesch von dem Sohn des Rurikiden-Großfürsten Wsewolod »das große Nest« (so sein Beiname), dem Großfürsten Jurij, gegründet wurde. Wie lange sich die Erinnerung an Vineta hielt, bezeugt Peters des Großen eigenhändige Kiellegung und die von ihm persönlich geleitete Stapellaufzeremonie einer Fregatte – »achtundzwanzig Kanonen, drei Masten, der Name: ›Stadt Vineta, ruhmreich und heilig, von den Deutschen und Polen versenkt‹« (Nr. 306 der Bibliographie).

»Ja, hm … Wie ich sehe, Herr Jasytschnik, beziehen Sie Positionen, die der berüchtigte patriotische Schriftsteller Tschiwilichin in seinem berüchtigten Roman-Essay ›Erinnerung‹ vorgestellt hat. Nach diesem Roman haben sich eine ganze Reihe sehr, aber sehr berüchtigter patriotischer Gesellschaften benannt«, bemerkte Professor Palatschinker gereizt, weil er sich als Westler angegriffen fühlte.

Doch erst als der Leiter des Lehrstuhls Gestaltung der Kulturarbeit auf dem Lande, Professor Kutyrmin, einen Bleistift in seinen gelben Fingern mit einem schrecklichen Knacks zerbrach und sehr leise fragte: »Peter der Große war ein Romanow. Seit wann sind die Romanows bei Ihnen Rurikiden, junger Mann?«, begriff ich: Schluß, Sense, das Fest fällt aus, murmelte aber dennoch, jeder neue Regent des russischen Staats habe zusammen mit den Staatsinsignien – und höchstwahrscheinlich bis heute, heute zusammen mit dem Atomkoffer, ja! – ein Buch bekommen, das das geheime Wissen über Vergangenheit und Zukunft Rußlands enthält … Und in diesem Buch stehe …

»Euer Neuer auch? Der Präsident, praktisch!« Wendelin Wende wurde unverhofft sehr aufgeregt, sogar rote Flecken brannten auf seinen Jochbeinen. »Das ist ja interessant. Das ist ja sehr, sehr interessant! Er hat das Buch bekommen, mit dem Atomkoffer zusammen …?«

IV

»… Jawohl, in diesem Buch steht die gesamte Geschichte des Verbergens der Ersten Rus – Vinetas – und die Prophezeiung ihres Wiedererscheinens am Ende der Zeiten. Über den Inhalt der Prophezeiung können wir mutmaßen anhand der von uns erforschten Widerspiegelungen in der Folklore: Einmal erhebt sich Kitesch vom Grund des Sees Swetlojar, das heißt: Einmal erhebt sich Vineta, die Wal-Stadt, vom Grunde der Ostsee, oder es schwebt als ein himmlisches Vineta, unsichtbar (verdeckt vom Tuch der Gottesmutter, nach der christianisierten Legende) über der Ostsee wandernd, heraus aus den Wolken und läßt sich nieder auf den Inseln des Deltas. Zieht sich dem Delta über wie ein Handschuh der Hand! Erst dann erfahren wir, wo sich Vineta tatsächlich befand: auf der Halbinsel Barth, auf der Insel Rügen oder in der Gegend von Swinemünde, dem heutigen polnischen Świnoujście? Oder es könnte auch so sein: Vineta wandert unterirdisch – als ein kristallenes, mit Tausenden von Lichtern leuchtendes Tausendmasten- und Tausenddeckschiff befährt es geheime unterirdische Flüsse und Seen. Und einmal öffnet die Erde sich, und Vineta erhebt sich mit läutenden Glocken und strahlenden Kuppeln an einem gänzlich unerwarteten und unvorhersehbaren Ort – dort, wo es zur Stunde ist und seine Stunde schlägt: Vielleicht sogar auf den Kurilen, wo man Marfrettis züchtet! aber wohl eher doch etwas näher bei unserer Küste! Heiß wird es duften nach frischgebackenem Brot – das Brotmotiv erscheint ständig in den deutschen wie den russischen Vineta-Kitesch-Sagen –, es wird riechen nach salzigem Wind und nach Jod. Sich vorgebeugt auf ihren dicken Pferden wiegend, kommen über die Brücke die Mannen in Panzerhemden aus Gold und Zwiebelhelmen aus Silber auf das Festland, und vorn, unter der Fahne mit dem Falken Ruriks, der König Jurij …«

»Andropow?«

»Wieso Andropow? Der war zwar der KGB-King und dann der Generalsekretär des Zentralkomitees der KPdSU, aber kein Rurikide meines Wissens …«

»O.k., o.k. … Hab bloß geulkt, ’tschuldigung. Komm, vergiß es. Das ist eben unser deutscher Sinn für Humor, gottnochmal, mach was. Komm, erzähl weiter!«

Über uns fing plötzlich ein Gelaufe, Geklopfe, Getrampel an. Die weißen Spritzer im Fenster blieben einen Augenblick stehen und stürzten ab – wie abgeschaltetes Springbrunnenwasser. Das glasiggrüne Meer bewegte sich leicht unter dem glasigblauen Himmel in einem seltsamen, zugleich starken und dunklen Licht. Auf der Treppe ein Schurren und dumpfer Tritt, in die Kajüte schob sich der Krauskopf des Archäologen Samurewitsch: »Wendelin Reinholdowitsch, der Käptn sagt: Wir fangen den Wind nicht, wir drehn uns auf der Stelle wie ein Kreisel!« »Ist das mein Problem?« fragte Wendelin kalt. »Wofür bezahl ich euch? Ich bezahl euch dafür, daß das Ding fährt. Und wie es fährt, ist mir scheißegal … Klar?«

»Das Segel soll den Winkel zwischen Windrichtung und Fahrtrichtung halbieren«, sagte ich und lehnte mich, plötzlich ermüdend, gegen die Wand.

»Was? Wie? Sags noch mal!«

»Das Segel hat den Winkel zwischen Windrichtung und Fahrrichtung zu halbieren«, wiederholte ich, während ich gähnte, bis es in den Ohren läutete, und rutschte tiefer, bis ich halb lag auf der Koje, die nach körnigem und fettigem Kunstleder roch. Im Fenster war nur noch Himmel zu sehen, kein Meer mehr. Und in diesem Himmel näherte sich uns eine schräge weiße Wand, bedeckt mit vergoldeten oder geschwärzten Knöpfen – es waren endlose Reihen Bullaugen. »Was ist das da? Überfährt es uns?« fragte ich und versuchte, mich zu erheben.

»Lieg ruhig, du Held. Herr Samurewitsch, haben Sie die Güte und werfen ihm seine Jacke über die Beine – das Schmuddelige da am Haken. Danke.«

Aus der Jacke von Wendelin Wende kam ein Handy in der Art der alten amerikanischen Mobiltelefone: wie ein übergroßes Schuletui mit angeschrägtem Kopf und halbausgezogener Antenne.

»Käptn, wie sieht das aus da bei Ihnen? Wird uns das

Ding zerquetschen? So. So. Verstanden. Aber der Wind muß her. Sonst ruf ich mir einen Schlepper aus Kaliningrad – der schleppt Sie dann, da lachen ja die Hühner! … Ausgestorben? Wer ist ausgestorben? Die Hühner? Wieso Hühner? Ach so: Hünen. Na, schau, Sie machen Witze, was? Noch so ein Komiker. Passen Sie bloß auf, sonst geht das noch nach hinten los.«

Wendelin schob die Handy-Antenne ineinander und sagte (schief aus dem Fenster blickend): »Der Käptn sagt, das ist ein schwimmendes Altersheim. Ein umgebautes Kreuzfahrtschiff, ›The Queen of Belgium‹. Darin leben reiche Senioren aus der gesamten EU. Wenn sie wollen, fahren sie aufs Mittelmeer, wenn sie wollen – in die Karibik. Doch in der letzten Zeit kreisen sie meist hier in unseren Breiten, haben wohl genug von den heißen Ländern. Können sich auch aufrappeln zur Arktis plötzlich – um Norwegen herum – mit einem russischen Atomeisbrecher. … Hör mal, Bruder, kannst du mir vielleicht sagen – als Experte – was das hier ist? – Haben meine Bocksbärte ausgegraben auf Gotland, auf der Südseite, eine Vase oder so, aus Kupfer, mit Henkeln … warte, ich zeigs dir gleich« – er zog unter dem Tisch eine Holzkiste hervor, wie für Patronen, mit der Aufschrift »Vorsicht! Glas!«

Der Archäologe Samurewitsch, der seinen Kopf aus der Türöffnung zurückgenommen hatte (recht langsam und ungern – wer reißt sich schon gern auf dem rutschigen Deck die Hände an der Segelleine auf, und dazu noch gegen den Euroclydon, den Sturmwind aus dem Osten?), schob sich unverzüglich wieder herein und teilte mit:

»Ein Kupfergefäß. Breithalsig. Mit Henkeln. Seitlich die Aufschrift, in Runen: ›VINETA‹. Wahrscheinlich zu rituellem Gebrauch. Oder zur Aufbewahrung von Schüttgut – Getreide, Mehl, Goldsand.«

»Da habt ihr, Genossen Archäologen, einen Nachttopf ausgegraben«, sagte ich müde. »Eine deutsche Firma namens ›Vineta‹ produzierte in den dreißiger Jahren rein arische Haushaltsgegenstände nach hanseatischen Mustern. Die Deutschen nannten damals viel nach Vineta, besonders Kriegsschiffe und … Haushaltsgegenstände … Auf Gotland muß man übrigens auf der Ostseite suchen und auch in der Gegend des Hauptquartiers der Vitalienbrüder, einer Piratenbruderschaft, die sich aus den Resten der Vineta-Flotten gebildet hatte und nicht weniger als drei Jahrhunderte lang existierte … Und dann auch graben um die Handelsmissionen Nowgorods herum, denn Gotland war eine der wichtigsten …« – ich gähnte leidend und legte mich endgültig lang auf die Koje – »Warensammelstellen auf dem zweiwöchigen Weg von Vineta nach Nowgorod …«

»Selber Nachttopf«, sagte Samurewitsch, aber man hörte heraus, daß er schon zweifelte. »O.k., macht, was ihr wollt, ich muß arbeiten gehn – den Wind fangen!«, und seine Stiefel donnerten nach oben.

»… Du schlaf mal, schlaf, Brüderchen Wenka. Wenn du wach wirst, sind wir schon in Lübeck. Oder noch nicht ganz, etwas vor Lübeck, jedenfalls in Deutschland … Da können wir über alles schwatzen in Ruhe. Über Vineta-Swineta und wo es auftauchen wird – und wann … Und über dieses Geheimbüchel, das euer Neuer zusammen mit dem Atomkoffer bekommen haben soll. Vielleicht schicken sie es uns ja, leihweise, daß wirs mal lesen, wie? Hab da einen guten Bekannten, muß ihn mal anrufen in Moskau … Schlaf, schlaf mal noch nun.«

V

» … schlaf, schlaf mal noch nun …« Wendelin Wendes Gesicht neigt sich über mich, nähert sich, größer werdend und aus den Falten dunkelnd. Seine ledernen, jodfarbenen Krebsscheren gleichenden Hände schubsen mir das Kissen unter den Kopf, und mir stockt der Atem – weder ausatmen kann ich noch die rauhe Tabaksluft einatmen aus seinen nach oben guckenden kurländischen Stupsnasennüstern … und die Augen weder schließen noch öffnen … dann kniet er sich noch auf den Bettrand und beugt sich vollends über mich – mit der einen Hand die Windjacke, die meine Füße zudeckte, zu meinen Schultern hochziehend, und mit der anderen, runden, feuchten und im Halbdunkel weißen Hand stützt er sich auf meine Brust und fährt dabei mit dem feuchten und spitzen Zeigefinger an meine Kehle, als versuche er durch die nasse Wolle meine Drosselgrube zu ertasten. Ich erstarre, möchte wegrücken, aber kann mich nicht rühren, nicht einmal die Augen schließen oder öffnen kann ich – und in meinem Gesicht malt sich wohl so ein Entsetzen, daß Zoëchen Schtekaturko sich beleidigt aufrichtet und aufsteht vom Bett.

»Was bist du für ein Knallkopp, Wenka, wenn auch freilich Held der Sowjetunion. Was hast du dich denn wie sonstwas? Ich werde dich fressen, ja?«

Ein Schalter klickte, ich blinzelte und schaute heimlich mit dem sich sacht entspannenden linken Auge: Ach, du lieber Gott! Ich bin also doch in meiner Kajüte auf der »Atenov« – liege in der Koje, aus allen Ecken knarrt Stille; an der lakkierten Decke binden und lösen sich schwache kleine Lichtknoten; Zoëchen steht beleidigt am Tisch, die Fäuste in den Schürzentaschen; und was für ein Glück ist das, was für ein Glück, daß ich zu Hause bin!

Ich setze mich auf im Bett und fange die von der Schulter rutschende Windjacke ab:

»Zoëchen, Herzblatt! Ja sag, da habe ich den ganzen Tag durchgepennt bis zum Abend? Und wie, ist das Schiff schon repariert, schwimmen wir weiter?« – und ich sah zur Dekke und wartete erheitert auf Achovs Korrektur: »Scheiße schwimmt, Schiffe fahren.« Doch die Decke schwieg.

»Was ist mit dir, Wenka? Bist du krank?« fragte Schtekaturko argwöhnisch und trat sogar einen Schritt zurück. Die Glasen wurden geschlagen.

»Wieso denn? Mir gehts wunderbar. Und wann gibts Abendbrot? Wie spät ist es überhaupt?«

»Halb acht« – jetzt schaute Zoëchen mich bereits mit einigem Entsetzen an. »Wenka, fühlst du dich wirklich gut?«

»Wirklich!« ich wurde immer heiterer.

»Und du weißt gar nichts mehr?«

»Doch, was ich geträumt habe. Wie wenn ich auf einem Segelschiff fahre, einem albernen; die es gar nicht gibt … Weißt du, was das heißt, wenn einem Deutsche träumen? Wir kriegen Regen?«

Von einem Deutschen träumen hieß an etwas Schwieriges geraten, das zu Mißverständnis führen kann. Und ein nackter Schwarzer versprach Trauer und Ungemach. Ein Türke – Verdruß in Herzensangelegenheiten. Zoëchen kannte das Traumbuch auswendig. »Und ein Traum, in dem eine Person ausländischer Herkunft figuriert, sagt Ihnen Gesundheit und zahlreiche Nachkommenschaft an! Aber das kannst du alles vergessen, Schätzchen. Du hast nicht geträumt. Das war alles in echt!«

»In echt« war, erwies sich, daß der »Zweifache Held Atenov« erfolgreich repariert worden war und in See stach, nachdem von der West-Ost-Bank das Avis gekommen war, Schlepperschiff und Reparatur würden bezahlt. Natürlich merkte Ismaelchen noch vorher, daß ich nicht da war, aber er kam zu dem Schluß, daß ich es irgendwie geschafft hatte, mich nach Gotland abzusetzen, und Pustekuchen – mich da finden jetzt. Sie fuhren langsam wegen der schlechten Sicht, trotzdem wären sie beinah in die »Queen of Belgium« gerammelt, das schwimmende Altersheim …

»Weiß ich, hab ich geträumt …«

… da es die Ausfahrt aus der Meerenge zwischen Gotland und der schwedischen Küste versperrte. Sie mühten sich ab, sich zurückzubewegen, gegen den Wind und die starke Strömung, und da wurde die »Atenov« überfallen.

»Schtekaturko, bist du nun völlig durchgedreht? Wer hat euch überfallen? Die Vitalienbrüder?«

»Woher sollten wir das wissen, was für Brüder aus Italien? Irgendwer waren die schon. So ein Schiffchen, ein kleines. Typ Segler. Schossen eine lange weiße Leiter hoch, die hat sich an der Bordwand festgesaugt, mit Saugnäpfen, und kamen raufgekrochen, wie Kakerlaken, einer nach dem anderen, einer nach dem anderen … schrecklich alle, mit Bärten, in Wattejacken und Matrosenhemden, Brüder, die … Hu, Wenka, ich hab mir fast in die Hosen gemacht! …«

Kurz gesagt, die »Atenov« wurde geentert von der Hansakogge Wendelin Wendes, die mit ihrem vom Euroklydon gebrochenen Mast langsam, aber unaufhaltsam auf die Felsen der nach Gotland nächsten schwedischen Insel Öland abtrieb. Daß die »Atenov« in Reichweite der lasergesteuerten Enterbrücke »Lasergesteuerte Enterbrücke EB-300« vorüberfuhr, war die einzige und unwiederholbare Überlebenschance der Kogge. Bei völliger Nichteinmischung, um nicht zu sagen, unter Zulassung seitens der moldauischen Seeleute Schischkin-Myschkin, Salupjenea, Schekelanu und Gwosdin und unter dem höhnischen Gejohl des russischen Matrosen Matrossow und dem empörten Gefauch des abchasischen Bootsmanns Pychva fesselten Wendelins Kampf-Archäologen Ismaelchen, der unverständliche Drohungen ausstieß, und stellten ihn vor ihren Herrn. Wendelin, nachdem er sich schrägen Blicks einiges über Marat Spartakowitsch angehört hatte, der nämlich die Gewohnheit habe, Beleidigern das Auge auf den Arsch zu pflastern, lachte kurz, aber aufrichtig, spuckte seine Chesterfieldkippe auf Pychvas vor Reinheit strahlendes Deck, und während er sie mit der sich mitabreibenden maroden Gummisohle seines Kanonenstiefels aus der sowjetischen Fabrik »Sieben Meilen« von anno dazumal verrieb, bemerkte er leise, aber sehr überzeugend, daß man in allernächster Zukunft, gleich nachdem sein Mobiltelefon wieder aufgeladen ist, Marat Spartakowitsch im Restaurant »Surbagan« in der Tscheljuskin-Straße Haus 17, Gebäude 1, auf dem Klo abmurksen wird. Ismaelchen brauche sich also seinetwegen nicht zu beunruhigen, sondern werde gebeten, seine Handwaffe abzugeben, die Mobiltelefone, die Dokumente, einschließlich der Gelddokumente, und in seiner Kajüte ruhig die Ankunft der »Atenov« in Kaliningrad abzuwarten, mit welcher es Wendelin sehr eile, da er dort eine äußerst wichtige Verabredung habe mit seinem alten Kumpel und langjährigen Agenten, das heißt Handelsagenten, extra hinbestellt, die neuesten kommerziellen Instruktionen entgegenzunehmen.

»Haben Sie zugehört, Kapitän Achov?« – schrie Wendelin Wende in den eisernen baltischen Himmel hinauf. Im Lautsprecher über der Brücke raschelte, schmatzte und schnalzte es. »Jetzt bin ich Ihr Befrachter. Bezahlung bleibt gleich. Der Kurs – Königsberg. Sagen Sie das diesem, Ihrem da – Sinzow.« Er lehnte sich über die Reling vor, winkte mit der Hand und schrie, nun hinunter zum stählernen Baltischen Meer: »Na was, Jungs, los, hakt an jetzt!« Und wandte sich um zu denen am Kran. »Seid bloß vorsichtig, sachte, sachte. Ist doch kein Stück Holz. Nicht rucken! Los, hoch!« Und vom Deck des Seglers kam vorsichtig und sachte, in einem an den mittleren Kran der »Atenov« angehakten Drahtnetz, nach oben – ich, bewegungslos, besinnungslos, Arme und Beine gebunden an Wendelins Bett, dessen Beine in der Kajüte auf der »Seekönig« stehenblieben, parthenongleich.

»Wenka, oh, ich dachte schon, du bist tot, Gott verzeihs mir … Ich renne und schreie: Wenka, Wenka! Was haben sie, die Scheißkerle, mit dir gemacht?! Und der da, der Obmann da von denen, schnappt mich am Arm mit seiner Zangenhand, klemmt mich unter den Arm und zischt – so gangsterhaft, weißt du, und polizeiermäßig: ›Sie, liebe Bürgerin, stehen besser nicht unter dem Kranarm, und vor allem schreien Sie dem Kranführer nicht in die Arbeit. Dem ist nichts passiert, Ihrem Macker – der pennt wie ne Welpe, nachdem er über die Meere gerannt ist – heute hier, morgen da. Wir konnten ihn nicht wach kriegen zum Umsteigen. Hat wohl eine Valium zuviel genommen für die Nacht …‹«

Unter Zoëchens »NICHT STÜRZEN!«-Schreien setzten die Archäologen vom Enterkommando das beinlose Lager auf dem Deck ab und hakten es los. Zoëchen warf sich über mich, um meinen Herzschlag zu hören, mich aus dem Netz zu befreien und vom Bett loszubinden. Und ich habe da meine rechte Hand gehoben und sie »mir hierher« gelegt (Zoëchen zeigte auf das Dreieck, das von zwei Halbkugeln gebildete – seltsam ist sie, die weibliche Geometrie). Dann habe ich die andere Hand gehoben, sie gegen Zoëchens doppelläufige Knie gestemmt und mich langsam aufgerichtet. Habe wild um mich geschaut – zerzaust, dick, nacktstirnig – und mich an die »Atenov«-Matrosen und Wendelins Archäologen mit den Worten gewandt: »Mannen und Bruderschaft! Ich habe um mich geschaut, und meine Seele wurde von Leiden versehrt! Warum gewähret ihr Hilfe der unrechten Sache und Raubzügen? Warum dient ihr dem deutschen Götzen und Heiden? Wollet ihr denn eingehn ins Menschengedenken wie Grischka Kuterma, der dem Hunde, dem Khan Batyj, die Stadt Kitesch verraten hat …?« Und so weiter und so ähnlich und in ebendem Sinn – vierzig Minuten mindestens. Die Matrosen und Archäologen hörten zu wie verhext – zogen die sehnigen Hälse lang und die ermatteten Augen zu Schlitzen. Wendelin Wende tippte nervös mit dem Zeige- und dem kleinen Finger auf die Tasten seines Handys und entfernte sich von der Gruppe im Krebsgang an der Reling entlang. Die »Atenov« hielt Kurs auf Kaliningrad.

VI

»Und plötzlich fingst du an zu brüllen wie am Spieß: ›Fesselt ihn, Kinder, fesselt ihn! Sehn will ich diesen Menschen!‹

Und sie alle – unsere braven Matrosen, die moldauischen Partisanen, und diese bärtigen und bebrillten Brüderlein aus Italien, die vom Meer gekommenen, sie alle drehten sich um aufs Mal zu diesem Obmann, na diesem Gangsterpolizeier, und streckten ihre Hände nach ihm aus und stampften einen Schritt! Rein wie Zombies, sag ich dir, wie im Film! …«

Wendelin Wende blickte sich um: Die Durchgänge zum Schiffsaufbau versperrten der Matrose Matrossow und der Bootsmann Pychva. Die vereinigten Kräfte des Guten stampften noch einen Schritt. Und Wendelin – in der einen Hand das Handy, in der anderen »so ein rundes Paket, wie eine Hutschachtel«, rückte noch einmal nach hinten. Schritt um Schritt, Taps um Taps, immer schneller und schneller. So gingen sie eine Zeitlang auf dem Deck, zwischen den Kränen und um sie herum. Wendelin versuchte unaufhörlich dabei zu telefonieren – »auch auf Nichtrussisch«, wie es Zoëchen Schtekaturko nannte, die mir die ganze Epopöe nicht nur erzählte, sondern auch zeigte, die Leute und ihre Bewegungen: Sie machte runde Augen, streckte die Arme aus, stampfte, wich zurück, schleuderte dabei die Stühle durch das Leninzimmer, und schließlich stieß sie die Hand sich unter die Achsel und riß sie von dort heraus mit aus der Faust gestrecktem Zeigefinger, welcher an seinem Ende feucht-himbeerrot aufblitzte:

»Und er springt auf die angebändselten ›Lotos‹-Kisten und zückt eine Pistole, eine große, schwarze und mit einem Knauf. ›Halt‹, spricht er, ›oder ich schieße! Keinen Schritt weiter!‹ Und die alle – zupp, zupp – und stehn wie Versteinerungen. Aber da, gottweißwoher, ist – ehrlich, das hab ich überhaupt nicht geschnallt, woher – da ist … mit einem Wort, gottweißwoher – na, halt du dich besser fest am Bett, Wenka, sonst wirst du noch auf den Boden plauzen mit der Schnauze! – dein Stiefvater dagewesen … wie hieß er noch, er hat doch unseren Schulchor dirigiert als gesellschaftliche Arbeit, »Und am Wegrand der Kiebitz. Und der Kiebitz am Rand« – ach, ich weiß jetzt: Papa Jascha hast du ihn genannt. Stand da, fahl, riesig, mit seiner massigen Wampe, in seinen Jeans und der zotteligen Strickjacke! Tat einen Schritt auf seinen krummen Beinen, die sich bogen unter ihm, riß sich an seinem Jackenkragen und spricht recht fein so: ›Na, ballere, Wendelin, ballere! Was ballerst du nicht mit deiner Kanone auf deinen guten alten Lager-Papa Tschifir?! Keine Ehre im Leib!‹ Der fiel fast von der Kiste, aber hielt sich noch.

Und mit einmal ist plötzlich alles am Donnern, und von oben kommt ein unheimlicher Wind, reißt einem fast die Schädeldecke ab. Die braven Matrosen greifen nach ihren Südwestern, und diese, die Bärtigen und Hippeligen, die Brüder aus Italien, fassen sich an die Köpfe. Wir schaun – ein kleiner weißer Hubschrauber mit rotem Kreuz kommt von dem schwimmenden Altersheim angeflogen und steht über uns, wirft eine Jakobsleiter herunter. Und der, ihrer, steckt seine Pistole unter die Achsel, klopft Papa-Jascha auf die Schulter, packt mit einer Hand die Jakobsleiter und klettert hoch. Und du läufst ihm nach, und ich – dir, und du läufst, läufst und schreist: ›Du sag deinem Spezi aus Drosden-Dresden, wenn er Vineta verrät, wir verzeihen ihm das nie, und verdammt wird er in aller Ewigkeit sein wie Grischka Kuterma!‹ Er aber dreht sich um, lacht, so schief so, dann brüllt er: ›Wenn ich ihm das sage, Weniamin, kannst du eine Ewigkeit nicht nach Hause! Vielleicht auch zwei! Wirst über Meere und Wogen trudeln, der ewige Itzig!‹ – Dann warf er seine runde Schachtel auf dich, und auf allen vieren – tirrtirrtirr – in die Mühle! Und du hast die Schachtel aufgefangen und kippst um. Hab mich gerade noch dagegengestemmt, sonst wärst du mit dem Hinterkopf auf die Reling geknallt, glatt, Gott bewahre … Und da rückten noch welche Leute an und trugen dich mit den Händen fort … Wo kamen denn die alle her? …«

»Und habe ich lange geschlafen?«

»Jetzt? Zwanzig Minuten. Naja, eine halbe Stunde. Nicht mehr als eine Stunde. Guck – ›The Queen of Belgium‹ ist noch in Sicht. Guck, dort!«

Ich schaute aus dem Fenster: Über das dunkelnde Meer rollte langsam eine Lichtkugel. Eine gefiederte, flimmernde, schwankende. Und in ihr – eine weiße langgezogene Pyramide.

»… Aber wann du gestern ins Bett gegangen bist, weiß ich nicht, da war ich nicht bei … Wir haben heute von Gotland abgelegt um 14 Uhr, und das mit diesen Italien-Valien-Brüdern, Fatalien! war ungefähr so um vier rum, ja und …«

»Warte, du, Schtekaturko, warte … Das heißt, heute ist nicht Mittwoch?«

»Mann, Mittwoch! Den ganzen Mittwoch wurden wir repariert wie die Verrückten … Steuerschieber, was weiß ich, wurden ausgetauscht, Ventile noch. Und das Wichtigste war, das Ruderblatt hatte gelitten bei uns, mußte repariert werden. Ich dachte schon, gut, da geh ich mich eben mal umgucken bei den schwedischen Geschäften, nicht? – aber nein, stell dir vor, da machen die um sechs Uhr Schluß, Sense, und wenn du dich auf den Kopf stellst und das Gras zu wachsen aufhört! Weißt du den Unterschied von einem Schweden und einem Eichhörnchen?«

Der Lautsprecher krächzte eifrig, und der tatkräftige Tenor Kapitän Achovs teilte mir mit:

»Wir haben den achtundzwanzigsten, Herr Jasytschnik. Der Monat – Dezember. Der Wochentag – Donnerstag. Ihrer Anweisung entsprechend fahren wir in die polnischen Hoheitsgewässer ein, Kurs auf Gdansk, wo wir alle Passagiere ohne Schengenvisum, die an Land wollen, ausschiffen. Und weiter – wie Sie es uns sagen! ›Wo du hinwillst, auch ich hingeh. Zum Pisselen nach Poznan, zum Schisselen zur Armee‹«, variierte er nicht unbegabt eine bekannte Formel des Volkshumors. »Mit der goldenen Kreditkarte der West-Ost-Bank ist schon alles bezahlt worden. Geruhsame Nacht!«

Und schaltete sich klangreich ab.

Ich schaute aus dem Bett auf Zoëchen, Zoëchen schaute aus dem Schiffsfenster auf die »Queen of Belgium«, welche mit den ewigen europäischen Greisen und Wendelin Wende an Bord in einem Lichtigel wegrollte, und kratzte sich mit dem kleinen Finger am Ellbogen, so daß dort erst weiße, dann sich rötende, dann verschwindende Streifen erschienen.

Ich habe versucht, die Beine auf den Boden zu schwenken und aufrecht zu stehn, aber da geriet ich mit den nackten Füßen an etwas brennend Eisekaltes, Rundes, scheppernd Wegrollendes …

»Paß doch auf!« – Zoëchen stürzte herzu. »Wo willst du hin? Du darfst nicht aufstehn! Sage ich dir als Bordärztin!«

»Und das da, was ist das?«

»Was das ist – das ist das. Na, wenn du mal klein mußt, da ist dir ein Nachttopf zugefallen – ein Beutetopf. Den hat der doch auf dich geworfen, vom Hubschrauber. Als hätt ers gewußt, daß d'n brauchst.«

»Schtekaturko! Das?! Ein Nachttopf!? Das ist ein Unikat, aus dem neunten Jahrhundert, nicht später. Millionen Dollar wert! Das einzige Artefakt unbezweifelbar Vinetaer Herkunft. Ein Feld-Weihrauchkessel. Wo ist er hingerollt? Gib ihn schnellstens her!«

Zoëchen zuckte die Achseln und kroch unter die Koje, ihre mit Metall beschlagenen Schuhkappen klopften den Boden, mit ihrem Rücken und Hintern hob sie mich an und fluchte dumpf. Endlich streckte sich eine karmesinrot funkelnde Hand mit dem dunkel schimmernden Weihrauchkessel unter dem Bett hervor. Mir brach der Schweiß aus, gleichzeitig wurde mir kalt. In dem Weihrauchkessel lag etwas, ein Papierröhrchen, mit Kaugummi angeklebt. Auf dem Blättchen aus einem deutschen Terminkalender (*28.12.2000. Donnerstag*) stand groß und schräg »VINETA BLEIBT DEUTSCH!!!« Ich hielt die kühle kupferne Wange der Schale aus Vineta an meine Wange, zerknüllte den Zettel, ließ ihn durch die Finger fallen und schloß genußvoll die Augen.

Ordnung Sirenia

I

… von der Bushaltestelle den Alexanderfarm-Prospekt entlang – an den Zigeunerinnen mit den Blumen vorbei (*das ist nicht für uns, auf jüdische Gräber legen nur russische Witwen Blumen,* sagen die Beschmentschiks) – links unter dem Torbogen durch …

»Wo wollen Sie hin, Julik?« fragte ich Julij Goldstein. »Zum Friedhof gehts hier!«

»Zuerst besuchen wir Oma Katja, meine Amme, Gott hab sie selig. Das ist ein Stückchen weiter dort entlang, zum russischen Preobrashenski-Friedhof. Und rückzu zum Großvater, auf dem jüdischen Preobrashenski-Friedhof … Hallo, du edle Ägypterin, was kostet der Besen? Bist du meschugge – fünfhundert Rubel für diese Blau-Grün-Algen? Du glaubst wohl, o Tochter der Zelte, ist ein Mensch ein Neger, ist er schon mal sicher kein Jude? Ich bin beides! Da hast du nen Hunni – kannst dir dafür dreihundert Gramm Igelkonserve aus Wolhynien kaufen. Im Supermarkt ›Lärmende Schar‹ in Neudorf«, und Julik Goldstein, in einem weißen Sackkleid mit himmelblauen Dreiecken am Saum und am Hals, lief weiter. Seine ausholenden Schritte blähten das Sackkleid auf zu einer golden leuchtenden weißen Wolke. Er trug das Büschel unbekannter harter und nasser Pflanzen vor sich her, als risse es ihn voran in das blendende Strahlen des Morgens über dem Alexanderfarm-Prospekt. Ihm nach eilte, ihm auf dem Fuße folgend, seine amerikanisch-äthiopische Frau, das Haar eine golden leuchtende schwarze Wolke, und trudelte, schlicht rothaarig, sein Sohn Jascha, auf seinen dünnen semitisch-hamitischen Beinchen hüpfend. Dahinter zwei bis ins Auberginenblau schwarze

Bodyguards, rundum spähend über die Sonnenbrillen, und mit jeweils einer Hand innen in ihrem teuren Sakko – bei dem einen unter dem linken Arm, beim anderen unter dem rechten. Sodann wir, meine Schwester Lilka und Permanent, ihr Mann, mein ehemaliger Schullehrer für Geschichte und Gesellschaftskunde, sowie ich. Wir jedoch bogen unter dem Torbogen ab, ließen die Synagoge links liegen (der griechisch-orthodoxe Permanent gönnte ihr einen Gönnerblick, sich mit den Fingern die rothaarigen Schläfen kämmend) und gingen Richtung Herzen-Allee, am Grabmal des berühmten Bildhauers Antokolski vorüber (*reich!* – hatten die Beschmentschiks immer angemerkt, wenn sie vorbeikamen hier). Und die Bäume über uns läuteten und bewegten gewichtig die Zweige, der grobkörnige Sand knirschte und schurrte unter den Schuhen, und unter den Sohlen hervor wehte feiner heller Staub auf; über golden und grün gefleckte Schatten liefen wir. Doch zugleich (und wie über dies hinaus) wußte ich, ich liege im Leninzimmer der »Atenov« halb rechts auf dem Bauch und träume, wie wir, meine Schwester Lilka, ihr Mann Permanent und ich, zur Herzen-Allee abbiegen und nach rechts (vorüber an unserem Grab – zu ihm kommen wir später, zuerst ist Wasser und Sand zu holen) zur Friedhofsverwaltung gehn. Unklar bleibt: zu wem eigentlich wollen wir hier? Zur Großtante Fira? – Aber warum sind dann die Beschmentschiks, ihre besten Freunde, nicht mit? Nachschaun, wo wir den Stiefvater hintun? Er wurde ja erstochen, der Bologneser-Cäsar. Doch was wäre da groß zu suchen? Man wird ihn in einem glasierten Krug eingraben unter dem Grabstein und ein weiteres Täfelchen ans Gitterwerk schrauben. Außer die Mama will ihn mitnehmen mit sich nach Deutschland und auf die Kommode stelln da.

Auf dem Friedhof war niemand, *keine lebende Seele*, wie Julik Goldstein zu scherzen pflegt. Zwischen den Fichten schweben Spinnwebenfäden mit dünnem Glanz. Man kann sehn – nein, hören! –, wie die Mücken sie tragen mit ihren Nasen. An den Kreuzungen haben die Hydranten ihr Wasser wie verdrehte und versilberte Gitarrensaiten aufgespannt. Man kann hören – eher sehn! –, wie die Sperlinge sie disharmonisch mit ihren kurzen Flügeln schlagen. Steine und Gitter auf diesem Friedhof stehen eingehüllt in goldenen Staub – es kam wohl seit langem keiner mehr her mit Seife und Schwamm. Keine lebende Seele.

Links bei der Verwaltung, die geschlossen hat, liegt ein unwahrscheinlicher Haufen Sand, fast bis zum Himmel; vor ihm parkt ein kleiner Laster mit Holzpritsche, auf der Pritsche lange Rollen, wie Teppichrollen. Lilka holt aus der Tasche eine Plastiktüte samt Schaufel: »Schatzi, bist du so lieb und schaufelst uns etwas Sand? Ungefähr so hoch!« Permanent nimmt artig den Beutel mit der von Lilka unsichtbar markierten Sandhöhe und geht in die Hocke. Sein Kopf neigt sich hinab, sein Rücken wird noch runder, als er ohnehin ist, die Schöße seiner alten »Judatiner« Datschenjacke überdecken die Sohlen seiner alten »Judatiner« Turnschuhe – er wird zu einem Ball. Zu einem unregelmäßigen trüb-himbeerroten Nylonball. Gleich rollt er – mit den Knien nach hinten – rückwärts vom Haufen, denke ich im Traum und verstehe zugleich: Er kann ruhig rollen, das ist sowieso ein Traum. Kann ruhig zu sich nach Nürnberg rollen. Samt dem Manuskript seines Frauenkrimis »Esperanza stirbt als letzte«, das er aus Nürnberg mitgebracht hat, um es dem Verlag »Die russische Christin« (vormals »Die internationale Proletarierin«) anzubieten – mit der Begründung: *In Deutschland liest man aus Rußland nur Frauenkrimis. Keinen Tolstoi, keinen Dostojewski. – Auch Goethe und Schiller nicht – nur Marinina und Donzowa. Nennt mich Karina Uritzkaja. Ihr verkauft das gut nach Deutschland – wird ein Traumgeschäft!* Ja, das ist ein Traum. Ich träume das nur.

»He, Leute! Bürger!« – Von irgendwo oben. Heiser und heiter.

Lilka und ich blicken auf (und aus dem Permanent-Ball schraubt sich sein dreieckiger Kopf mit der Kordmütze): Ganz oben auf dem Haufen steht ein Recke in Stulpenschaftstiefeln bis zum Hintern. Die Sonne brennt um seinen zerrauften Kopf. Wir blinzeln.

»Sehen Sie das nicht selbst, meine werten Herren Juden? Und werte Dame. Wir rollen alles zusammen.«

»Meinen Sie das bildlich? Wird der Friedhof geschlossen?« fragte Permanent etwas beleidigt.

»Wir rollen es zusammen«, sagt der Recke noch einmal und springt, mit knackenden Knochen und schmatzenden Sohlen, auf den Weg. »Wie ichs sage.« Er ist riesig, hat vorstehende Augen, einen dünnen Katzenschnurrbart und dickes Hundehaar, nach hinten, hinter die Ohren gekämmt. Auf dem Leib ein verwaschenes Matrosenhemd und eine schwarze Matrosenjacke. Des Großen, Kleinen, Weißen und Goldenen Rußlands Kaiser und Bombardier Peter der Große, auch »der Erste« und »Alexejewitsch« genannt.

Hat sich gebückt und – packt sich den Weg! Mit dem Weg-Ende in seinen Händen richtet er sich auf und beginnt ihn aufzurollen wie einen Teppich. Der Weg rollt sich ein, zieht auch die Ränder hinein. Die Bäume legen sich und gehen mit zum Weg in die Rolle. Und die Grabgitter dahinter falten sich zusammen und legen sich auf die Gräber, und die Gräber biegen sich in die Rolle hinein, hinter ihnen andere Gräber und andere Bäume und wieder Bäume und Gräber und die Hydranten … Permanent kugelt (mit den Knien nach hinten) den Sandhaufen hinab wie ein Nylonball, und beinahe wird er mit in die Rolle gezogen, doch dreht er sich – schon im Liegen! – noch fort, richtet sich auf und reißt aus. *Er* weiß nicht, wer dieser Hüne ist, nur *ich* weiß das. Der Kerl schmeißt die Rolle auf den Laster und greift sich den nächsten Weg, auf dem stehen Lilka und ich. »Dicke Luft! Rennt!« schreit – gottweißwarum wie ein Dieb – Permanent von vorn. Und nun rennen auch wir, Lilka und ich (sie zerrt mich mit, am

Arm wie am Schlepptau, der Arm wird immer länger) – die Herzen-Allee entlang, die unter uns fortgezogen wird samt allen Seitenwegen, Dohlen, Gittern, Grabsteinen und Bäumen – wir rennen nach links, zur Synagoge, am Denkmal des Bildhauers Antokolski vorbei. Unter dem Torbogen hindurch rennen wir und auf den Alexanderfarm-Prospekt, und dort, auf dem Prospekt, erwartet uns Permanent schon. Er atmet so tief, daß uns scheint, er verbeugt sich dabei.

Wir blicken zurück, doch da gibt es nichts. Buchstäblich nichts. Keine Friedhofsmauer mit Torbogen; keine Synagoge; kein Antokolski-Denkmal: eine leere Fläche. Nur in der Ferne ein kleiner Sandhaufen und daneben ein kleiner Laster mit Rollen. Doch wo ist der lustige Mann mit Katzenbart hin?

Da plötzlich grauts mir das erste Mal – (und warum erst da?). Mir scheint, ich bepisse mich, schäme mich vor Lilka, schäme mich vor Zoëchen, wenn sie mich wecken kommt, und ziehe die Beine zum Bauch, klemme alles zu und verstehe plötzlich, daß ich mich jetzt nicht bepissen, sondern schlimmer: bespritzen werde – lang, penetrant und fast schmerzhaft; und höre da wieder: »Wir rollen zusammen, rollen zusammen!«, und der Alexanderfarm-Prospekt beginnt uns von den Füßen fortzurutschen, zur Sonne; von dort, von der Sonne her rennen auf uns zu, auf ihre eigenen Schatten trampelnd, mit je einer Hand unterm Arm, die Bodyguards Julik Goldsteins, hinter ihnen er selbst in seinem von Strahlen durchleuchteten Sackkleid, hinter ihm seine äthiopische Frau Schekla mit ihrem leuchtenden Haar und zuletzt sein Sohn, Jascha – sie rennen an uns vorbei. »Rennt, rennt, Kinder! Wir rollen zusammen, Himmelherrgottmáriandjussip, Jesus und die zwölf Apostel!!!« schreit der Kerl von irgendwo oben, aus dem Gegenlicht, und wir, Lilka und ich, und Permanent mit, rennen nun den Alexanderfarm-Prospekt entlang Richtung Alexanderfarm.

~

»Wellen, die kalten, sie schlagen,
Rollen die Mole entlang.
Möwen im Winde, es klagen
Die Schreie untröstlich und bang! …«

Trotz der traurigen Worte des Liedes klang in Achovs Stimme eine Geistesfrische mit wie nicht von dieser Welt. Wenn denn ein heiserer Bariton wie der Leonid Utjossows *klingen kann*. Besonders inspirierte ihn die Strophe des berühmten Liedes aus der Zeit des russisch-japanischen Kriegs von 1905, in der die Matrosen der sinkenden »Warjag« die Möwen bitten, der Welt die Trauerbotschaft zu übermitteln, daß die Mannschaft der »Warjag« sich nicht ergab und zu Rußlands Ruhm fand im Wasser ihr Grab – diese Strophe sang er bereits das elfte Mal – ich habe nachgezählt! –, und mit jedem Mal selbstvergessener und leidenschaftlicher.

»Käptn, wie oft ist das möglich, grundgütiger Gott!« – beim zwölften Mal konnte ich mich nicht mehr beherrschen und schob meinen Bart unter der Bettdecke hervor. »Bitte weiter: Die-ruhmreiche-russische-Fahne-Haben-wir-nicht-entehrt-und-Sprengten-die-›Koreaner‹-Senkten-›Warjag‹-in-den-Grund!«

»Ach, aufgewacht?« freute sich Kapitän Achov und kam endlich zur letzten Strophe, welche, wie es öfter bei traurigen Seemannsliedern der Fall ist, auch die erste war. »›Wellen, die kalten, sie schlagen, Rollen die Mole entlang. Möwen im Winde, es klagen Die Schreie untröstlich und bang!‹ Wie haben Euer Exzellenz geschlafen? Gestatten, daß ich vermelde: Keine außerordentlichen Vorkommnisse auf dem meinem Kommando anvertrauten Schiff ›Zweifacher Held der Sowjetunion P. S. Atenov‹. Das Schiff befindet sich auf dem von Ihnen befohlenen Kurs Richtung Gdansk. Die Witterung ist einer raschen Fahrt nicht günstig. Möwen im Winde, es klagen die Schreie untröstlich und bang! Niedługo jednak potem spadł od jej strony gwałtowny wiatr, zwany euraquilo. Noch Befehle?«

»Was-was?«

»Euraquilo! Das heißt Euroclydon«, erklärte Achov. »Wiatr północno-wchodni z gór kreteńskich! Nicht lange danach aber brach von der Insel her ein Sturmwind los, den man Nordost oder Euroclydon nennt«, übersetzte Achov (wieso konnte er denn die polnische Bibel auswendig?), und mir blieb nichts übrig zu antworten als: »Sagen Sie dann dem Wind: ›Bruder Wind, Bruder Wind, weh geschwind! Weh mir barsch in den Arsch, nicht den Mund, sonst gehts rund!‹ Das hatte Großvater selig immer gesagt, wenn ihm der Wind nicht paßte. Das half!«

»Jawohl!« antwortete der Kapitän. »Noch Befehle?«

Allem Anschein nach spaßte er nicht und erwartete im Ernst irgendwelche Befehle von mir in seiner knisternden Stille. Ich tastete mir unter den Bauch, an das Feuchte, Klebrige, Kalte, das da in meinem Schamhaar war, seufzte und fragte, meine Beine vorsichtig aus dem Bett auf den Fußboden hebend:

»Und Ismaelchen? Wo ist denn Ismaelchen geblieben?«

»Herr Muchametsjanow befindet sich unter Hausarrest, bis Sie es anders verfügen.«

»Ausgezeichnet!«

Das war nun wirklich einmal eine gute Nachricht! Die glatte Kühle des Linoleums war meinen brennenden Sohlen angenehm. Das Halbdunkel erfreute mein Auge (das linke, nicht zugekniffene). Das Schaukeln beruhigte mein Herz (das linke, nicht beruhigte). Schaukelnd überschritt ich die bläulich und bräunlich verfärbte Unterhose »Karl XII.«, die mit ihren Krönchen gegen den Boden klickte, und tappte geräuschvoll zum Wandschrank, geradewegs zu dem Fach mit Ismaelchens Unterhosensammlung. Da war eine vom Typ Boxershorts, hatte ich gesehn …

II

O Gott, wie hatte sich das vordem menschenleere Deck des Kühlschiffs »Atenov« verwandelt! Man saß auf ihm, man lag auf ihm, Menschen gingen spazieren auf ihm in zottiger und glatter Winterkleidung. Die Gesichter von vielen schien ich irgendwoher zu kennen. Eine junge Mutter in einer aufgepumpten Jacke, auf dem Rücken mit der Aufschrift »Los Angeles Devils« (triefendes Rot auf weißem Grund), auf dem Kopf eine rosafarbene Strickmütze, die zu rauchen schien gegen die Sonne, schaukelte ihr Baby am Haken des Krans Nr. 1; am Haken angehakt, quiekte das Baby glücklich … – ach, ich kenne sie ja: die Kassiererin Lusja aus unserem Haus, Wohnung vierzehn; aber es hat doch geheißen, sie sei erstochen worden bei dem Überfall letztes Jahr in dem Rund-um-die-Uhr-Laden auf dem Ismajlowski-Prospekt …

Unter dem Kran Nr. 2 spielten vier Männer in kahlgewordenen Ersatzpelzmänteln Karten auf einem marmorierten Koffer mit eisenbeschlagenen Ecken. Mir war so, als hießen sie alle Serjosha Warschawski und als hätte ich nämlich mit ihnen zusammen in der Eremitage einen Unterricht zur künstlerischen Entwicklung der kindlichen Persönlichkeit besucht. Zusammen sind wir der Leiterin unserer Gruppe, Era Borissowna Korobowa, ausgerissen und haben uns aufgemacht zu unserem Lieblingsbild in der Eremitage, »Die Vaterliebe einer Römerin« von Peter Paul Rubens (für die, die es nicht kennen: die Tochter gibt dem geliebten Vati die Brust). Bis heute ist es mein liebstes Bild auf der Welt. Später haben sie, die Serjosha Warschawskis, an der Hochschule für Schiffsbau studiert, Betriebswirtschaft. 1991, als ganz Rußland sein Talent für den Handel entdeckte, gingen sie zum Lederjackenkaufen nach Warschau als »Shuttles« (die Pendler-Händler von damals) und blieben dann irgendwo an der Odermündung verschollen. Wer hat mir das erzählt? Era Borissowna aus der Eremitage, als ich sie anrief, um ihr zum Geburtstag von Joseph Brodski Glück zu wünschen.

Unter dem Kran Nr. 3 hockte innerhalb eines steif stehenden Schafspelzes Pussja-Pustynnikow aus unserer Klasse. Seine Hände, rot von geschwollenen Pusteln und Schrammen, hingen von den Knien und zitterten. Als er mich bemerkte, nickte er mir zu, in seinen kleinen runden Augen sah ich zum ersten Mal in meinem Leben Achtung und Angst.

Irgendwelche Maiden noch aalten sich in Mänteln auf der Plane, wie nasse Nixen (aus der Reihe »Romantische Klaviermusik in der zweiten Hälfte des 19. Jahrhunderts« im Kleinen Saal der Philharmonie), irgendwelche Tanten rauchten, über die Reling gelehnt (wissenschaftliche Mitarbeiterinnen des Ethnographischen Museums). Die Krimjüdin Frau Karakos blätterte auf einem Klappstuhl aufmerksam im Katalog russischer Friedhöfe im Gebiet um den Peipussee. Zwischen den Kränen lief wie besessen Zoëchen mit einem Tablett umher und teilte heiße Orangeade aus. Sie tat, als bemerke sie mich nicht – wahrscheinlich grollte sie mir, weil sie jetzt diese ganze Bande, an die siebzig Leute, inklusive der Wendelinschen Archäologen, die zu uns herübergewechselt waren, zu füttern und bedienen hatte – aber das war doch nicht meine Schuld?!

Weit entfernt von hier, am Schiffsaufbau, rührte sich und waberte, ein grauwollener Berg, der Stiefvater (er winkte mir zu) – bestimmt hatte er jetzt den unbezwinglichen Wunsch, auf der Brücke zu sein und zu steuern, aber vom Deck war kein Zugang dorthin. Es war überhaupt unklar, von wo man dorthin kommt. Niemand wußte das außer Zoëchen, die dem Käptn seinen »Kaffee« brachte. Und – so ungefähr – die Matrosen, die am Steuer Dienst taten. Sie wurden mit verbundenen Augen von Zoëchen dorthin geführt.

An der Reling spazierten die Beschmentschiks und pflegten Konversation miteinander – Ewelina Jakowna und Jakow Matwejewitsch, die ehemaligen Nachbarn und besten Freunde meiner Großtante Fira, Gott hab sie selig, im Haus der Veteranen der Brot- und Brötchen-Industrie, in welchem jetzt natürlich eine Spielbank »Liberty Live« mit holländischem Striptease ihren Sitz hat. »Weniamin«, sagte Ewelina Jakowna und klopfte mit ihrem Gehstock klangvoll gegen die Reling, »Wenka, wo bist du denn? Komm, komm doch her zu mir, Junge, sag mal, was das ist, was man da drüben sieht? Was für ein Schiff? Ein Kreuzfahrtschiff? Aha! Und können wir nicht umsteigen dorthin?«

»Das, Euer Exzellenz und werte Genossen Schiffsgäste«, sagte in meinem Rücken der Erste Offizier Sinzow, »das wiederum ist, grob gesagt, dieselbe ›Queen of Belgium‹, von gestern die. Die ganze Nacht kroch sie hinter uns her, die Kröte, als hätte sie weiter nichts vor.«

»›The Queen of Belgium‹?« fragte Beschmentschik Jakow und schluckte mit seinem gesamten langen Hals. »Das schwimmende Haus der Veteranen der Europäischen Union? Wo man ewig lebt? Erinnerst du dich, Schatz, wir haben davon in der ›Kostenlosen Petersburger Zeitung‹ gelesen?« Die beiden Beschmentschiks hatten mich prompt vergessen und starrten durch ihre beinahe halbkugeligen Brillenlinsen »The Queen of Belgium« an, das weiße Schiff im taubengrauen Nebel vor dem Hintergrund eines höhlenreich dunklen Felsens. Ihre Taubenblicke waren falkenscharf.

»Kroch, die Kröte, verstehst du … ehrlich mal … tückisch …«, fuhr Sinzow, immer noch einen Schritt hinter mir, fort zu mosern. »Also buchstäblich, ehrlich mal, grob gesagt, verstehst du … so stückweise. Hat sich versteckt hinter den Inseln, als ob so ein dummes Trumm sich irgendwo verstekken läßt. Jetzt auch wieder, mal ehrlich, verstehst du, kraucht um Bornholm herum, na da, na schau, dort, querab. Denkt sich, wir russischen Trottel ahnen nicht, daß sie da ist, und sind jetzt platt. Aber vielleicht war ja bei uns unser Matrose Matrossow bei der Marine Nachrichtenfunker, und vielleicht haben wir ja, mal ehrlich, verstehst du, die wunderbarste Abhörausstattung von den Rumänen geliefert bekommen, von Ceaușescus, grob gesagt, Privatyacht. Der hatte dir vielleicht dort die Kommandozentrale der gesamten rumänischen Marine, verstehst du, ehrlich mal. Und vielleicht haben wir die ganze Nacht von euerm Deutschen, diesem Wendelin Wende, die Verhandlungen abgehört, verstehst du, mit dem Marinestützpunkt in Kaliningrad, mit der Baltischen Flotte, verstehst du, die ganze Nacht durch hat er von ihnen Torpedoschnellboote verlangt und einen Hubschrauber, um uns abzufangen, na da, na schau, grob gesagt. Schickt ihr die nicht, verspricht er, schick ich eure ganze scheiß Baltische Flotte, verstehst du, nach Grosny, zur Operation ›Gegenterror‹. Grob gesagt. Und sie: Ausgeschlossen, Bruder, ein Ding der Unmöglichkeit! Der Euroclydon, sagen die. Schnellboote können nicht fahren, verstehst du, in einem Euroclydon. Hubschrauber fliegen nicht unter dem Euroclydon. Und er, so ein lustiger Schurke, mal ehrlich, in Brast, verstehst du: Was für ein Euroclydon? Ich kenne keinen Euroclydon. Bei uns in Europa, verstehst du, sagt er, gibts keinen Schweine-Clydon! Das Europarlament – gibts. Den Euro wirds geben. Den Euroclydon gibts nicht!«

Und doch ist Euroclydon ein überaus angenehmer Zephir für jeden, der drinnen sitzt und sich, die Füße gegen den Kamin gestemmt, vor dem Zubettgehen gemütlich rösten läßt. »Mit Hinblick auf diesen Sturm mit Namen Euroclydon«, so sagt ein alter Schriftsteller, dessen Werk ich in dem einzigen noch existierenden Exemplar besitze, »machet es eynen gar absonderlichen Unterschied, ob du nach ihm ausschauest durch ein gläsernes Fenster, wo der Frost all auf der Außenseyte bleybt, oder ob du ihn durch die namenlosen Fensterleyn betrachtest, bey denen der Frost auf beyden Seyten ist und für die Gevatter Todt der eynzige Glaser ist – während ich mich, zitternd in meiner Matrosenjacke, die schmale Leiter auf das Kompaßdeck hinaufmühte, das heißt auf das Dach des Brückendecks, wohin ja kein Zutritt erlaubt war, kamen mir diese Worte aus einem alten Seeabenteurer-Roman in den Sinn. Und noch: »Ein Sturmwind, benannt Nordost oder Euroclydon!« schrie Permanent in meinem Traum, während er floh. Wenn ich mich nicht sehr irre, ist das aus der Apostelgeschichte: »Wir kamen aber an eine Insel, die heißt Klauda; da konnten wir kaum den Kahn ergreifen.«

»Folgendes, Euer Exzellenz, Herr Jasytschnik. Der Käptn hat befohlen, Sie in aller Stille zu informieren ... Die Sache ist die ... Nach Gdańsk, mal ehrlich, können wir nicht, verstehn Sie. Sehen Sie, dort ist der polnische U-Boot-Jäger vorgekommen, dort, der dort steht, sehn Sie? Er hat den Befehl, uns ins russische Hoheitsgewässer abzudrängen, grob gesagt. Oder ins schwedische, wenns ins russische nicht klappt.«

Ich hob meinen Feldstecher in die vom Ersten Offizier bezeichnete Richtung. Seine kleine Hand kam kaum weiter aus dem Ärmel hervor als mit dem Rand ihrer akkurat abgenagten Fingernägel. Aus dem schwach rosafarbenen Meer aber ragte da tatsächlich etwas Graues, das aussah wie eng beieinanderstehende und leicht geneigte Gittermasten einer nichtvorhandenen Stromleitung.

»Die haben da Raketen, auch Torpedos, sogar einen Hubschrauber, mal ehrlich. Das Schiff wurde übrigens bei uns in Nikolajew gebaut, verstehn Sie. Ich bin aus Nikolajew. Mein Vater hat es gebaut, er war Schichtmeister, verstehn Sie. Achtundsechzig war der Stapellauf: Das ist der Große U-Boot-Jäger ›Der Kühne‹, Typ ›Der Vorsichtige‹, ich würde ihn mit verbundenen Augen erkennen, soviel Zeit, wie ich verbracht habe auf der Werft! 1988 hat man ihn den Polen übergeben. Den Polen! Die Polen taugen, grob gesagt, zu Seeleuten nicht mehr als ich zum Mozart, mal ehrlich. Guck, wie er steht bei denen, ›Der Kühne‹, den kippt die erste Welle um, ehrlich mal!« Und Sinzow spuckte verächtlich ins Baltische Meer aus.

Genauer gesagt, er wollte das, aber seine Spucke schaffte es nicht wegzufliegen, sie verirrte sich in seinem Bart und hing auch teilweise von seinem hochgestellten Kragen herab – der Euroclydon, auch wenn er sich bereits legt, ist nicht leicht zu überspucken. Sinzow hustete verlegen und wischte sich den Mund mit dem Ärmel. »Ach ja, hab ich fast vergessen: hier, die Kopfhörer. Direkter Funkkontakt mit der Brücke.«

III

Nach Danzig demnach konnten wir nicht. Danzig wurde gedeckt von dem Großen U-Boot-Jäger »Warschau«, ehemals »Der Kühne«, Typ »Der Vorsichtige«.

Von Nordwest näherte sich die dänische Fregatte »Tetis«. Um die Insel Gotland herum, in unserer Spur, eilte heran die neueste schwedische, im Juni diesen Jahres zu Wasser gelassene Tarnkappenkorvette »Visby«, unsichtbar für unsere rumänischen Radare, für uns selber aber, Sinzow und mich, im Gegenteil – vom Kompaßdeck sahen wir sie sogar, grob gesagt, prima. Sie glich der alten sowjetischen Kefirpackung, aus Pappe der, in Pyramidenform, mit stumpfen Ecken. Nur daß sie graublau war.

Im Südwesten flottierte das kleine Fernlenkschiff »Geiser«, welches (die Drohungen und Versprechungen von Wendelin Wende hatten also gewirkt) vom Kaliningrader Marinestützpunkt der Baltischen Flotte geschickt worden war. Wie Wendelin Wende die Polen, Dänen und neutralen Schweden einzuspannen vermochte, verstand Matrossow leider nicht, weil er keiner Fremdsprache mächtig war, nur daß Wendelins Verhandlungen mit ihnen über die geheimsten Frequenzen liefen, verstand er.

»Die Vier Grauen«, sprach in meinen Kopfhörern Kapitän Achovs unheilkündende Stimme (in einem Gedicht Alexander Blocks erscheinen vier Marineschiffe »in unsrer verschlafenen Bucht«): »Die Vier Grauen. Und die Fragen Eine Stunde zu ertragen …«

»Matrosen haben keine Fragen«, antwortete ich automatisch. Das war aus einem Kinderreim: »Matrosen haben keine Fragen, wenn sie nicht die andern fragen.« So sprechen wir miteinander, Menschen der untergegangenen sowjetischen Zivilisation – in Zitaten aus allerlei Gedichten und Liedchen, aus alten Filmen und alten Witzen. Was wollen wir uns damit sagen? Das ist eine große Frage. Aber … – Matrosen haben keine Fragen! Der Erste Offizier winkte ab (*Macht doch, was ihr wollt!*) und kletterte nach unten. Sein sich zart (auch hinter dem Bart) rötendes Gesicht erhoben zur zu einem zarten Rosa (auch hinter dem Luftschleier) verblassenden Sonne.

»Wenn sie nicht die andern fragen«, antwortete Achov (*Anruf – Kennwort!*). »Da sind sie. Dort, dort, dort und dort. Wir sind jetzt im neutralen Gewässer, aber können nicht mehr hinaus.«

»Warum denn das, Käptn, wozu? Wissen Sie das? Was will er überhaupt von uns, Wendelin Wende?«

»Keine Ahnung … Seine Enterleiter haben wir abgeschlagen. Und die Yacht da gelassen, wo sie war. Mit seinem Schiffer – stockbesoffen. Dieses Luder konnte doch seine Yacht nehmen und sich verziehn … Aber nein, die Yacht braucht er anscheinend nicht mehr. Ruft die lettische Küstenwache und befiehlt, sie nach Liebau abzuschleppen. Jetzt soll es die »Atenov« sein. ›Ich habe das Schiff‹ – unser Schiff! – ›praktisch gekauft bereits‹, sagt er. ›Von der Ost-West-Bank!‹ Weniamin, wie konnte er uns kaufen? Wir haben uns doch nie angeboten! Wie geht denn so was?« Die Stimme des Kapitäns hatte zu vibrieren begonnen und die Vokale zu dehnen, als weine er gleich.

»So was geht auch nicht, der Schuft blufft, Käptn! Keine

Bange, wir kommen schon raus«, antwortete ich heiter. Heiter aus unerfindlichem Grund. »Matrosen haben keine Fragen.« Und ich hob erneut meinen berühmten Goldsteinschen Beute-Feldstecher »Carl Zeiss Jena« vor die Augen. Seine Entfernungsskala sieht aus wie ein umgekehrtes »T« aus winzigen Ziffern, und Goldsteins Amme Oma Katja, Gott hab sie selig, hatte ihm dazu geheimnisvoll gesagt, dort sei, irgendwo unter dem Fokussierrad, ein geheimer deutscher Knopf: Du drückst ihn, und alles, was im Visier ist, raucht plötzlich auf, blitzt kurz und verschwindet auf immer. »Stechere bitteschön feld«, hatte damals, als er ihn mir schenkte, Julij Goldstein gemeint, »aber sieh zu, daß du den Knopf nur ja nicht anrührst. Er ist allerdings kaum sichtbar. Ich hab ihn selber mit knapper Not gefunden – hier, unter dem Fokussierrad. Nimm ihn möglichst weit weg von mir und bewahre deinen Julian Goldstein in langer guter Erinnerung. Sonst kann ich mich, davor fürchte ich mich ab und an, einmal nicht zurückhalten und drücke ihn selbst.« Und hatte mit seiner Zigarre die Skyline von Manhattan nachgezeichnet – auf der gläsernen Wand der siebten Etage des »Black Jewish Messianic Center«, wo sie, er, Schekla und Jascha, im Loft wohnten. Und hatte gelacht, die leicht gelblichen Zähne fletschend in seinem triefenden schwarzen Gesicht, das fleischig und flach war.

Das Meer (als führe die »Atenov« in einem Einschnitt in ihm oder schnitte es beim Fahren selber ein) knickte und teilte sich in zwei Flächen – nicht nur zu beiden Seiten unseres Rumpfes, auch weiter, in einer imaginären Linie vom Bug bis zu der in einem leichten Nebelschleier rasch ermattenden Sonne. Sie schienen leicht gegeneinander geneigt, die Fläche links von der »Atenov« etwas nach unten, zum Festland hin, sie war dunkelgrün, mit kleinen Gruben und kleinen Huckeln und wie in einem rosigen Glanz, die andere merklich nach oben, zum Himmel hin, war glatt und matt- und glänzendhell und als glitte sie unter einem bläulichen Nebelstreif. Ich warf einen Blick zurück: hinter dem Heck kochte das Wasser und lief seitlich auseinander in zwei langgezogene Dreiecke mit Schaumansatz.

»Also, Genosse Kapitän, fangen wir an, wie? Hurra, mit Gott? Volle Kraft voraus an dieser polnischen Wirtschaft vorbei?« Und ich – der sich leicht vorneigende Große U-Boot-Jäger »Warschau« lag auf dem Querstrich des umgekehrten »T« – drückte auf den winzigen deutschen Knopf unter dem Fokussierrad. Aus dem Meer heraus wuchs wie eine Mauer silbergrauer Nebel auf und schluckte die »Warschau«. Die »Atenov« erbebte, krächzte, wurde schneller und fing an, ebenfalls in diese Nebelwand hineinzufahren. Schon verschwand der Bug in ihr, dann begann auch das Deck mit sämtlichen liegenden, sitzenden und spazierenden Passagieren zu rauchen … »Sascha, Nedezki, Maschine stop!« sagte der Kapitän. Die Maschine hielt, die »Atenov« jedoch glitt weiter. Vollkommene Stille trat ein, sogar das Meer hörte auf zu rauschen und an das Deck zu schlagen – nur Zoëchens Absätze stöckelten über es hin, und die Tassen klirrten auf ihrem Tablett. Ich wandte mich um zum Dänen und zum Schweden, zu dem unsichtbar hinter den Wolken in seinen strahlenden Umrissen liegenden Skandinavien, und drückte zweimal. Die Wolken begannen zu dunkeln, zu verfließen und anzuschwellen zu einem zottigen Dunst, beide Schiffe schwanden hin in diesen Dunst. Das kleine Fernlenkschiff »Geiser« habe ich nicht verschwinden lassen (seltsamer Name für ein Militärschiff – muß später Sinzow fragen, der alles weiß: nach einem Admiral vielleicht, Admiral Geiser? etwa ein Jude?!!) – in den Nebel folgt es uns sowieso nicht, Treibstoff hat es (wie im Funk aufgefangen und mir berichtet wurde) nur für den Heimweg, bis Pillau/Baltijsk.

Nun schien die »Atenov« zu stehn, und der Nebel auf sie zu krauchen. Beinah bis ans Brückendeck kam er. Die Außenleiter war noch (aber nicht mehr lange) erkennbar. Von den

Sprossen wurden mir die Hände kalt und nass. Meine Brille beschlug. In den Kopfhörern seufzte zutraulich-zuversichtlich Kapitän Achov: »Wie wenig brauchen wir Kinder – du und ich –, bei der winzigsten Neuigkeit ist unser Herz froh sich zu freuen. Finde auf deinem Taschenmesser zufällig ein Staubkorn nur aus fernen Ländern – und die Welt wird wieder seltsam, in einen farbigen Nebel gehüllt!«

IV

Ich weiß nicht, wie lange ich hin und her ging auf dem vernebelten Deck, rauchte und den eigenen Rauch nicht sah. Sämtliche Lampen waren angeschaltet, sämtliche Scheinwerfer nach innen gerichtet, trotzdem sah man nicht besser: Jedes einzelne Teilchen leuchtete in sich hinein, und alles zusammen glühte in einem goldenen und silbernen Dampf, beleuchtete aber nichts.

Aus dem Dampf traten gebogene Rohre und gerundete Wände und gespannte Netze (dunkler, doch glänzender als der Dampf). Nichts konnte ich wiedererkennen auf der »Atenov«, verstand nicht einmal, wohin ich, mit beiden Händen mich an der Reling haltend, im Moment gerade gehe – zum Backdeck, zum Achterdeck? Ganz zu schweigen vom Weg ins Leninzimmer. Überall waren Menschen, sie lachten leise, sie niesten schallend, trompeteten hallend, sie klirrten mit ihren Löffeln und Teegläsern. Sprachen über dies und das: »… und von dieser Seite, dingens – diese, die Tschetniks, und auf der dort – die Ustaschen. Und ballern über unsere Köpfe mit, dingens, solchen Leuchtspurexplosivgeschossen, die wie die, beide …« – das war der Bootsmann Pychva, leicht zu erkennen an seiner Aussprache, die nordrussische Elemente mit südrussischen auf abenteuerliche Weise vermengte, sowie an dem in seiner Rede seßhaft gewordenen parasitären Wort »dingens« – Bootsmann Pychva teilte seine Erinnerungen an den Balkan-Krieg mit. Die Serjosha Warschawskis spielten – paarweise und blind – Abgelehntes Damengambit, ihre kurzen d2 – d4, d7 – d5 hörten sich an wie ein Chiffrier-Center. Weit entfernt, an der anderen Reling, sang man etwas Touristisch-Liedermacherisches wie »Den Himmel halten Atlanten mit steinerner Hand«, begleitet von einer Drei-Akkorde-Gitarre. Das waren, hundertpro, die Archäologen Sdorowljak, Samurewitsch, Wydro, Werasub, Zitrik, Skorbnik und Towstopal. Ich versuchte hinzugehen zu dem Gesang, aber stolperte über eine Kiste ›Lotos‹, hätte mir beinah den Hals gebrochen. So lag ich dann verweint auf der feuchten Plane, schlief ein, erwachte von der Kälte und Nässe, schlief wieder ein … Von oben wurden die Glasen geschlagen, von allen Kränen, alle halbe Stunde das leise sirrende Ping-Ping. In meinen Kopfhörern brummte Kapitän Achov etwas von Walen, die es in der Ostsee nie im Leben gegeben habe …

»Äch, da schwimmt einer, direkt vor unserer Nase! … Und wenn er uns rammt, der geschwänzte Arsch?! Da muß ich nun um den herumfahren!«

»Nicht nie im Leben, aber schon ewig nicht mehr«, bemerkte der allwissende Sinzow. »Seit, mal grob gesagt, so fünfundzwanzig Jahren hat kein Balaenoptera physalus, auch Finnwal und Heringswal genannt, die Ostsee aufgesucht. Der Finnwal ist, verstehst du, eine Art der Furchenwale. Er ist der nächste Verwandte des Blauwals und nach ihm das zweitgrößte Tier der Erde. Erwachsene Männchen können auf der Nordhalbkugel 18 bis 24 Meter erreichen, ehrlich mal, auf der Südhalbkugel 20 bis 27 Meter. Verstehst du, grob gesagt, schwimmt der Finnwal schneller und taucht tiefer als die meisten anderen Großwale, ist bis zu knapp, grob gesagt, 50 km/h schnell, und Tauchtiefen regelmäßig von weit über 200 Metern, verstehst du, die Fontäne des Finnwals kommt auf, grob, 10 Meter und sieht wie ein umgedrehter Kegel aus …«

»Ich glaube, das ist kein Wal. Das ist ein U-Boot!« sagte plötzlich Nedezki aus der Tiefe des Maschinenraums, und zwar so überzeugt, daß alle für einige Augenblicke verstummten. Der Äther knisterte und läutete fern.

»Er ist in das Rote Buch der Russischen Föderation eingetragen«, fuhr Sinzow gemäß dem Trägheitsgesetz fort, und erst, als er geendet hatte, konnte er – nicht ohne bei ihm überraschende Giftigkeit – nachfragen: »Ja, sag mal, wieso glaubst du das? Siehst du durch deinen Ofen da, grob gesagt? …«

… Natürlich: Wal ist auf russisch *Kit.* Und Vineta ist *Kitesch,* weil Vineta ein Wal ist. Wie hatte ich das bis jetzt übersehen können??! dachte ich und schlief wieder ein.

Durch den Nebel begann sich der Himmel zu zeigen, er war dunkel.

… na, nicht unbedingt ein Wal … Ein anderes Meerestier tuts auch, zum Beispiel von der Ordnung Sirenia – Sirenen? So eine Seekuh, Dugong, zum Beispiel … Muß ich Sinzow nachher fragen, der weiß doch alles …

»Hier bist du also«, sagte Zoëchen erschöpft. »Und ich suche dich überall auf Deibel komm raus! Mein Absatz ist abgebrochen. Die Strümpfe zerrissen … Nun komm, Wenka, steh auf, ich helfe dir in die Kajüte. Steh auf, bitte!«

Ihr Gesicht war nicht zu sehen unter der Lampe des Grubenhelms, der dem arretierten Ismaelchen gehört hatte, ihre Hände waren unsichtbar hinter zwei Taschenlampen. Sie war eine große blendende Wasserpflanze – ein Unterwasserbaum mit blendenden Ästen und einem rundlichen dunklen Stamm. Ich kniff die Augen klein und stand auf. Zoëchen hakte mich unter und führte mich in den drei Lichtkreisen, mir gut zuredend (*Vorsicht … eine Stufe … noch eine),* irgendwohin.

Der Nebel wurde sichtlich dünner und zugleich trüber; die Waagerechten und die Vertikalen der »Atenov« ließen sich jetzt erkennen. Ach, wie lustig und schön war sie, die »Atenov«, in dem undurchschaubaren Dunst gewesen – wie ein weihnachtlich geschmückter Wald, von Nachtlichtern wie von Girlanden umwunden, ein klingender, murmelnder, singender Wald! Und was war aus ihm geworden, diesem Wald? Als sei er im Dunkeln abgebrannt – verstummt – erloschen … – taub. Nur das Meer um ihn rauschte, immer noch unsichtbar. Nur wir, Zoëchen und ich, stapften und stampften auf dem Deck. Jemand sprach gedehnt in sein Gähnen hinein: »A-ach … Kacke … Saukalt, was? Ju-u-ngs!« und verstummte wieder. Nur die kleinen Balkanglocken an den Kränen – *klepetala* nannte sie Bootsmann Pychva auf serbokroatisch – hatten sich in den Halterungen etwas gelockert und läuteten, läuteten, läuteten … Zoëchen Schtekaturko hatte bereits die Tür im Schiffsaufbau mit dreifachem Lichtfleck anvisiert, da schrie plötzlich jemand in unserem Rücken, das heißt im Meer! Eine Frau schrie: »Ahoiij! On the ship! Ahoiij!« Der Akzent war unzweideutig russisch, die Stimme uns beiden unzweideutig bekannt – es war die von Galja Polowtschaninowa aus unserer Klasse, die gestorben war oder emigriert … »On the ship! We are here! Ahoiij! Please, please!«

V

Zoëchen hatte mir eine der Taschenlampen gegeben und hielt mit den nun freien eisernen Fingern meinen Arm über dem Ellenbogen fest. Wir standen über die Reling gelehnt und leuchteten zuerst lange auf das Meer (doch war dort nichts zu sehen außer einem in die Länge gezogenen verdichteten Dunst und irgendwelchen uns antwortenden flimmernden Lichtern), dann leuchteten wir die Bordwand entlang – und halfen so Salupjenea, Schekelanu und Gwosdin, die von

Schischkin-Myschkin, der Wache hatte diese Nacht, geweckt worden waren, die Rettungsleiter hinunterzuwerfen, an der Frauen mit steifen hellen Regenmänteln und straffsitzenden Kopftüchern hinaufzukriechen begannen – wie solche Eulenfalter, die mit halbgeöffneten Flügeln am Fenstervorhang hochkrabbeln. Die Frauen stützten sich auf die breiten und auch nicht zu hohen Schultern von Schischkin-Myschkin, Salupjenea, Schekelanu und Gwosdin und hopsten auf das Deck. »Dziękuję bardzo«, sagten sie und schienen bemüht, sich voneinander fernzuhalten.

»Dziękuję bardzo«, sagte die letzte leise, noch bevor sie absprang. Der Akzent war russisch, und die Stimme war die von Galja Polowtschaninowa aus unserer Klasse. Zoëchen löste ihre Finger und ging einen Schritt von mir weg, und noch einen: »Galja, du?«

»Schtekaturko? Du auch? Wieso brauchst denn du das? In der Russischen Föderation ist es doch wohl noch nicht verboten … Oder doch schon wieder? Oh, Zoëchen, bei uns, in der ›Gazeta Wyborcza‹, da stand – stimmt das, habt ihr bei euch einen neuen Stalin gewählt, und schlimmer sogar …?«

Soweit man es durch den Nebel und das mit ihm schichtweise vermischte Licht von Zoëchens Helm hindurch beurteilen konnte (meine Lampe hielt ich nach unten gerichtet und stand abseits, für sie beide unsichtbar; mein Herz wurde schwer und begann in den Bauch zu rutschen, ebenfalls links) – ihr Gesicht hatte sich kaum verändert. Vielleicht war es ein klein wenig länger als früher und etwas hohlwangiger unter den Jochbeinen. Vielleicht war das Dunkel unter ihren Augen etwas dichter geworden. Aber vielleicht schien es nur so hinter dem hochgestellten Kragen des hellen Regenmantels. Aber ihre einstige und in der ganzen Schule berühmte Schweigsamkeit war verschwunden, entschieden – sie sprach und sprach und sprach, langsam, gemessen und ohne Stocken … Wie ein Anrufbeantworter. Galja Polowtschaninowa meinte, stellte sich heraus, sie befinde sich auf der »Aurora«, einer schwimmenden Station für Abtreibungen, die unter dänischer Flagge im neutralen Gewässer an der polnischen Küste, in der Nähe von Świnoujście, dem ehemaligen preußischen Swinemünde, kreuzte und der mildtätigen Organisation »Seejungfrau« gehörte. – Übrigens halten Müller und Wondrazschek dafür, dort sei am Schelf nach den Überresten Vinetas zu suchen (Bibliographie Nr. 114-a und Nr. 114-b), aber ich bezweifle das, sehr. – Jede polnische Frau konnte auf der »Aurora« die Abtreibungspille »RU 486« bekommen, und Galja Polowtschaninowa war, wie sich herausstellte, schon seit etwa zehn Jahren eine polnische Frau.

»Tja, mein liebes Mädel«, sprach genüßlich der mit einem Stapel Decken vorbeikommende Bootsmann Pychva. »Da habt ihr euch so um anderthalb Meilen vertan. Eure ›Aurora‹, die steht dort. Dort, im Westen!« und er zeigte mit seinem Segeltuchfäustling dahin, wo nichts zu sehen war hinter den unterschiedlich durchlichteten Nebelfetzen. »Wer hat euch denn hergebracht, welcher große Seefahrer vor dem Herrn?« – Als habe er gehört, daß man von ihm sprach, bellte der Kutter unten bei der »Atenov« auf und erbebte in einer Wolkenblase, dann erlosch er und verstummte. An seiner Stelle waltete ein ebenso undurchschaubarer Nebel wie an jeder anderen Stelle. »Na, die gefallen mir ja, diese Polen-Matrosen, nicht mal festgemacht haben sie!« seufzte Pychva und ging Decken ausgeben an die polnischen Madamchen.

Adam und Juliusz, die Besitzer des Kutters »Solidarność«, hatten nicht festgemacht, weil es sie anwiderte, die schwimmende Zitadelle der Sünde auch nur zu berühren, geschweige denn zu besteigen.

»O Gott, was machen wir denn jetzt? Sie trinken nun jeder eine Flasche Wodka ›Chopin‹ und wachen dann erst nach vier

Stunden wieder auf«, sagte Galja niedergeschmettert. »Matka Boska Częstochowska! Was machen wir, wie kommen wir jetzt dorthin? Wir sind doch zum Termin bestellt!«

Dorthin zu kommen war schwierig. Die an Adam und Juliusz für die Beförderung zum schwimmenden Wohltäter und vier Stunden später zurück nach Świnoujście gezahlten fünfzehn Dollar pro Nase waren offensichtlich dahin. Die polnischen Frauen – habe ich schon in meinen Export-Import-Zeiten bemerkt – haben zwei Typen von Nasen. Der eine – mit einem schmalen flachen Knorpel, der dem Gesicht einen nobel-vornehmen Ausdruck verleiht, einen kühnen, bisweilen auch klugen (wenn sie die Augen etwas verengen). Die andere Nase steigt rundlich auf – ein Stapelring-Pyramidchen, faltig (falls es faltige Nasen gibt). Dann ist das eine Knollfinken-Nase, die dem Gesicht seine Schönheit nimmt, eine Tölpel-Nase, die zum Leben als Putzfrau, Verkäuferin oder Gewerkschafterin verurteilt. Aber rein fliegen diese wie jene.

»Wir werden den Kapitän bitten«, sagte Zoëchen. »Vielleicht bringt er euch hin, wenn es aufklart, und lädt euch ab mit dem Kran. Weißt du, der ist ja so herzensgut, die Güte selbst!«

»Na, aber umgehend! Hat den Verstand verloren, Dummkorb!« kam es von Kapitän Achov heiser und empört in meine Kopfhörer. »Herzensgut! Das werd ich ihr gleich – Menschen mit dem Kran am Kragen packen und umladen auf offener See! Stand schon lange nicht mehr vorm Richter!« Dann schwieg er eine Weile und fragte: »Oder wie meinen Sie, Weniamin?«

»Ich weiß es nicht, Kapitän«, antwortete ich ehrlich.

»Ach, und hier ist ja auch Wenka, unser Weniamin-Benjamin, schau!« fuhr Zoëchen sehr fröhlich fort, und ich schirmte mich mit den überkreuzten Händen ab vor dem Licht, das sich zu mir umdrehte. »Erkennst du ihn wieder? Er fährt auch mit uns. Zum Lachen, was?! … Na gut, gehn wir erst mal Tee trinken vielleicht. Dir klappern ja schon die Zähne … Ach, Galja-Schatz, bin ich froh, dich zu sehn, du alte Schnepfe! Hast du Hunger?«

… Sie umflocht mit ihren schmalen und frostkalten unberingten Fingern einen Stahlbecher und schaute über ihn hinweg, genau in der Mitte zwischen Zoëchen und mir hindurch geradeaus auf das Rote Wanderbanner »Für den Sieg im sozialistischen Wettbewerb«. Sie erzählte langsam, gemessen und ohne Stocken, wie sie 1991 mit anderen Pendlern-Händlern, meist Pendlerinnen-Händlerinnen nach Polen fuhr und wie sie in den masurischen Sümpfen von polnischen Polizisten – auf dem Motorrad »ISH-Planet« – angehalten wurden, der eine mit einer MPi, der andere mit einem deutschen Schäferhund auf dem Schoß. Sie schubsten sie alle an den Straßenrand (das Gepäck blieb im Bus) und fingen an, sie im Mondlicht zu durchsuchen, besonders nachdrücklich in den BHs und auch in den Slips – da lief sie fort über das Feld, denn sie hatte da dreihundert Dollar, die ihr Marat Spartakowitsch von der Genossenschaft »Ledermoden und -accessoires West-Ost« zum Ankauf von Lederjacken ausgehändigt hatte. Die Polizisten feuerten Leuchtspurpatronen über ihren Kopf, folgten ihr aber nicht selber und ließen auch den Hund nicht aus dem Beiwagen – sei es aus Faulheit, sei es, weil sie befürchteten, daß die *kurwy rosyjskie* (russischen Schlampen) dann alle auseinanderliefen.

Sie hatte Glück: Gleich hinter dem Feld war ein *kościół* (»das heißt Kirche« – erklärte Galja, immer weiter unbeweglich auf das Wanderbanner blickend), und im Wohnhaus brannte Licht – sie schlug und trat gegen die Tür, schrie »Hilfe, Mörder!«, der *ksiądz* (Pfarrer) öffnete und sagte in gutem Russisch: »Kommen Sie herein bitte, Pani. Haben Sie keine Angst. Hier sind Sie sicher.« Er schaute von der Vortreppe besorgt in die Runde und sperrte die Tür mit allen ihren vier Riegeln zu. Da bemerkte sie eine kleine silbrige Pistole in seiner Hand.

»Ein Pope – eine Pistole?« fragte Zoëchen ungläubig.

»Ein *ksiądz*«, antwortete Galja. Ihr Gesicht schien in der Wärme aufzutauen, wurde feuchter, nahm an Umfang zu, wurde sogar etwas runder. Ihren Mantel – der sich am Licht als zart-fliederblau erwies – hatte sie nicht abgelegt, nicht einmal den Gürtel gelöst. »Was ist denn, hast du darunter nichts an?« wollte ich fragen und öffnete fast schon den Mund, aber Zoëchen warf mir rasch einen warnenden Blick zu und kam mir zuvor:

»Und woher hat er unsers drauf? Ist er selber Russe? Emigrant?«

Nein, Vater Vladislav Schmidt war kein Russe, diese Vorstellung machte Galja sogar schwach lächeln in den Ecken ihrer zusammengepreßten trockenen Lippen. Emigrant aber war er, von den 1945 hinter die Oder gewichenen polnischen Volksdeutschen stammend – und als einer dieser war er – zu Galjas Glück – gerade erst aus der Bundesrepublik, wo er geboren und aufgewachsen war, zurückgekehrt und zunächst in diese menschenarme Pfarrei in den Sümpfen Masurens geschickt worden. Auf Galjas Frage, woher er sein Russisch habe, antwortete er knapp: »Von der Bundeswehr.«

Kurz und gut, sie blieb bei ihm. Als Wirtschafterin – zum Nähen, Waschen, Hühnerfüttern. Nach zwei Jahren zogen sie um nach Olsztyn, nach noch zwei Jahren bekam Vater Vladislav Schmidt eine Stelle an der Katholischen Akademie in Szczecin. Heute jedoch war er in Gdańsk, nahm teil an einer Protestkundgebung vor dem Dänischen Konsulat und hielt ein Spruchband: »IHR HERODESSE! HAUT AB MIT EUREM KILLERSCHIFF!!!« Aber die Haupttätigkeit Vater Vladislavs – neben dem Unterricht in Deutsch, Latein und fernöstlicher Kampfkunst an der Akademie – und seine Hauptleidenschaft galten einem von ihm gegründeten »Verein zur geistigen

Aufklärung der Meeresbewohner«, solcher wie zum Beispiel Sirenen und Seejungfrauen. Vornehmlich träumte er davon, endlich die legendäre Unterwasserstadt Vineta zu finden und ihre Bewohner zum römisch-katholischen Glauben zu bekehren, denn sie hatten bekanntlich in heidnischer Vielgötterei, im griechischen Schisma und, nach einigen Quellen, sogar in mosaischen Verirrungen verharrt (Bibliographie Nr. 43, 44 und 141 bis 144, ergänzte ich automatisch).

»Vom *Papież* (das heißt Papst) eigenhändig gesegnet. Der Verein, meine ich«, sagte Galja und wendete ihre in einem trokkenen und feuchten Glanz brennenden Augen zum erstenmal zu mir. »Vladek ist extra zum Vatikan gefahren zu ihm. Um den Segen zu holen« – es war der trockene Glanz der Liebe in ihrer Iris. Und im Augenweiß der feuchte Glanz der Begeisterung. Mir wurde es peinlich, ich wandte den Blick ab.

»Und wie ist das, er weiß es nicht, stimmts? Na ja, daß du … hier bist?« fragte Zoëchen, die Stimme senkend wie meine verstorbene Großtante Fira immer bei dem Wort »Jude«.

»Wie, weiß es nicht …? Selbstverständlich nicht. Wo denkst du hin, Schtekaturko, er hätte mich erschlagen! Heute ist er in Gdańsk, bei der Protestkundgebung, und ich bin fix her – hin und zurück«, log Galja unerschütterlich und sprach dabei wieder zum Roten Wanderbanner. »Er hätte seinen Beruf aufgeben müssen, und der Beruf ist für ihn alles, verstehst du. Alles!«

»Verstehe«, sagte Zoëchen. »So war mein Korbizin auch. Tagelang blieb er in der Pelzfabrik. Trank Lohbrühe und aß Fuchspfötchen nach. Und ist denn auch erstickt schließlich an einer Kralle.«

Eine Weile schwiegen wir.

Danach stellte Galja Polowtschaninowa ihre Tasse auf den Tisch und sagte:

»Aber, Kinder, wie schön, nicht? Da sitzen wir alle zusammen, wie damals auf der Karelischen Landzunge. Wißt ihr noch? Nur Ismaelchen Muchametsjanow fehlt.«

»Wieso fehle ich denn?« warf Ismaelchen aus den Lautsprechern zu beiden Seiten des Roten Banners ein – Zoëchen und ich zuckten vor Überraschung zusammen, Galja aber bewegte sich nicht einmal, als habe sie es so erwartet. »Ich bin total da. Und mir fehlt auch total nichts. Shorik und Tolik Christoradi und ich, wir spielen hier ›Siebzehn und vier‹. Und ich hab total 19!« – Shorik und Tolik Christoradi, die griechischen Zwillinge aus unserer Klasse, lachten etwas weiter weg mit diesem gepaarten Grunzen, dessentwegen man sie spöttisch »Schweinigel-Doppel« und »siamesische Ferkel« genannt hatte. »Aber Shorik und Tolik, gerad die fehlen überhaupt total. ›In Leningrad gibt es nur noch so wenig Griechen, daß wir die griechische Kirche abreißen ließen‹« – zitierte Ismaelchen Joseph Brodsky und ergänzte: »Sind alle in die Heimat emigriert, verkaufen dort auf Russen-Flohmärkten den alten sowjetischen Kleister ›Moment‹« … Ismaelchen war offensichtlich bester Laune im Hausarrest. Seine Stimme segelte und flog, befreit von der Last der Verantwortung:

»Und übrigens euer Brodsky, apropos, die Tatarenfamilie, von der er dann spricht, die er besucht hat – das war unsere Familie. Wir wohnten da am Griechischen Prospekt, neben der Rauchfuß-Klinik. Machte sich an unsere Tante Gulia ran, wollte sie heiraten …«

Ich kannte Tante Gulia: sie war Verkäuferin in der Weinabteilung des Geschäfts »Die Spiegel«, Ecke Newski und Litejny-Prospekt (die Spiegel verkauften sie nicht, sie waren in die Außenwand eingelassen), und sie hatte straff am Hinterkopf zusammengebundenes schwarzes Haar, das immer feucht zu sein schien, dagegen sah ihre Oberlippe wie ausgetrocknet aus (gerafft, als sei ein unsichtbarer Faden durch sie durchgezogen).

»Und?« fragte ich.

»Was ›und‹?« Ismaelchens Stimme klang verächtlich. »Ach, so … Nein, hat sie nicht ergattert. Die Tatarinnen sind nicht so wie die Russinnen … oder die von euch. Erstens macht es eine Tatarin vor der Hochzeit nicht, zweitens heiratet sie nur Tataren. Um nicht Gemischtwaren zu produzieren wie die Russen … oder die von euch …« – Und gottweißwarum fügte er hinzu: »Mein Opa war damals Oberhausmeister in der Rauchfuß-Klinik.«

»Na, ihr seid ja doll!« – ihr Lächeln war immer noch ihr Lächeln: rasch, still und tief aus den Augen aufleuchtend. »Das ist ja dann fast ein Klassenausflug? Wie gehts, Muchametsjanow?«

»Bestens!« sagte Ismaelchen entschieden.

Die Brüder Christoradi grunzten kurz, aber beifällig. Und klirrten mit etwas, sicherlich mit ihrer »Metaxa«-Flasche, gegen ein Glas. Es gluckerte seufzend – wird wohl »Metaxa« sein.

»Gut, und wie gehts den Kindern?« – das Lächeln in ihren Augen war noch nicht ganz verschwunden. »Ich meine euren. Hattet ihr nicht auch Zwillinge? Zwei Jungs, nicht?«

Ich verstand nicht, wieso redete Galja Zoëchen Schtekaturko plötzlich mit ›ihr‹ an, aber Zoëchen wunderte sich darüber nicht, nickte nur – kurz und irgendwie zu heftig. Ihr blondes kugeliges Haar sprang auf dem Kopf.

»Und wieso habt ihr sie nicht mitgenommen? Oder habt ihr sie mit? Erzähl, erzähl doch mal, Zoëchen! Was bist du denn so? Das interessiert mich doch!«

»Ach, was gibts da zu erzählen. Gibt nichts großartig zu erzählen. Normale Kinder. Sind jetzt bei meiner Mutter, Kreis Vyborg …«

»Du und Weniamin, erzähl, wie habt ihr euch wiedergefunden und geheiratet? Aber schnell, gleich kommt der Kutter wieder zu sich! … Meine Lieben, ich freu mich ja so für euch! Gerade wie in einer Telenovela! Ich war damals – das weiß ich bis heute – so böse auf euch, in diesem Zigeunerbett, in dem sie uns da auf Judatin haben schlafen lassen alle vier. Kaum wart ihr im Bett, fingt ihr zu bumsen an wie verrückte Igel. Das Bett rüttelt, wie ein Traktor, und ich liege am Rand und denke: Mein Gott, was für Halunken, nein, was für Halunken! Hätten mich wenigstens erst einschlafen lassen können, diese Hundsfötte! Als wir losfuhren, dachte ich, ehrlich gesagt, daß Weniamin mich will, und Ismaelchen Zoëchen …«

»Und was hab ich da gemacht?« fragte erschüttert Ismaelchen mit all seinem tatarischen Argwohn.

»Gepennt wie 'n Sack, auf dem andern Bettrand. – Hinter ihnen. Und gepupst die ganze Zeit. Und nicht im Takt!«

Shorik und Tolik stöhnten ein langes grunzendes Stöhnen und brachen ab mit einem kurzen Schluchzer. Sie waren echt begeistert. Ismaelchen brummelte etwas auf tatarisch oder sogar eher noch chinesisch oder finnisch. Nicht hübsch übersetzbar, zweifellos.

VI

Das heißt also, ich bin achtundzwanzig Jahre lang minus drei Monate der Meinung, ich sei noch Jungfer und Unschuld und der unglücklichste Mensch auf der Welt, und in Wirklichkeit habe ich sie alle überholt – Pussja-Pustynnikow, die Brüder Christoradi, Ismaelchen und sogar Ljowka Courvoisier, der später in unserer Schule alle, groß und klein, besprungen hat! Heute habe ich ihn gesehen irgendwo an Deck – er neigte seinen rothaarigen Kopf zärtlich-aufmerksam Katja Serebrjannaja zu aus der Buchhaltung des Wissenschaftlichen Instituts des Bäckereikombinats, wo ich nach der Schule dank der Fürsprache der Beschmentschiks als verantwortlicher Laborant gearbeitet habe, halbtags; Brille und Pferdeschwänzchen – solche hat Ljowka immer mit Vorliebe besprungen, er sagte, das sei das einfachste, sicherste und angenehmste – bis ihn in der Stadt Naltschik eine Bibliothekarin mit Milzbrand ansteckte.

Und zwölf Jahre von diesen achtundzwanzig war ich Vater, nicht nur von einem, sondern sogar zwei Söhnen! »Oh, Götter, wie saudumm!« sprach George, Mylord von Engelland, im Buche »George, Mylord von Engelland«. Lange her.

»Na, eben so, haben uns gefunden eben ...«, entgegnete Zoëchen unbestimmt, schob die verschränkten Hände über den Tisch, legte den Kopf auf sie und verengte grimmig ihre lachenden verrückten Augen in meine Richtung. »Haben uns gefunden und Schluß. Erzähl uns lieber alles von dir. Wann sehen wir uns denn noch mal!«

Gehorsam erzählte Galja Polowtschaninowa weiter: von den Intrigen in der Katholischen Akademie, die darauf zielten, Pater Vladislav Schmidt aus seiner Stellung als Pater Lehrer zu vertreiben (»Die Finsterlinge, die! Oh, diese Finsterlinge! Sagen, sein Polnisch ist schlecht und sein Latein nicht besser, aber selbst waren sie unter den Kommunisten alle bei der Stasi«), und erzählte von den Plänen Pater Vladislav Schmidts – ein kleines U-Boot zu kaufen oder mieten – zu einer eingehenden Untersuchung des Schelfs, um die Auskolkungen ausfindig zu machen, in denen die Nixen leben (sie wohnen allein oder zu zweit, zu dritt in den Höhlungen, zumeist im Bereich von Flußmündungen), und auch die Sirenen-Siedlungen (aus Meergras geflochtene, im Schlamm kaum bemerkbare Rundhütten, jeweils zehn bis fünfzehn, rund um eine Meerorgel gruppiert) und schließlich, wer weiß, mit einigem Glück, sogar auch noch Vineta ...

... Sie sprach und sprach, und ich dachte, ich bin ja nicht schuld, wirklich ... ich wußte doch tatsächlich von nichts! ... und habe mich an gar nichts erinnert! ... Aber das Zoëchen! Zoëchen ... – wußte sie denn all die Zeit, daß ich von nichts weiß, oder dachte sie, ich weiß alles und schaue gleichgültig aus dem Fenster des Jungen-Umkleideraums im vierten Stock, wie sie aus der Schule fort die Maria-Uljanowa-Straße entlang in Richtung Wladimirski-Prospekt geht – wie ihre alte Schultasche mit den vier stählernen Beschlägen an den Ecken an ihrem ersten, und zweiten, und dritten, und vierten rötlichen und spitzen Knie vorbeischaukelt? Dachte sie, daß ich, zynisch, wie ich eben sei, ihr nicht einmal ein »Bis dann!« aus dem Fenster nachgerufen hätte? ... Woher sollte ich wissen, daß sie für immer von der Schule geht, und dazu noch schwanger? Das hat viel später Pussja-Pustynnikow, sie war schon in Vyborg, allen getratscht ... Pussjas großer Bruder besuchte die Militärschule, wo Zoëchens Vater Militärwissenschaft unterrichtet hat: Marschieren und Exerzieren (und sich nicht zieren – für Jungs – aber Mädchen, umgekehrt, müssen sich zieren). In der institutseigenen Badeanstalt hat sich Zoëchens Vater bei sämtlichen nackten Kadetten beschwert über seine Tochter, die Hündin ... Aber ihre Knie sind völlig verändert: Rund und weiß und stehn breit auseinander unter dem Tisch und unter dem dunklen Rock, der an den Strümpfen schabt, dafür sind die Arme auf dem Tisch verschränkt und der Kopf liegt auf ihnen mit der rechten Wange nach oben, genauso wie damals neben mir auf der Schulbank, und genauso scheren einzelne blonde Strähnen aus auf die Stirn, als elektrisch flimmernde Bögen, und springen plötzlich hoch, von der vorgestülpten dunkelrosa glänzenden Unterlippe angeblasen: So saß sie neben mir, und von Zeit zu Zeit blies sie so, nur war das Haar noch nicht blond, sondern – kastanienbraun? – dunkelrot? ... und hinten zusammengehalten mit zwei Blumengummis. Gott, und jetzt *weiß* sie, daß ich damals nichts wußte und mich an nichts erinnerte? ... und *jetzt* nichts weiß und mich an nichts erinnere? Vor Scham und Peinlichkeit wurde mir kalt an der Herzgrube und dunkel vor den Augen. Doch solange die Polowtschaninowa nicht geht endlich, kann ich Zoëchen nach gar nichts fragen.

Plötzlich heulte etwas auf draußen – martialisch und tief wie eintausend Feuerwehrwagen … Zoëchen und ich zuckten zusammen, Galja, ohne in der Erzählung auszusetzen, die nun niemand mehr hörte, erhob sich und band den Gürtel ihres Regenmantels neu, der auch davor sehr gut gebunden war.

»… Das gilt uns, meine Lieben, es ist Zeit. Adamek und Julek rufen uns. Sind früher als erwartet aufgewacht …«

»Haben aber ein Organ!« witzelte ich.

»Das ist die Sirene … die Schichtwechselsirene … von der *stocznia* … wie heißt das russisch … aus der *stocznia* …«

»Von der Werft?«

»*Tak. Tak*. So. So ist es. Von der Leninwerft in Gdańsk, von dieser, der berühmten«, sagte Galja sehr ernst. »Diese Sirene hat Lech Wałęsa persönlich Julek und Adamek geschenkt. Dafür, daß sie auf ihrem Boot Lebensmittel und Porträts vom *Papież* … vom Papst Jan Pawel auf die Werft brachten, als sie damals diesen Streik machten.« Und sie ging zum Ausgang. Ich hatte nie bemerkt, daß eine Schulter bei ihr höher als die andere ist. Ihre Schulterblätter regten sich etwas schief unter dem Regenmantel.

Da lief ihr Zoëchen hinterher wie außer sich, rieb sich die Wimperntusche von ihren nassen Wangen, befleckte mit den Wangen und den von der Tusche geschwärzten Händen die Ärmel und Revers von Galjas Regenmantel und redete, redete auf sie ein: Wohin sie denn wolle, dummes Zeug, lieber solle sie hier bleiben, auf der »Atenov«: Wir gehn jetzt nur schnell nach Lübeck und dann sofort heim, nach Rußland, und dort unbedingt zuerst nach Vyborg oder zur Halbinsel Judatin bei Vyborg – ebendort, wo sie damals alle gewesen sind, auf Judatin; da habe sie sich also eine Datscha gekauft, von den Zigeunern, sie ist auch beheizbar, und der Käptn habe es ihr versprochen, zuerst fahren wir nach Vyborg und dann erst nach Petersburg; und Galja kann todsicher bei Zoëchens Mutter bleiben, bis sie was findet, auch gebären dort, sie kennen da sowieso alle in der Klinik, dort habe es das Baby gut, Pflege und Obhut, und das Haus stehe direkt am Meer, da sei Platz genug für das Baby und sie, niemand müßte sich irgendwie einschränken … Und keiner würde sie dort finden … Aber Galja riß sich los aus der befleckenden Umarmung und rannte an Deck – sie mußte zu Hause sein, ehe Pater Vladislav Schmidt heimkehrt, das Abendbrot aufwärmen.

»So-so«, sagte Kapitän Achov, der während unseres Teetrinkens höchst taktvoll nichts hatte von sich hören lassen. »Ja, meine lieben Freunde – da gab es in Odessa seinerzeit einen recht ähnlichen Fall: Rabinowitsch kam zu einem polnischen Priester und fragte ihn, ob er seine Tochter heiraten möchte …«

»Achov! Wenn Sie jetzt mit den alten Odessawitzen anfangen, werde ich befehlen, daß wir unverzüglich zurück zum Schwarzen Meer fahren und diese Stadt, diese Perle am Meer, mit meinem Beute-Feldstecher ›Carl Zeiss Jena‹ anvisieren! Und – aus! Keine Griechen mehr mit ihrer *Chalande* und ihrer Schmuggelware darauf, und keiner *spricht wenig, aber saftig*, und auf jeden Fall kein Rabinowitsch mehr mit seinen Witzen! Genug! Die Witzbörse ist geschlossen!«

»Ja und?« freute sich Achov und verstärkte seine südliche Aussprache bis ins Unerträgliche. »Aber das ist ja – wunder-schmunder-b-a-ar! Was habe ich denn je von diesem Odessa-Schmodessa gehabt außer, unter – nicht über – uns gesagt, außer Unglück und Siechtum. Mög es verschwinden, ich weine ihm keine Träne nach! Wir sind doch jetzt P-e-e-etersburger, nicht wa-a-ahr?! Lang lebe die Heldenstadt Sankt Peeetersburg!!! Und ein bißchen auch das Heldenstädchen Ismailchen! … Jawohl, Euer Exzellenz, Schmerz beiseite. Ich wollte noch über die Lage berichten. Um es kurz zu machen: Die Sicht ist besser geworden, obwohl noch Nebel vorhanden ist. Vorm Bug haben wir das Abtreibungsschiff, auch Abortorium genannt, unter dänischer Flagge, achtern nähert sich das Altersheim. Nach Świnoujście kommen wir mit unserer Eintauchtiefe nie und nimmer hinein ohne Lotsen. Aber rühren wir uns nicht von der Stelle, werden wir bald zusammengepreßt, wie Scheibenkleister. Ihre Befehle?«

»Was für Befehle, welche Befehle, mein lieber Herr Kapitän? Sie haben es doch gehört! Zuerst nach Lübeck, da lassen wir jeden an Land, der das will, und die Gefangenen frei – hörst du mich, Ismaelchen? Im Prinzip kannst du schon deine Unterhosen zusammenpacken! und dann, über die Dänische Wasserstraße ins Nordmeer und weiter – in den Atlantik. Sie können ja versuchen, uns zu stoppen! Im Atlantik hissen wir die Flagge Vinetas – ich fertige sie noch an – und erklären uns zum unabhängigen Staat. Noch Fragen?«

»Jawohl, Euer Exzellenz! Alles klar. Kurs auf Lübeck. Wo die Sirene der Nixe guten Tag sagt! Und weiter – überallhin!« Und er stimmte ein kleines Chanson aus den zwanziger Jahren an: »Auf dem fernen Ozean blau, An dem felsigen Feuerlandstrand, Vor lilaner Nebelwand, Liegen Schiffe tot und grau.«

Schtekaturko und ich standen an der Reling und schauten zu, wie in den Überschneidungen und Überlagerungen der staubigen schweren Strahlen, die von oben und unten her kamen, die polnischen Nachtfalter über die Strickleitern krochen – mit ihren schweren, in schwere silbrige Flügel gewandeten Hintern nach unten (nichtpolnische Falter täten das nicht, zumindest nicht so tapfer und fast elegant). Jetzt wurde auch die Polowtschaninowa über die Reling gehoben, auf den kurzen und starken Armen von Salupjenea und Schekelanu, die von der Solidarność-Sirene geweckt worden waren. Wir winkten. Nun war nur noch ihr Kopf im straffgebundenen Tuch über der Reling zu sehn. Wir winkten nachlassend. Der Kopf ist verschwunden. Aber plötzlich wieder da, zusammen mit der rechten Hand. Wir winkten verstärkt. Die Hand fährt zum Mund des Kopfes, zieht sich aus dem angebissenen

Fausthandschuh heraus, schlägt das Kreuz und segnet uns. Dann glitt Galja Polowtschaninowa wieder fort.

»Weißt du, was ich dich noch fragen wollte?!« sagte ich, mich zu Zoëchen umwendend. Und schwieg.

Unten, in einer moosgrünen Lichtblase tuckerte und schnaufte das Schnellboot »Solidarność«. Die Blase regte sich, schaukelte ein wenig, hüpfte kaum merklich, dann begann sie sich abzublasen und verwandelte sich in einen zerfallenden Fleck auf dem Wasser. Die längliche Verdichtung Boot wurde dunkler und schwand im Dunkeln hin, während sie sich zur Küste entfernte oder vielleicht doch noch zu dem vor uns unsichtbaren Abortorium »Aurora«. Zoëchen spähte gespannt hinab, ab und zu hob sie die rechte Hand und bewegte sie, als putze sie ein Fenster. Die Scheinwerferstreifen strichen über sie.

Ich zog meine Hand herauf (als hinge ein Eimer Kartoffeln an ihr) und berührte durch die Streifen hindurch ihren linken, mir nächsten, brennend kalten Arm. Etwas oberhalb des Ellbogens, wo der aufgeblasene Ärmel ihrer aufgeblasenen weißen Bluse endete.

»Weißt du, was ich dich noch fragen wollte?!« ...

Zoëchen drehte sich halb zu mir (während sie ihre rechte Hand weiter über der Reling winken ließ), blickte mich schräg von unten an (ein Auge zukneifend, als ziele sie), und mit der Handfläche, die noch am Winken war, versetzte sie mir eins, mit vollem Schwung und ihrer ganzen unmädchenhaften Kraft, genau aufs linke Ohr.

Mein Kopf erdröhnte wie ein straffgepumpter Ball (von außen) und eine geschlagene Glocke (von innen). Ihm (dem Kopf) entgegen tönte heftig der Glasenschlag von allen Kränen. Vom Meer her heulte, sich entfernend, die Sirene auf. Die

Streifen in meinen Augen wurden schneller und schneller, bis sie zu einem blendenden Licht zusammenflossen, das dann erlosch. Die »Atenov« zuckte, lärmte mit irgend etwas Eisernem im Inneren bei sich, kippelte, kippelte noch einmal und kam, nachdem sie noch einmal gekippelt hatte, schließlich anscheinend in Gang.

Ein kleines jüdisches Submarine

I

… in der Frühe lichtete sich der Nebel und legte sich. In den Fenstern blieb die übliche Ostseetrübe – kleine dunkelgraue Rippen bis zum Horizont und große hellgraue Hügelketten hinter ihnen.

Die »Atenov« fuhr gleichmäßig und leise, fast ohne Schaukeln und Beben.

Eine halbe Nacht lang lief ich, mich an den Wänden haltend, in den glanzlosen rumänischen Linoleumgängen, doch konnte ich mein Leninzimmer nicht finden und verbrachte die andere Hälfte der Nacht in jener Korridornische, die sich wahrscheinlich aus dem Abriß oder dem Nichtbau einer Kajüte ergeben hatte. Ich lag in dem roten Kunstledersessel ohne Armlehnen, neben dem Tischchen mit aufgemaltem rotweißen Schachbrett und vor dem ausgeschalteten Fernseher »Regenbogen«. Von diesem Sessel tat mir der Rücken kreuz und quer weh, die Lider waren in den Augenwinkeln vom Salz vertrockneter Tränen verklebt, und meinen Mund füllte der übelstschmeckende Schleim meines Lebens. Im Halbdunkeln (das Licht war schon abgeschaltet) folgte ich einem Seitengang, schob mit der Schulter eine Tür auf und befand mich auf Deck – von dem grimmigen schneidenden Licht wurde mir schwarz vor Augen und von dem schneidenden Frost in der Luft schwindlig im Kopf.

Auf dem Deck war niemand. Da, wo gestern sich noch alles drängte, alles lärmte, nieste und hustete, sich auf der Plane wälzte, sich am Kranhaken wiegte, zur Gitarre sang, sich von Zigeunerinnen aus der Hand lesen ließ – war nun alles leer und sauber, wie nach einer Naßreinigung. Und tatsächlich: fern, ganz vorn am Bug scheuerte der Matrose Schischkin-

Myschkin unter der Aufsicht Bootsmann Pychvas den Boden mit einem Schrubber – große, helle Tropfen fielen von seinem unrasierten Römerkinn.

»Bootsmann, wo sind denn alle die Passagiere geblieben?«

»Was für Passagiere-Massagiere?« – der Bootsmann sah mich verdrossen an und bewegte dabei synchron die beiden Paare seiner dichten grauen Schnurrbärte – das eine Paar über dem sprechenden Mund, das andere unter der sich runzelnden Stirn. »Du bist der einzige Passagier bei uns, junger Mann. Alle anderen arbeiten …«

Ich trat sogar ein paar Schritte zurück, so erstaunt und erschrocken war ich, und: »Kannst du nicht aufpassen, Wenka, du Trottel?« – hätte beinahe Ismaelchen Muchametsjanow umgeworfen.

»Wer hat dich herausgelassen?« wollte ich fragen, stockte aber, weil ich schon alles begriff: ES WAR EIN TRAUM! ICH HABE ALLES GETRÄUMT. HALLUZINIERT. MIR EINGEBILDET: Wendelin Wende, das Entern, die Schlacht gegen die vier Flotten … Und Galja Polowtschaninowa … Und …

»Sind wir bald in Lübeck? Weißt du das?« fragte ich statt dessen.

»Wieso, hast dus da eilig zu was? Das Neujahrsmusical, keine Sorge, es sind noch vier Tage bis dahin, schaffen wir lässig … Ach ja, das Päßle gib mir bitte zurück. Ist doch Eigentum der Firma, das Päßle. Und noch was … Marat Spartakowitsch hat mich gebeten, dir hiermit offiziell mitzuteilen: Wenn du dir noch mal durchzudrehn erlaubst, gehst du postwendend in gußeisernen Stiefeln über die Ostsee!« – Und streckte seine offene breite und krumme Hand aus.

Ich holte den Paß aus der Tasche, den ich von Leutnant Propp bekommen hatte, und schob ihn zwischen Ismaelchens Mittel- und Zeigefinger.

»Bik yakshi!« sagte Ismaelchen sehr ernst auf tatarisch und legte den Paß in eine Ledermappe mit der goldenen Aufschrift »Ost-West-Transit GmbH«.

Schluß, das ist das Ende, begriff ich. In Lübeck liefern sie den Stiefvater und mich an die blaubärtigen Bevollmächtigten Marat Spartakowitschs aus, und dann gehen wir mit Bügeleisen an den Füßen am Grund des Hafenbeckens spazieren. Oder sind wir überhaupt sogar bereits umgekehrt? Ich spüre es geradezu: Wir fahren zurück zum Petersburger Flußhafen, zum Koreaner mit dem Riementang und zu dem diensthabenden Hafenmeister Mazwejko. Am Grunde der Newa werden wir spazieren mit Bügeleisen an den Füßen und Ismaelchens versunkenes Handy suchen. Wer sagt denn, daß es sein einziges war, das er so markant hatte fallen lassen … Und selbst wenn es uns gelänge zu fliehen, was dann? … Und wie denn auch? – schwimmen doch nicht, in dem kalten Wasser … Und wie man ein Rettungsboot hinunterläßt, weiß ich auch nicht … vielleicht wen bitten – für Geld? … nur wen? … Den Matrosen Matrossow vielleicht, er hat so ein keckes Gesicht … Aber auch wenn wir es schafften, ein Boot unter dem Mantel der Nacht zu Wasser zu lassen und fortzukommen, ja, wohin denn – ohne Papiere!? Nein, das Einfachste für mich: Gleich jetzt über Bord springen – wie Fosbury-Flop, mit dem Hinterkopf voran – in die Dezember-Ostsee, und ohne jedes Bügeleisen gleich untergehn. Ich legte meine Hände auf die Reling und schaute immerhin schon mal hinunter, in die Dezember-Ostsee.

»Willst du kotzen? – kotze in die Windrichtung!« sagte Bootsmann Pychva ernst und paffte mit seiner Meerschaumpfeife. »Wir werden nicht bezahlt dafür, die Kotze der Passagiere aufzuwischen.«

Ismaelchen lachte quiekend.

Ich beugte mich gehorsam vor und sah einen riesigen Menschen übers Meer zur »Atenov« kommen – er sprang im Meer von Welle zu Welle, wie im Moor von Buckel zu Buckel.

Ab und an nahm er eine gigantische graue Rolle – wie eine Teppichrolle mit der Wolle nach innen – von der einen Schulter auf die andere und schwenkte die freigewordene Hand, schaute sich mit aufgerissenen Augen wie erstaunt und belustigt um, nahm seinen dunkelgrünen Dreispitz vom Kopf und setzte ihn wieder auf sein dreieckiges Haar, das mit Schnee oder Salz oder Mehl bestäubte. Als er mich bemerkte, bekam er runde Augen, sein Schnurrbart spreizte sich, er nahm den Dreispitz und winkte mir heftig: Nu mach! geh dort weg! los! Er kam ganz nah ans Schiff, bis unter den Bug, lehnte sich mit der Schulter dagegen, als versuche er, das Schiff umzudrehn, und zwinkerte – belustig-verwundert – zu mir herauf. Dann schwang er noch einmal seinen Dreispitz: Geh, geh da fort, geh von der Reling! Und zeigte mir *Daumen hoch*. In den runden Augen glomm ein lustiges goldenes Feuer. »Es wird alles gut, mijn hart!« habe ich verstanden, eher sogar lautlos gehört. »Alles geht vortrefflich aus! Wenn es Zar Peter verspricht, bedeutet das, alles wird fabelhaft!«

»O.k., Jungs. Ich geh lieber – und leg mich hin. Mir ist irgendwie so – wirklich ...«

Ich richtete mich auf und drehte mich gleichzeitig um, aber schaffte beides nicht ganz: die Reling ließ mich nicht los, als hielte sie mich an der Kehle, ja schnitte sogar. Ich war dem Ersticken nah, vor den Augen wurde mir noch schwärzer als vordem, Bauch und Brust waren sofort naß von Schweiß. Plötzlich knallte etwas, platzte, mein Feldstecher, dessen Riemen sich am Kopf einer Schraube festgehakt hatte, riß sich los und wäre fast ins Wasser geflogen, wäre nicht Ismaelchens rundliche rote Hand teleskopisch aus dem Ärmel geschossen und hätte sich ihn geschnappt über der Dezember-Ostsee.

»Geh nur«, sagte Ismaelchen trocken, »zu deinem Liegeplatz gemäß Bordkarte. Schlaf dich ein bißchen aus. Bist tatsächlich irgendwie ... Da, nimm dein Spielzeug mit, du Admiral!«

Das Leninzimmer fand sich erstaunlich leicht – als sei es nie verschwunden gewesen. Ohne Licht zu machen, zog ich mich im Halbdunkel aus und legte mich. Aber es gelang mir nicht, die rutschige bauschige Bettdecke über den Kopf zu ziehen – irgendwo stak sie fest, wahrscheinlich zwischen Koje und Wand. Ich zog, zog und zerrte und erhielt schließlich einen Stoß von zermalmender Wucht zwischen die Rippen – mit Zoëchens Ellenbogen: »Jasytschnik, kennst du jetzt gar keinen Anstand mehr? Gib sofort die Decke zurück, du zottiger Bär!« Zoëchens weiche Arme und Beine warfen sich über mich – wendig, ja fast, als wänden sie sich. Ihre warmen runden Brüste legten sich auf meinen eisigen, wie mit krausen Eiszapfen bedeckten Bauch. Ihr glattes und kühles Gesicht schmiegte sich an mein Schlüsselbein, ihr Haar, süß und schwül und nach Seife duftend, krabbelte mir spitzig-kitzlig übers Gesicht ... Wenn alles, was eben an Deck gewesen ist – der Bootsmann, Ismaelchen und Peter der Große ... wenn all das ein Traum war, heißt das, daß ich jetzt auch Zoëchen nur träume. Wenn aber all das da oben kein Traum war, hingegen alles davor ein Traum – Wendelin Wende, die Archäologen, die Schlacht gegen die vier Flotten und Galja Polowtschaninowa – heißt das, daß ich sie sowieso träume, wie sonst?! Ich atmete tief, glücklich und schnaufend und schlief ein – schlief bewußtlos und ohne Unterbrechung, nur an einem leichten Schwindel im Kopf spürte ich, daß der Bug des Kühlschiffs »Zweifacher Held der Sowjetunion Atenov« gleitend zum Westen hin wendete.

Die Sonne strahlte durch den Vorhang, die Lider und sogar den Hinterkopf. Im Lautsprecher sang Achov heiter ein Lied aus dem Krieg, von überstandener Schlacht: *Das Kerzlein brennt, die Waffen ruhn, Laßt uns, Soldaten, reden nun ...* Ich zog mir die Decke über den Kopf und seufzte tief, schnaufend und sogar mit einem kleinen traurigen Pfiff. Wieder bringt der Käptn alles durcheinander: die Schlacht ist nicht überstanden, sondern steht bevor, und sie ruht nicht, sondern tost, irgendwo, unweit. Er sollte sich schämen: Er ist ein alter Mann, war im Krieg, er konnte dieses Lied doch kennen.

»Ach, aufgewacht?« fragte der Kapitän. »Haben lange geschlafen. Na, ist verständlich: Junge Menschen! …«, und er gab einen seltsamen Laut von sich: halb geräuspert, halb gegrunzt.

… War alles, was auf dem Deck geschah, geträumt, war auch, heißt das, unsere ganze Geschichte geträumt … – auch Zoëchen jetzt!

Und wenn nicht, dann war, umgekehrt, alles Vorhergehende geträumt – demnach, heißt das, konnte auch Zoëchen in meinem Bett nur geträumt sein …

Ich begann, mich langsam von der Seite auf den Rücken zu wenden. »Wenka, du Dickwanst, Schuft du! Bist schon wieder auf meiner Hälfte! Willst du mich totdrücken, mit deinem Walfischbauch!« sagte Zoëchen Schtekaturko böse (mit diesem »wieder« deutete sie auf meine Gewohnheit, mich in schulischer Erschöpfung auszubreiten auf der ganzen Schulbank) – schob ihre Finger in das verschwitzte Geringel auf meinem Bauch, griff zu und zog, daß es weh tat. Und schwang sich aus der Koje. War sie ein Traum, so war sie einer in meinem karierten Hemd, der klackend und klingend über das glänzende Linol des Leninzimmers sprang auf der Suche nach den diversen weiblichen Kettenhemdringlein und Harnisch-Fetzen. Ein energisch pustender und Posaune schnaubender Traum. Ein blond-wirrer, vom Schlaf geröteter und sehr hübscher Traum. Sie hatte die kleinen Kleidungsstücke zusammen und verschwand mit dem Armvoll in der hygienischen Abteilung des Wandschranks, von wo es dann ergrimmt klirrte, rann, platschte und plätscherte.

DAS ALLERSCHLIMMSTE, dachte ich, IST, DASS ICH MICH WIEDER AN NICHTS ERINNERE, WAS WAR UND WIE! Oder ist das nicht das Schlimmste, sondern das Allerkomischste?

II

»... In Deutschland, in Deutschland, verdammtes Land«, heulte der Kapitän mir nichts, dir nichts plötzlich dumpf-derb auf. Da hielt ich es abermals nicht aus.

»Käptn! Um Gottes willen! Im *fernen*! Im *fernen* Land, heißt es!«

»So hieß es nach dem Krieg. Während des Krieges hieß es das *verdammte*!« Achov schnurrte heiser wie ein erkältetes Kätzchen. »Und erlauben Sie mir zudem zu melden, wir kommen zudem gerade eben hinein in es. In seine territorialen Gewässer, sein fritzisches Territorium. Querab links haben wir die Insel Rügen.«

»Kurs auf Lübeck«, erinnerte ich vorsichtig.

»Lübeck, jawohl«, stimmte Achov zu. »Ich bitte um Entschuldigung natürlich, Herr Jasytschnik, aber wie werden wir es angehn, Ihr Lübeck da, hm? Wie friedliche Leute nach den Regeln der internationalen Schiffahrt? Oder stürmen wir es seeseitig mit Hilfe Ihres berühmten Todeskiekers? Und geben es dann dem aufgebrachten Matrosenmob für drei Tage zum Plündern frei – dem Schischkin-Myschkin, dem Salupjenea, dem Schekelanu und dem Gwosdin. Und dem Matrosen Matrossow.«

»Vergessen Sie auch die Archäologen nicht«, sagte ich nachdenklich. »Auch sie sind aufgebracht. Und vielleicht gehe ich mit ihnen mit, wieso nicht!«

»Jasytschnik, du Ekel« – aus dem Gepruste-Geplatsch im Duschraum drohend-mahnend: »Jasytschnik, hör mal!«

»O.k., o.k., wir werden Lübeck nicht stürmen, wenn Schtekaturko dagegen ist. Dann also: mit was für Schiffspapieren, hm? Ismaelchen, was sagst du, du bist doch der Manager des Befrachters?«

In den Lautsprechern begann es zu knurren und knistern:

»Eine Charterfahrt. Kommen von Gdańsk mit einer Fracht billigen polnischen Schnees für deutsche Weihnachten«, schlug Ismaelchen vor, nachdem er genug geknurrt und geknistert hatte.

»Weißt du denn, wann die Deutschen ihr Weihnachten feiern? Und weißt du, welches Datum wir heute haben? Ja, sage es, sag es uns!«

»Ich sags dir. Ich weiß es. Den dreißigsten Januar. Und? Sind eben etwas spät dran. Kommt doch vor. Ungünstige Wetterlage. Höhere Gewalt sozusagen.«

»Und der Schnee?«

»Ist geschmolzen. Temporärer Ausfall unseres Freonkältemittelsystems. Können das Tauwasser ja auch vorweisen. Und die Papiere habe ich alle, bitte sehr. Und wenn euch das nicht paßt, auch wunderbar. Was gehts mich an? Ich bin sowieso im Hausarrest hier. Der Gefangene vom Baltikum. *Umkamen Jugend und Talent*. Wir könnten auch die Hauptmasche ziehn – den Leichentransport für ein wissenschaftliches Institut in Heidelberg … Plastilin-Institut oder so. Dann sage aber du deinen Kadavern, daß sie sich zu ihren Liege- und Sitzplätzen begeben entsprechend ihren Bordkarten jeweils. Sonst hast du auf Deck dauernd ›Treffen der Liebhaber von Touristen- und Liedermacherliedern‹. Diese Igel, verstehst du, mit den Löchlein links.«

»Rechts. Rechts!« schrie Sascha Nedezki widerhallend aus dem Maschinenraum. Ismael hat sein Lieblingslied von dem Gummiigel, dem Badeigel, »mit dem Löchlein rechts«, falsch zitiert. Offenkundig war heute Tag des entstellten Liedes.

»Sinzow, sei so lieb, ordne es bitte an«, sagte Kapitän Achov. »Das ist richtig. Unsere Gäste möchten sich bis auf weiteres in ihren … Gefrierfächern … ähm … aufhalten. Was, Seemann, redest du da?«

»Es sieht aus wie ein Wal«, teilte der am Steuer stehende Matrose Matrossow mit.

»Ein Wal? Maschine stop!« schrie der Kapitän, plötzlich außer sich, gellend. »Stop, stop! Ein Wal! Ein Wal! Ein Wal taucht auf! Er taucht auf! Ziel rechts voraus! Alle Mann an Deck! Harpuniere ins Boot! … Verzeihung, das ist ein Reflex bei mir. In meiner Jugend war ich lange Dritter bei der Walfangflottille ›Slawa‹.«

»Nein, Genosse Kapitän«, schaltete sich erneut Sascha Nedezki aus seiner Tiefe ein und bemerkte sehr ernst durch das Rauschen und Rasseln: »Die Maschine halte ich Ihnen an, keine Frage, aber das ist natürlich keinerlei Wal. Das ist ein ›Dolphin‹, Herr Kapitän, ein U-Boot deutscher Fabrikation. Und seine Torpedorohre, zeigen unsere Geräte, befinden sich in Alarmbereitschaft. Sind am Kochen sozusagen!«

Ich hastete im Leninzimmer hin und her und suchte nach dem Goldsteinschen Fernglas. Aber da mir alles aus der vergangenen Nacht entfallen war, konnte mir auch nicht einfallen, wo ich den bescheuerten Feldstecher hingetan hatte. Er war nirgends, nicht unter der Koje, nicht unter dem Tisch, nicht im Nachtschränkchen (welches übrigens überhaupt nichts enthielt außer einer leeren Schachtel schwedisches Krokant, auf der ein Eichhörnchen mit Basedow-Augen abgebildet war). … Ich ging daran – etwas forciert –, die Wandschranktüren, die großen und kleinen, zu öffnen – von ihnen, den schwingenden und klappenden, kam ein ungleichmäßiger Wind auf. Eine Tür, die größte aller vertikalen, öffnete sich von selbst – und aus der Dampfwolke trat Zoëchen heraus, gekleidet und gekämmt, die Hände in den Taschen der gestärkten Schürze. Sie blieb ein Weilchen stehn, sah zu, wie ich mich abhastete – und nachdem sie Blicke geschossen hatte, zweiläufig aus dem gewaschenen Kopf, dem nach Art der Vögel zur Seite geneigten, fragte sie:

»Und wenn du die Augen hebst? Was haben wir denn da am Kronleuchter baumeln? Weißt wohl nichts mehr von deinem Striptease-Tanz? Deine Unterhose übrigens, die berühmte gelb-blaue mit den goldenen Krönchen – da, schau mal! –, kriecht dort auf dem Roten Wanderbanner herum … Bedeck du mal deinen Bauch, du Nacktnabel! Sonst bohre ich mich in deinen Nabel und kitzle dich zu Tode!« Und sie streckte ihre dunkelrosafarbene, gerollte Zunge heraus.

»Ich werd dir gleich Torpedorohre zeigen, du Schuft, du Unterwassertrottel. Werden dir nicht gefallen. Gleich, gleich, warte«, murmelte ich, während ich auf tönernen Füßen backwärts lief und heftig das Fokussierrad drehte. Aus regenbogenfarbenen Streifen und Kreisen, aus wabenförmigen Lichtreflexen fügte sich das glitzernde Meer zusammen unter dem strahlenden Himmel, beide zunächst in doppelter Ausführung. Endlich legten sich ihre Konturen übereinander, ich hielt inne und sah durch das Fernglas, das auf meinen Brillengläsern leicht mit den Gummiröckchen seiner Okulare schnalzte, ein dickköpfiges U-Boot mit der Zahl 111 auf dem Bug und einen rotbärtigen Mann mit einer Schirmmütze ohne Krabbe, der aus der Luke kletterte.

»Gleich, gleich, du Misthund!« murmelte ich wieder und tastete nach dem geheimen Allesverschwindenmacher unter dem Fokussierrad. Der Mann nahm die Mütze ab und winkte grüßend mit ihr. An dem kurzen Fahnenstock erschien eine kleine weiß-blaue Flagge mit einem Davidstern in der Mitte und stieg langsam nach oben. Ich ließ von dem halb angedrückten Knopf ab, als drohe er, mich zu verbrennen, und murmelte: »Gleich, gleich, Vater … Gleich schicken wir dir das Boot … Nur du hast noch gefehlt hier zum vollkommenen Glück!«

III

»G.Ö.T.T.L.I.C.H! Göttlich! Das ist ein göttlicher Borschtsch, liebe Frau Schtekaturko. Sie sind eine Zauberkünstlerin!« – und er begann, den Teller mit seinem Bart und seinen Wangen abzuwischen. An schwer erreichbaren Stellen nahm er seine Zunge zu Hilfe. Der Bart und die Wangen wurden röter davon, die Zunge jedoch – aus einem unerklärlichen Grund – gelber. »O Gott o Gott o Gott, seit zehn Jahren wohl habe ich keinen Borschtsch mehr gegessen! Gott ist mein Zeuge!«

Seit *mindestens* zehn Jahren, nach meinen Vorstellungen! Denn genau vor zehn Jahren, im Dezember 1990, wurde er mit militärischen Ehren auf dem geheimen Jerusalemer Marinefriedhof bestattet (mit der gesamten Mannschaft des U-Boots »Prophet Jonas Aleph 2«, das bei einer geheimen Mission versunken war). In einen grau-gelben geschichteten Fels hinein (der aussah, als sei er aus Sonnenblumenchalwa) fuhren, wie in den Ofen einer Einäscherungshalle, zugelötete Särge auf Gleisen, einer nach dem andern, einer nach dem andern … – es schien, als werde es ewig dauern. Meine Schwester Lilka und ich standen vor dem imposanten Porträt eines Mannes mit faltenreichem Gesicht und rotem Bart unter einer Kapitänsmütze und beschirmten die Augen mit der Hand, weil wir nicht daran gedacht hatten, Sonnenbrillen mitzunehmen aus dem Leningrader Winter – das Glanzfoto reflektierte erbarmungslos. An diesem Tag hatte es – um fünf Uhr morgens – geläutet bei uns in Leningrad, und eine Stimme mit Charkower oder Dnepropetrowsker Akzent (er entsteht, wenn die Zunge in ihren Maßen nicht dem Mund entspricht, in dem sie sich befindet – zu klein ist oder zu groß) fragte: »Pardon, wohnen hier der Sohn und die Tochter Kapitän Yakov Pagans?« »Wessen bitte?« fragte der erschütterte Permanent durch die Tür und trat sogar ein paar Schritte nach hinten auf seinen Hühnerbeinen in den frei wehenden Unterhosen. »Pagans.

Hieß vordem hier Jasytschnik. Macht euch fertig. Er ist untergegangen. Versank den Heldentod. Der Wagen wartet unten. Der Flug geht um acht. Das Begräbnis ist genau siebzehn Uhr.«

»Na aber! Freilich! Versank. Ha-ha! Haben sich einen Dummen gefunden, der ihnen versinkt! Hervorragend! Das wurde aus Staatsraison so hingestellt! Aufgrund der Ereignisse im Golf! Aber daß sie euch nach Jerusalem holen, das war meine Bedingung – wann sonst hätte ich Lilka und dich noch einmal gesehen?!« Er stellte seine weiße Kapitänsschirmmütze (die auf dem Foto vom Friedhof) auf den Tisch und warf die Handschuhe mit dem Pelzbesatz und seine schwarze gestrickte Untermütze hinein. Unter der Untermütze war er nicht kahl, wie ich werweißwarum angenommen hatte – sein Haar war vielmehr dicht, kurz, kompakt und wie am Kopf angebacken. Ach ja, jetzt verstehe ich: So ergrauen Rothaarige, ihr Haar wird wie Lehm. Doch der Bart war noch rot, obwohl auch etwas blasser als auf dem Porträt.

In Leningrad hing bei uns in der Wohnung im Klo an einem in die Tür geschlagenen Nagel ein dicker estnischer kleiner Krott mit heruntergelassener Hose. Das war mein einziges Andenken an Papa. Ich war kaum auf der Welt (erzählte Großtante Fira hinter vorgehaltener Hand), da verließ er Lilka, mich und Mama roh, heiratete eine Russin und fuhr mit ihr fort nach Israel. Und alle seine Habe nahm er mit, außer diesem Püppchen, denn die kleine Lilka hatte sich in der Toilette hoffnungslos eingeschlossen und schluchzte dort unaufhaltsam, wobei sie von Zeit zu Zeit das Wasser rauschen ließ.

Ferne Gerüchte berichteten, daß Papa in Israel ein Seemann geworden war, obwohl er sich in Leningrad als Oberbetriebswirt in der Produktionsvereinigung »Der rote Bäkker« betätigt hatte. Sonst hörte man nichts von ihm. *Wenn uns Israel angreift und Schiffe hebräischer Aggressoren in den Finnischen Meerbusen kommen,* dachte ich oft als Kind, *wird dann Papa wirklich auf unseren Onkel Jakow Brawoshiwotowski, Marine-Intendant zweiten Ranges, schießen oder auf mich, wenn ich bis dahin groß geworden bin und Marineoffizier?*

Einmal in der Mitte der 80er Jahre schickte er – über Dritte – eine Jeanshose für mich, Traum eines jeden sowjetischen Jungen. Der Stiefvater war gerade wieder in Komi im Lager – aber als er zurückkam, warf er diese Jeans aus dem Fenster und überschüttete Lilka und mich mit Dutzenden von glänzenden und knisternden Zellophantüten, *Levi's, Wranglers und SuperRifles*, die er dank seiner klugen Handelsoperationen in seinem vollgestopften Klamottensack aus dem Straflager mitbringen konnte. Doch Vaters Bild, eine Farbfotografie, so groß wie die Schachtel mit den Jeans und schwungvoll mit »Yakov Pagan« signiert, rührte er nicht an. Er lachte nur so, daß seine sämtlichen Huckel und Hügel bebten: »Nee, ach, nee! Pagan! Er ist der Pagan! Und ich bin der Paganini!«

»Wie sollte er sich denn nennen auf hebräisch, er mußte doch einen hebräischen Namen auswählen«, versuchte ich meinen Vater zu verteidigen (reiner Gerechtigkeitssinn!), »wenn er auf russisch Jasytschnik heißt, was doch *der Heide* bedeutet«, aber das rief die Großtante Fira (Gott hab sie selig) aus der Küche herbei: »Schicks hätt er sich nennen sollen, mit seiner Schickse zusammen!«

»Also: Warum ich aufgetaucht bin, obwohl das strengstens verboten ist: Du mußt dich sofort davonmachen, Sohn! Jemand von ganz, ganz oben ist elend böse auf dich! Auf den geheimsten Frequenzen verlangt man von einem Agenten mit dem Tarnnamen ›Chemiker‹, er soll zusehn, daß du entweder fortgehst von der Ostsee oder fortgehst in die Ostsee. Und er antwortet, ihr fahrt unter ukrainischer Flagge und in neutralem Gewässer, er sei nicht zuständig für euch. Ich höre aber heraus, sie haben ihn bald weichgeklopft. Obwohl er bei den

Russen ein hohes Tier ist, Admiral oder Verteidigungsministerium oder noch höher sogar, aber ich höre doch: sie haben ihn am Haken. Und wenn nicht, nehmen sie dich eben selbst in die Mache. Du bist nicht der erste und nicht der letzte … Angenehmer wäre es ihnen natürlich … politisch sozusagen … wenn die Russen euch … – Wie, auch noch Nudeln auf Seemannsart gibt es? Und Dörrobstkompott? Dessert! Zoëchen, Liebe, Sie sind ein Engel!«

Zoëchen schüttelte ihren Schöpflöffel in den emaillierten, mit Kirschen bemalten Kompottbecher ab und tanzte mit dem Topf zusammen hinaus aus dem Leninzimmer. Papa gefiel ihr offensichtlich, samt seinen Faltendreiecken auf der Stirn und Krähenfüßen an den Augen, samt seinem Maiskolbenbart und dem Borschtsch-Rot an den Wangen. Samt seinem lebendigen Sprechen und unbewegten Gesicht.

»Komm, pack deine Sachen, und wir sind weg! Und deine Schickse natürlich nimm mit! Pardon, ich meine Zoëchen! Wir werden untertauchen – und auftauchen im See Genezareth … Dort tauchen wir noch einmal unter und tauchen auf – wo du willst. Was hältst du von Tahiti zum Beispiel?«

»Auf der Insel von Tahiti wohnte der Neger Titti Mitti …«, sang ich. Aus einem alten Studentenlied. – »Aber wieso? wie soll das gehn?!«

»Ja, was denkst du denn, glaubst du im Ernst, wir können nur unter Wasser fahren? Wir, ein jüdisches U-Boot?! Wir können das auch unter der Erde! Sogar sehr leicht!«

Es stellte sich heraus, jüdische U-Boote fahren überhaupt so gut wie nie unter Wasser, oder nur sehr selten. Sie fahren sogar meistens unter der Erde – in gewundenen unterirdischen Gängen, auf leuchtenden Höhlenseen, auf unheimlichen blauen Flüssen, die von überall her nach Jerusalem führen, zu dem riesigen Unterfels-See unterm Ölberg. Da spiegeln sich die Flammen der Fackeln als zitternde Keile im schwarzen Wasser, auf dem schmale geschlossene Boote schaukeln.

Als man sie 1990 in den Untergrund schickte (um Saddam Hussein zu verwirren und obendrein von der Bundesrepublik ein neues U-Boot vom Typ »Dolphin« zu bekommen – als Ersatz für das alte, laut Herstellergarantie, denn das alte hatte wohl ein Leck –, gingen sie zunächst aus dem Mittel- ins Rote Meer, durch einen Unterwasserdurchbruch in der Küste zwischen Tyros und Sidon (den kannte schon König Salomo), und von dort – in den Persischen Golf, wo sie sich dann auf den Grund legten, den BEFEHL erwartend. Doch der BEFEHL kam und kam nicht, trotz der Raketen, die aus dem Irak nach Tel Aviv flogen. Deshalb mußten sie sich mit der Sammlung nachrichtendienstlicher Daten begnügen, mit der Erforschung der Tiefsee-und-Höhlenflora-und-Fauna und auch – mit Unterwasserarchäologie: sie suchten Atlantis …

»Habt ihr Atlantis gefunden?«

»Und ob! Sogar drei. Eins bei Kreta. Eins unter den Kanaren. Und noch eins – du wirst lachen – in der Barentssee! Und werden noch weitere finden! Komm, mach dich fertig! Wie lange kann ein längst versunkenes Boot vor aller Augen sein?! Vor den Augen aller Gewalten, Herrschaften und Throne! Es ist doch ein U-Boot. Es liebt das Unten!«

… und auch spanische Galeonen, beladen mit peruanischem Silber – suchten sie nicht, sondern fanden sie. Das U-Boot »Prophet Jonas Aleph 2« konnte von einem Ende der Welt zum andern mit unglaublicher Schnelligkeit wechseln, denn es benutzte die Karten der unterirdischen Flüsse und Seen, die im Auftrag des israelischen Verteidigungsministeriums in der Kabbala-Gesellschaft von Zfath gezeichnet worden waren. Manchmal wechselte es auf eigenes Risiko, das heißt ohne Wissen der Vorgesetzten – um irgendwo aufzutauchen, wo Leidende und Entrechtete Hilfe brauchten. Die unermeßlichen Schätze, die Kapitän Pagan und seine verwegene Mannschaft vom Meeresboden bargen, halfen ihnen dabei. Und zur

Zeit weilten sie unweit von hier, in Kiel, wo man U-Boote vom Typ »Dolphin« baut – zur per Garantie fälligen Überprüfung, der sie sich regelmäßig unterzogen. Sie tarnten sich dabei als das Schwesterschiff »Prophet Elischa Aleph Aleph Aleph Gimel Minus Minus und eine Art Luftkomma« (die Bundesrepublik hatte es Israel während des Golfkriegs geschenkt). Und dort fingen sie auf den geheimsten Frequenzen Unterredungen auf zwischen jemandem in Brüssel, dem schwimmenden Altersheim »The Queen of Belgium«, einem gewissen Marat Spartakowitsch in Petersburg und einem Geheimagenten, Kodename »Chemiker«.

… Ja, sie ist da – offensichtlich und offenkundig – die Lösung für alle meine Irrungen und Wirrungen: untertauchen – und auftauchen im See Genezareth …

»Zuerst nach Judatin«, sagte Zoëchen kurz. Sie stand seitlich an den Türanschlag gelehnt, ein Bein gerade, gegen den Boden gestemmt, das zweite ließ, im Knie gebeugt, die Schuhspitze kreisen; die Arme waren über der Brust gekreuzt, und die Hände steckten in den Achselhöhlen; die Wangen brannten, und die Schläfenhaare flogen – »Jascha und Wenka holen.«

»Aber selbstredend«, sagte Papa, der sich etwas hilflos mühte, die kurzen geriffelten Nudeln auf seine Gabel zu bekommen, und von den Nudeln rutschte das trockene Hackfleisch in den Teller zurück. – »Natürlich. Zuerst nach Judatin.«

»Aber Vineta habt ihr nicht gesehen?« frage ich, während ich den Koffer auf seinen knirschenden Rädchen vorholte von unter der Koje. »Zum Beispiel hier, am Schelf der Insel Rügen? Es gibt eine dahingehende Theorie bei Barnabeus Schulz, Nr. 111 der Bibliographie …«

Ich fragte, allerdings ohne besondere Hoffnung. Oder sogar mit der umgekehrten Hoffnung. Auf dem Meeresgrund Vineta zu suchen ist – davon bin ich fest überzeugt – absolut unsinnig. Es ist ja im eigentlichen Wortsinn auch nicht versunken – als die Dänen die Dämme zerstörten, rollte über die Stadt Wollin vom ersten Meer bis zum dritten, vom hohen zum niedrigen, vom dunkelgrünen zum unaufhörlich stürmisch bewegten, eine gewaltige Welle, die alles wegriß mit sich. Vielleicht sind Straßenpflaster geblieben und einige Fundamente – von den reicheren Häusern. Und von den Kirchen, zum Beispiel den griechisch-orthodoxen, oder den chasarischen Synagogen oder heidnischen Tempeln. Oder vom Palast des Posadnik, des gewählten Stadtverwalters, oder zumindest doch von der Residenz des angestellten Heerführers oder Kriegskönigs und der Kaserne für die skandinavischen und russischen Söldner ... Vinetas Spuren sind auf dem Festland zu suchen, in der Tiefe des Küstenlands – es kann sein, daß Luftaufnahmen oder Satellitenaufnahmen hilfreich wären dabei ... Und Rügen? Was hat nämlich Rügen eigentlich mit Vineta zu tun, die alte westslawische Insel, auch Rujan genannt und nach Meinung des Akademiemitglieds Lichatschow identisch mit der Insel Bujan, die in den gesungenen Sagen, den altrussischen Bylinen, vorkommt. Auf Rügen, bei den finsteren Holzgötzen, den mit Opferblut bestrichenen, hausten die Rurikiden – berufsmäßige Kriegskönige, die dem Vineta-Bund dienten seit eh und je – dort, wo sie hingeschickt wurden. Und der Stein Alatyr stand dort, ein Riesenbernstein zu Ehren des Gottes Svantovit, nach diesem Stein hieß damals sogar die gesamte Ostsee auch Alatyr-Meer: *Im Ozean, im Meer ist der Nabel des Meers, auf diesem Meernabel weiß steht der weiße Stein Alatyr, auf dem Alatyr weiß sitzt der Vogel weiß* – sagt eins der alten russischen Lieder. Den Stein zu finden wäre natürlich hübsch – ein riesengroßer Klumpen teuerster weißer Bernstein.

»Vineta?« fragte Papa, noch hilfloser, während er sich weiter mühte, die kurzen geriffelten Nudeln auf seine Gabel zu laden, ohne daß das trockene Hackfleisch von den Nudeln in den Teller zurückfiel. »Winnetou kenne ich, den Sohn von Intschu-Tschuna, dargestellt von Gojko Mitić. Venedig kenne ich auch. Bin selbst Venetianer, Signore Jacopo Gentile« – er holte aus seiner Innentasche einen dunkelweinroten italienischen Paß mit einem kleinen goldenen Sternchen in der Mitte. »Vineta? Was für ein Vineta?«

IV

WAS FÜR EIN VINETA?!

Vineta! Nach dem Zeugnis Adams von Bremen die größte und schönste Stadt Europas?! Auf einer Insel, bespült von drei Meeren?! An der Mündung der Oder ins Skythische Meer gelegen?! Hinter dem Land der Liutizen, die man auch Wilzen nennt, was am wahrscheinlichsten »Wolfskinder« heißt?! Zwölf Tore und ein Hafen! Den Kindern den Hintern mit Brötchen gewischt! Das Garn auf goldenen Spindeln gesponnen! Glocken aus purem Silber! Pflastersteine aus Smaragd und Saphir!

Ich öffnete den Koffer mit einem herzhaften Knacks und entnahm ihm eins der acht Autorreferate zu meiner Dissertation zur Erlangung der Würde eines Doktors der Geschichtswissenschaft über das Thema »St. Petersburg und Vineta, zwei baltisch-slawische Mythen. Aspekte der Rekonstruktion einer chronotopischen Spiegelung« und überreichte es Papa. Er hielt es sich vor das vorgebeugte Gesicht – dessen sämtliche Falten-Dreiecke erstarrt zu sein schienen – und ließ das Typoskript zwischen Daumen und Zeigefinger Blatt für Blatt durchlaufen, bis die Reihe zu Ende war, dann sagte er: *Gratulation, das ist sehr nett!*, rollte es zu einem Röhrchen zusammen und steckte dieses Röhrchen sehr sorgsam in die Innentasche seiner kurzen Lederjacke, die er, bevor er sich an den Tisch setzte, geöffnet, aber nicht abgelegt hatte.

Nein, auf eine solche Stadt war das geheime U-Boot »Prophet Jonas Aleph 2« am Ostseeschelf bisher noch nicht gestoßen. Unterwasserstraßen mit Bernstein, so was gabs, haben sie gesehn … doch sei das ja kein Bernstein gewesen, das war eine unheimliche baltische Substanz – weißer Phosphor, ausgespült aus der Munition des Ersten und Zweiten Weltkriegs. Von Zeit zu Zeit wird er auch von den Wellen an die Strände Preußens, Pommerns, Holsteins und Schleswigs geworfen, dann ist es gefährlich, ihn für Bernstein zu halten und in die Hände zu nehmen. Von weißem Phosphor entflammen sich die Hände. Wasser löscht ihn nicht, entflammt ihn nur stärker, das ist seine chemische Eigenschaft …

Er sprach abgehackt und langsam, blickte aus seinen hellblauen dreieckigen Augen mit den leicht abwärtsgebogenen Augenwinkeln vor sich hin und schob sehr schnell mit allen zehn Fingern Streichhölzer, die er aus einer Streichholzschachtel ausgeschüttet hatte, umher auf dem Tisch zwischen seiner Mütze, dem leeren Nudelteller und dem noch nicht leeren Kompottbecher. Genauso wie Max Otto von Stierlitz in dem Film »Siebzehn Augenblicke des Frühlings«, erinnerte ich mich.

»Nein, doch wir werden es suchen – natürlich suchen wir es … Die gesamte Küste werden wir abtasten, in allen Mündungen forschen, nur erst vielleicht müßten wir …«

»Sag mal, bitte, und in den See Swetlojar im Gebiet Nishnij Nowgorod kommst du auch hinein? Falls wir beweisen, dort, auf dem Grund des Sees, ist keine versunkene Stadt Kitesch und war auch keine, wäre das für meine Hypothese der Identität von Kitesch und Vineta eine mehr als wesentliche archäologische Unterstützung!«

»Können wir, natürlich können wir! Das heißt, wahrscheinlich. Zuerst muß man im Zfather Atlas nachsehn: Hat da, an diesem See, irgendwann einmal auch nur ein einziger Jude gelebt, gibt es auch einen Weg dorthin über die Untergrundseen und -flüsse … Durch dick und dünn. Unbedingt. Nur erst müßten wir nach Jeru …«

Während er sprach, lief ich (der Koffer fuhr, geöffnet, hinter meiner Hand her – summte, quietschte, holperte, drehte und hüpfte auf seinen schurrenden Rädchen) – schnappte meine Siebensachen aus den Winkeln des Leninzimmers – vom Stuhl einen kleinen Stapel Wäsche, von Zoëchen gewaschen, den lappländischen Pullover von der Stuhllehne, den Goldsteinschen Feldstecher mit dem Geheimnis … halt! wo ist der Feldstecher? Wo zum Kuckuck ist der Feldstecher? – »An deinem Hals, du Wunderknabe«, erinnerte mich Zoëchen vom Türrahmen her. »Ach ja, richtig … Und du? Warum gehst du nicht packen? …« – Mein Bauch wurde plötzlich heiß und hohl, ich hielt inne. Der Koffer fuhr auf mein Bein und sprang an ihm hoch, wie ein großer knochiger Hund.

»Ja, liebe Frau Schtekaturko. Sputen Sie sich bitte ein wenig! Wie lange können wir hier halten unter der Beobachtung sämtlicher Radarstationen der Welt und der Nachrichtensatelliten dazu?«

»Gleich, gleich«, antwortete Zoëchen leicht heiser – etwas erschöpft und unlustig (mein Magen entkrampfte sich). In dem Moment, als sie die Türklinke in die Hand nahm, krachte plötzlich der Lautsprecher, knisterte, und durch das Knistern fragte Kapitän Achov unsicher in brüchigem Tenor:

»Entschuldigung, Herr Kapitän Pagan, daß ich einfach in Ihr Gespräch reinplatze, aber würden Sie mir liebenswürdigerweise sagen, ob die da … diese, auf diesen Geheimfrequenzen, na ja, Marat Spartakowitsch und die anderen … also, ob die an Ihrem Sohn, mal so gesagt, persönlich interessiert sind … ich meine, in dem Sinne, also daß er *ins Meer hinein oder weg vom Meer* …? Oder ob sie eher unser gesamtes Schiff im Auge hatten dabei? Welchen Eindruck hatten Sie da eher … Wäre Ihnen sehr verbunden!«

Papa hat die Stimme aus dem Off nicht im geringsten verwundert, er senkte nur seinen in lehmiges Grau gegossenen Kopf noch tiefer, stoppte die Finger, die noch immer die Streichhölzer umherschoben, betrachtete dann seine auf dem Tisch liegenden, ein wenig zitternden Hände – bleiche, weiche, nicht Hände eines Seemanns, sondern die eines Oberbetriebswirts, mit Fingern, vorn abgeschrägt von den Rechenbrettkugeln, flach von den Tischrechnertasten. Dann nahm er mit diesen Fingerspitzen den Becher mit dem Kompott und beförderte ihn zu seinem unbewegt sprechenden Mund: »War schwer zu verstehn, Herr Kapitän. Wenn Sie mich fragen, ich glaube, man will hier beide nicht haben. Unsern Wenka nicht und Ihr Schiff auch nicht. Keine Ahnung, warum. Sie sagen: Solange die hier sind, ist unser Meer nicht unser Meer … Kein ›Dominium maris baltici‹, sagen sie.«

Wir schwiegen eine Zeit.

»Sagen Sie, Herr Achov, ist Ihre Mannschaft sehr groß? Einige kann ich noch aufnehmen, aber nur ein paar – für mehr ist kein Platz, Ehrenwort! Das ist ein kleines U-Boot! Wir haben ja auch noch, verstehn Sie, einen Jungen aufgelesen in Kiel – so einen kleinen russischen, Stupsnase, blond. Aber er sagt: *Wir sind Juden, heißen Judata – wir gehn nach Yeruschalaim.* Ich glaube, er gehört wohl zu diesen Sektierern, die zum Judentum übergetreten sind, diesen russischen Sekten, in der Art der Subbotniks, die den Sabbath feiern und das Neue Testament ablehnen … Na gut, sind in Israel als Juden ja anerkannt. Aber er war nicht allein, dieser Junge, Sie werden es nicht glauben: Er brachte einen ganzen Zwergenstamm mit, echte Zwerge, nicht größer als einen Meter. Die führte er an. Alle mit roten Mützen mit Bommel dran, in grünen Jacken und weißen kurzen Hosen. Holzschuhe und gestreifte Strümpfe. Genau wie in »Schneewittchen«! Und die Weiber in gestärkten Hauben und Spitzenschürzen über himbeerroten und grünen Kleidern! Sie traten da im Zirkus auf, am Kai, neben dem Kieler Yachtclub – Hammerwerfen, Liliputanerakrobatik, Kunstreiten auf einem Pony, dergleichen. Wir kommen von unter den Bergen, den Sudetenbergen, her, sagte der Junge, und gehen nach Jerusalem – das fünfte Jahr. Und ich sage zu ihm: Da gehst du doch in die falsche Richtung, du Moses! Und führst deine Judata nach Norden, aber nach Jerusalem mußt du dich südlich halten! O.k., sage ich zu ihm, ich nehm dich mit, gut. Erst fahren wir noch meinen Sohnemann holen, nicht weit von hier, und dann – ab nach Yeruschalaim! Das heißt nach *unter Yeruschalaim.* ›Gott segne dich edlen Judäer‹, antwortet er, und tap-tap-tap ins Boot, er und die Gnome im Gänsemarsch hinter ihm, mit Zwergin und Zwerglein. Sie nehmen zwar nicht viel Platz weg, für je vier reicht eine Koje, trotzdem – das ist ein kleines U-Boot! … Und dann sind noch drei Greisinnen bei ihnen, von normalem Wuchs, sogar etwas größer – graue, zerzauste, eine abstoßender als die andere, alle drei schweigen immer und rauchen Selbstgedrehte, die zum Himmel stinken … Und noch ein Bürschchen, etwa dreizehn, pafft auch ohne Unterlaß, Papirossas, eine Belomor nach der andern … Doch das Pony mußten sie im Kieler Zoo lassen, Ponys fahren nicht U-Boot, habe ich ihnen sofort gesagt. Und kein Rauchen natürlich! Nur in die Torpedorohre, die frei sind!

All das erzählte Papa langsam und mit drückenden Pausen, in welchen er am Kompott nippte, die Streichhölzer umherschob oder einfach schwieg – dann blickte er vor sich hin und nach unten, sog seine ein wenig fliederfarbenen dreieckigen Lippen in den Mund ein und spannte die Falten-Dreiecke auf der Stirn – als überlege er, was weiter zu sagen wäre.

»Also was nun, Jasytschnik, geh ich packen oder wie?« fragte Zoëchen von der Tür her. Sie blickte dabei mit einem Ausdruck zwischen Klage und Ärger – nicht zu mir, sondern an die mit geflammtem Holz verkleidete Decke des Leninzimmers.

»Mach, mach, geh und pack deinen Kram, Korbizina!« antwortete die Decke mit der durchrauschten Stimme Kapitän Achovs. »Wie unsere alten Römer, Schischkin-Myschkin,

Salupjenea, Schekelanu und Gwosdin, sagen: *Wo du Chaim bist, will ich Chaja sein!*« und seine Stimme lachte – dünn und etwas gezwungen.

»Abram Jako-ovlewitsch ...« – ihre Stimme zitterte verdächtig – »was haben Sie ...?«

»Papa, weißt du, was ich denke ...? Vielen, vielen Dank, versteht sich ja von selbst, es ist mir peinlich, Ehrenwort – aber ... wir können jetzt noch nicht mitgehn mit dir. Die haben jetzt hier Probleme meinetwegen, richtig? – und ich – schleich mich? ... Und was wird aus dem Schiff? Nur mach du dir keine Sorgen, wir kommen schon irgendwie durch, wir sind nicht unbewaffnet! Glaub mir. Ich habe hier so ein Gerät, ein optisches, verstehst du? Ein Beutegerät mit einem deutschen Geheimknopf ... Wir schaffen es zum Ozean, durch die dänischen Meerengen, und auf dem Ozean braucht uns keiner und fürchtet uns niemand ...«

»Aber zuerst nach Judatin, Jaschka und Wenka holen.«

»... Zuerst natürlich nach Judatin, Jaschka und Wenka holen.«

V

Die gestreckte Hand mit dem eingezogenen Daumen parallel zum Mützenschirm erhoben, ging Papa vorbei an den auf der Stelle stampfenden Salupjenea, Schekelanu und Gwosdin und an Bootsmann Pychva, der sie befehligte (der ewig wachhabende Matrose Schischkin-Myschkin saß bereits im Rettungsboot an den Rudern und kaute mit seinen kleinen altrömischen Kiefern schnell eine Zigarre zu Ende, die ihm Papa auf dem Herweg geschenkt hatte). Und vorbei an dem Matrosen Matrossow, der wie auf den Befehl »Achtung! Stillgestanden!« stillstand in seiner korrekt zugeknöpften Matrosenjacke und mit der – wie es sich gehört – keck auf dem Kopf sitzenden schirm- und bänderlosen Matrosenmütze (ohne die Pose »Achtung! Stillgestanden!« wäre die Dreistigkeit seines Blicks nicht recht bemerkbar, daher nahm er diese Pose bei jeder passenden und unpassenden Gelegenheit ein). Und noch vorbei an den Archäologen Sdorowljak, Wydro, Werasub, Zitrik, Skorbnik und Towstopal, die ihre Finger in ihre verschiedenfarbigen Bärte steckten, und an den beiden Beschmentschiks und Frau Alexandra Karakos mit ihren Mitarbeitern und an dem ganzen Zigeunertrupp, der, warum auch immer, den Mund hielt, dafür aber leise rhythmisch stampfte, zuerst zweimal die Frauen mit einem roten schleifenverzierten Schuh unter dem geblümten Faltenrock, dann zweimal die Männer mit dem kniehohen Sumpfstiefel aus der Reihe vor, dann wieder die Frauen. Hinter Papa schritt ich und blinzelte in den rosa-graublauen Sonnenuntergang über der Insel Rügen, hinter mir stapfte Zoëchen. An der Treppe stand der Erste Offizier Sinzow, ebenfalls mit der Hand an seiner zweistöckigen Mütze aus lilablauem Kunstpelz. »Sämtliche Militärangehörige«, sagte er in Papas Richtung, »sind bei einer Begegnung (auch beim Überholen) gehalten, einander zu grüßen, streng nach den in der Exerziervorschrift für Armee und Flotte der Russischen Föderation aufgestellten Regeln. Untergebene und Rangniedere grüßen als erste, bei Gleichrangigkeit grüßt als erster derjenige, der sich für den höflicheren und wohlerzogeneren Menschen hält.«

»Ewelina Jakowna, Jakow Matwejewitsch, vielleicht fahren Sie mit? – Lange nicht mehr gesehen – guten Tag!«

Jakow Matwejewitsch Beschmentschik hatte auf eine solche Gelegenheit seit achtundzwanzig Sommern und achtundzwanzig Wintern gewartet – er war deshalb vollkommen vorbereitet. Mit dem schneidenden Heben seines Kinns brachte er die Hängewangen beiderseits seines altersfleckigen Adamsapfels beinahe zum Verschwinden und antwortete hochmütig:

»Mit Ihnen, Herr ehemaliger Jasytschnik, fahren wir nirgendshin! Wir haben keinen Weg mit Ihnen! Denn Sie sind der gewissenlose Mensch, der die arme Shenja mit ihren zwei Kindern verlassen hat, und eines bekam noch die Brust! Bis heute schämen wir uns vor der Belegschaft und der Parteigruppe der Produktionsvereinigung »Der Rote Bäcker«, daß wir Ihnen damals zu der Stelle des Oberbetriebswirts verholfen haben!«

»Wie Sie wollen«, sagte Papa ratlos und salutierte etwas verkrampft. Er tat noch einen Schritt, drehte sich halb um und bemerkte, fast flüsternd: »Betriebswirts. Oberbetriebswirt wurde ich selber«, und ging rascher weiter. Die Archäologen lachten.

Ewelina Jakowna zupfte Jakow Matwejewitschs rotschwarzen Mohairschal zurecht, der unter seinem altersfleckigen Adamsapfel zu einem luftigen Knoten gebunden war, zog den Schafspelzkragen zu seinen gesprenkelten Öhrchen hoch und sagte: »Beschmentschik, du bist mein Adler! Du hasts ihm gezeigt! Diese Schmach nimmt er mit sich ins Grab! Ohnehin haben wir nicht denselben Weg – in Lübeck steigen wir ja auf die ›Queen of Belgium‹ um, Shenjas Mann, der richtige, hat versprochen, er managt das!« Und sie wies mit dem Kopf auf den Stiefvater hin, der aus der Schar der Archäologen heraus an die Reling kam. Sein Bauch schob sie auseinander wie ein Wal die Wellen.

Der Stiefvater und Vater standen sich gegenüber. Sie standen so eine Weile und schwiegen. Papa wippte auf den Zehenspitzen, ohne seine Hand von der Schirmmütze zu nehmen. Der Stiefvater streckte den Bauch vor und blies ein paarmal die Wangen auf. Dann, wie auf einen unhörbaren Pfiff hin, stürmten sie zueinander und umarmten sich (natürlich nur soweit Papas Arme über den Bauchdurchmesser des Stiefvaters reichten) und standen so einige Minuten, ohne sich zu rühren – ein grauer Wal und ein rotbärtiger Delphin, innig umarmt. Sie waren in dieselbe Schulklasse gegangen und hatten dieselbe Schulbank gedrückt; als die Eltern des Stiefvaters verurteilt wurden, nahmen Papas Eltern ihn zu sich, damit er nicht in ein Heim für Kinder von Volksfeinden kam.

»Du Schuft!« sagte Papa endlich.

»Selber Schuft!« antwortete der Stiefvater.

»Du Halunke!« sagte Papa.

»Selber Halunke!« antwortete der Stiefvater.

»Willst denn du wenigstens mit mir kommen, Halunke? ... Ich bringe dich, wohin du willst.«

»Ich komme nicht mit dir, Halunke! Morgen gehe ich in Lübeck an Land, Shenja und Lilka mit ihrem Mann warten schon auf mich in Hamburg. Wir haben da auch Karten reserviert, für ein Gala-Musical nach ›Der Fliegende Holländer‹ von Wagner im besten Theater von Hamburg. Danach findet das Neujahrsbankett statt auf dem Dach, wir werden das neue Jahr, das neue Jahrhundert und das neue Jahrtausend feiern nach Eurostandard! Jede Karte kostet eintausend Bucks! Und dann – good bye! Sind wir weg.«

Papa schaute mit unbeweglichen, nicht verstehenden Augen auf ihn. Es war offensichtlich, daß er nicht die leiseste Ahnung hatte vom morgigen neuen Jahr, geschweige denn Jahrhundert und Jahrtausend. Aus seiner Sicht war heute der 4. Teveth des Jahrs 5761, und morgen wäre der 5. Teveth. Und übermorgen der 6. Ich glaubte auch nicht, daß das Wort »Bucks« ihm irgend etwas sagte. Er war zu lange fortgewesen, unter Wasser und noch tiefer. Er schüttelte den Kopf (sein Blick brachte es fertig, dabei unbeweglich zu bleiben – wie die Frisur ohnehin) und fragte in die Schar der andern:

»Herrschaften, möchte vielleicht von Ihnen jemand mit uns fahren? Es sind noch vier Plätze frei, im Rettungsboot. Na?«

Aus dem Zigeunertrupp trat ein kleiner Junge vor. Er trug ein kleines braunes Käppi, einen kleinen braunen Anzug (mit diagonalen weißen Streifen) und schmutzige Gummistiefelchen, in denen die akkurat um die Beine geschlagenen Hosenbeine steckten.

Das Käppi schnappte er vom Kopf, streckte den Arm zur Seite und schwenkte es, während er eine ausgeklügelte Steptanzfigur, noch etwas unsicher, hinlegte aufs Deck. Dann verbarg er sich hinter einem Kleid.

»Alle werden wir nicht hineinpassen«, sagte der Zigeunerbaron und Leiter der Judatiner Gesang-und-Tanz-Truppe »Roma-Balt«, Skorobjenko Innozenz, entschuldigend. Sein Name stand auf einem Kärtchen an seiner Brusttasche. »Wir könnten auch nicht, wir müssen nach Basel. Da findet der Fünftausendsiebenhunderteinundsechzigste Kongreß der Zigeuner-Internationale statt. Wir sind die offizielle Delegation des Landkreises Judatin.«

Papa winkte ab, wandte sich mir zu und streckte die Hand nach mir aus, mit der er abgewinkt und zuvor salutiert hatte. Ließ sie wieder sinken, hob sie wieder, klopfte mir auf die Schulter und sich an die Brust.

»Gut, dann geh ich mal deine Dissertation lesen. Sag deiner Schwester bei Gelegenheit ...« – er wandte sich zum Stiefvater: »Nein, lieber du, Halunke, das wird sicherer sein – sag Lilka, sie soll Fotos von den Kindern schicken, zu Händen von Signore Jacopo Gentile, Venedig, Postfach 111. Sie und Wenka habe ich ja damals geknipst, als sie mich beerdigten, aber die Enkel habe ich natürlich noch nicht. Behältst du die Adresse oder schreibst du sie auf?« – Und wieder zu mir: »Du auch, mit deiner ... Frau Schtekaturko ... Schickt die Fotos an die Adresse, sie werden nachgesendet ... Warum bekommt ihr eigentlich ausschließlich Zwillinge?« Er lächelte beinahe, salutierte vor Sinzow und stieg die Treppe hinunter. Plötzlich erschien seine Schirmmütze wieder:

»Ja, einige Zeit werden wir noch hierbleiben, begleiten euch ein bißchen unten. Momentan sind da sehr viele U-Boote – schwedische, dänische, russische, deutsche … Ich glaub, auch sogar ein tschechisches oder ungarisches … Bedecken den Meeresboden wie Herbstlaub. Und alle sind nur euretwegen da! Zumindest werden sie keine Torpedos abfeuern, solange wir hier sind … wahrscheinlich nicht … Wir sind hier Fremde, könnten doch alles ausplaudern, wer möchte das … Wir haben übrigens auch Torpedos im Fall der Fälle … Zwei Stück! Und ein drittes … aber das nur für den äußersten Notfall … … Gut, bis dann also!«

VI

Zoëchen und ich kehrten zurück ins Leninzimmer, in dem sich noch immer das süßlichschwüle Aroma der kubanischen Zigarre »Romeo und Julia«, die Papa und seine Schickse vor achtundzwanzig Jahren im Tabakladen hinter dem Gorki-Denkmal gekauft und in unglaublichen Mengen nach Israel ausgeführt hatten. Auf dem Tisch war ein aus Streichhölzern zusammengesetzter Igel geblieben. Der Koffer stand, offen und schief (ein Rädchen war angebrochen), still in der Mitte der Kajüte. In den Lautsprechern rauschte und knackte Kapitän Achov: »›Auf dem fernen Ozean blau, An dem felsigen Feuerlandstrand‹ – Stalins Lieblingslied übrigens! –, ›und vor silberner Nebelwand, Liegen Schiffe tot und grau …‹« – und wieder falsch: nicht vor *silberner Nebelwand*, sondern *lilaner*!

Im lilafarbenen Halbdunkel setzten wir uns an den Tisch mit dem undeutlichen Streichholz-Igel darauf und schauten uns mit Mühe an. Zoëchens Gesicht wurde immer weißer unter dem Haar, das seinerseits dunkelte. Ihre Hände flossen in eins mit den Knien. Was denn, da ist es wohl Nacht bereits? Und heißt das nun, daß wir uns jetzt entkleiden, jeder an seinem Stuhl, und ins Bett gehn wie Mann und Frau? In den Lautsprechern knarrte Achov: »› … geführt von blinden Kapitänen … die längst ertrunken sind‹«, und atmete tief und lange zwischen den Versen. »Also ists Nacht?« fragte Zoëchen erschöpft und etwas heiser. Da sprang die Tür auf, das Licht ging an, und ins Leninzimmer brach, tanzend und klatschend, die Gesangs-und-Tanz-Truppe »Roma-Balt« des Judatiner Hauses der Kultur der Baltischen Flotte, der Zweifachen Trägerin des Rotbannerordens, und rief »Wer trinkt den Wein? Wer wird glücklich sein?«, aus einem alten Hochzeitslied der Zigeuner.

Hinter ihnen drängten die Archäologen herein, und Sinzow noch und Nedezki, in der Tür scharten sich die kleinen moldauischen Matrosen, standen auf den Zehenspitzen und lächelten.

Aus den kreisenden Röcken und den mit den Stiefeln aufstampfenden Hosen glitt der breiteste und pfauenaugenreichste Trägerrock heraus und erklärte: »Den Wein trinkt Königin Zoëchen aus! Den Wein trinkt König Weniamin aus!« Und der Trägerrock stampfte auf mit dem Filzstiefel, dessen glänzende Galosche wie ein kleiner Gummihuf aussah. Auf einem runden silbernen Tablett in den mageren dunklen Händen der Solistin Ljussja Skorobjenko stand eine Karaffe mit Rübenwein und zwei gefüllten Gläschen. »Willst du mich beleidigen, du Zausel«, sagte drohend hinter ihrem Rücken hervor der Baron Innozenz Skorobjenko, dem ich seit den Frühlingsschulferien des Jahres 1986 sechs Millionen siebenhundertachtundvierzigtausend Rubel schuldete, verspielt auf dem Dach des Kiosks »Lebensmittel. Kulturwaren. Petroleum« bei dem Knast-Kartenspiel »Bura«. Und noch 50 Kopeken für die Besichtigung der (noch nicht vorhandenen) Titten seiner Schwester Ljussja. Schtekaturko stand mit einem heiteren Achselzucken auf.

»Also, Weniamin, Kurs auf Lübeck?« fragte der Kapitän aus dem Äther.

»Auf Lübeck, Herr Kapitän. Und dann – wie abgemacht – überallhin!«

»Aber nicht mehr als ein Gläschen von diesem schauerlichen Fusel!« dachte ich, während ich nach Zoëchen an das silberne Tablett trat. »Ich kenn den. Auf keinen Fall mehr! Höchstens zwei! Sonst weiß ich morgen wieder von nichts!«

Zuletzt ein leichter Schlag auf die Tamburine, ein heftiger Hieb auf die Gitarren. Sascha Nedezki schabte sich hörbar hinterm Ohr und fragte: »Da hat mir wer vor kurzem erzählt, die Zigeuner sollen Igel essen. Ist das Dichtung oder Wahrheit, meine ägyptischen Herrschaften?« »Trink aus! Trink aus!« riefen die Zigeuner, Archäologen und Matrosen durcheinander. Zoëchen nahm das Rosa-Dunkle, Schaumig-Trübe vom Tablett, und sich mühsam beherrschend, um nicht in Lachen auszubrechen, wandte sie sich mir mit halbgeöffneten Lippen zu.

Kehrtschwenkung

I

Das Lied von den Wellen, die seufzen und klagen und auf das Deck des Schiffes schlagen, und von den Helden, die auf der Halbinsel Rybatschij, das heißt der Halbinsel Judatin, unserer lieben Heimat, freudig empfangen werden einst, bei ihrer siegreichen Rückkehr, dieses Lied atmete Kapitän Achov aus durch sämtliche Lautsprecher des Universal-Küstenschiffs vom Typ »Ulysses«, Projekt 17700, »Zweifacher Held der Sowjetunion P. S. Atenov«, welches aus der darm-engen Kieler Förde kam, um Kurs nach Osten zu nehmen und von Judatin die Zwillinge Jaschka und Wenka zu holen.

Einer der Lautsprecher dröhnte und zitterte direkt unter meinen Füßen – über der Brücke. Unten, auf der Brücke, fuhr in seinem Rollstuhl der singende Kapitän umher, hier oben aber, auf dem dröhnenden und zitternden Kompaßdeck, stand ich, kurz-, aber scharfsichtig mit meinem Feldstecher vertieft in den flimmernden Dunst. Über (genauer gesagt: rings um) Achovs Singen schlugen sie von allen Kränen die Glasen, die kleinen bronzenen oder kupfernen, vielleicht auch silbernen *klepetala*-Glocken, gesammelt von den zerbombten Donau-Schiffen. Die gesamte »Atenov« dröhnte und zitterte, als sei sie kein Kühlschiff vom Typ »Ulysses«, Projekt 17700, sondern ein kugelförmiger Schwarm von Erdlaufkäfern, Hornissen und Hummeln. Von beiden Seiten der Förde, von den Kirchen aus roten Ziegeln, antworteten der »Atenov« die trokkenen Lutheraner-Glocken.

Im Kieler Hafen hatten wir den ganzen Morgen irgendwelche mit Reif bedeckten Kühlcontainer abgeladen, anhand rätselhafter Frachtbriefe, die Ismaelchen aus seiner rätselhaften Mappe »OST-WEST-TRANSIT« GmbH holte. In Empfang nahm die Container ein Chinese aus Heidelberg, ein gewisser Dr. Günther Dschao, der Ismaelchen ähnelte wie ein Vetter, geknetet aus hellgelbem Plastilin. Aus dem Hausarrest entlassen, zog Ismaelchen, kaum daß er fertig war mit der Fracht, seine beste Kluft an – einen silbrigen Anzug, dazu eine scharlachrote Krawatte auf hellblauem Hemd – und schritt an Land. Frei wehte der silbrige Stoff um das »O« seiner Beine, wie chinesische Dachränder bogen sich die Schöße seiner aufgeknöpften Alaska-Jacke, und er rollte über den Laufsteg zwei Koffer heraus, den eigenen, ganzmetallenen, rippigen mit den Chiffrierschlössern, und den meinen, ihm geschenkt speziell zum Transport seiner Unterhosensammlung (kann er auch als Patent einreichen, wenn er will: *Unterhosenkoffer*). Darüber hinaus hatte er gottweißwozu von mir ein Autorreferat zu meiner Dissertation über Vineta erfleht und war mit dem Schrei »Chef! Chef! Warten Sie bitte auf mich!« zu meinem Stiefvater gerannt.

Der Stiefvater war längst an Land, im frostigen und sonnigen Kiel. Und ging momentan auch nirgends hin – ohne Mantel, nur in seiner zottigen Jacke, tappte er kurzschrittig an der Anlegestelle hin und her und leitete das Ab- und Wiederaufladen, mit einem Wort: Umladen, seines Gepäcks. Früh am Morgen – sehr früh! – war er zu uns ins Leninzimmer gestapft und lärmte, knarrte und ruckelte mit dem Stuhl, so vernehmlich, daß Zoëchen und ich uns gleichzeitig in der Koje aufsetzten.

»Schluß, meine Lieben! Maschine stop, wir sind da! Ich gehe an Land! Bleibt gesund!«

»Stiefvater, haben Sie nicht Angst, daß die Leute von Marat Spartakowitsch Sie dort … an Land … empfangen!? Mit Pauken und Trompeten!? Vielleicht kommen Sie doch mit uns in den Ozean …?«

»Ach, Wenka, du ländliche Unschuld! Einfältig wie eine Falte! Unbelehrbar. Marats Leute erwarten uns in Lübeck, das gesamte Orchester – Schlag-, Blas- wie Streichinstrumente!«

»Und wir sind wo? Etwa nicht in Lübeck?«

»WIR SIND IN KIEL!« lachte der Stiefvater schallend und hielt sich mit beiden Händen den Bauch, damit er nicht übermäßig schwankte. Der Stuhl unter ihm ächzte gefährlich. »In Kiel sind wir! In der Hauptstadt des Bundeslandes Schleswig-Holstein! Die Mama und Lilka mit den Kindern und ihrem Trottel vor dem Herrn kommen auch hierher, gleich zum Flughafen, heute noch. Ein Flugzeug habe ich schon gemietet nach ... Na, unwichtig! Gut«, sagte der Stiefvater und stand auf. »Zieht euch an, frühstückt. Und seht zu, daß ihr schleunigst die Kinder von Judatin holt. Ich finde euch sofort, wenn wir ... alles ist organisiert!« Er trat zum Bett (das von seinen schweren Schritten leicht hopste, und wir mit ihm) und zog die Vorhänge auf. In dem blendend frostigen Licht, das sofort ins Zimmer strömte, schwankte er ein paarmal auf seinen kurzen, dicken Beinen, als sei er unschlüssig (was ich kaum glauben konnte), und holte plötzlich rasch hinter seinem Rücken eine Rose hervor, aus Rubinen, an einem kristallenen Zweig mit goldenen Blättern. Diese Rose kannte ich von Kindheit an, sie war Stiefvaters einzige Erinnerung an seine Eltern, weil man wegen der besonders hohen Gefährlichkeit der Eltern für die sowjetische Gesellschaft bei ihrer Festnahme auch ihre gesamte Habe beschlagnahmt hatte. Er stellte die übriggebliebene Rose in den Feld-Weihrauchkessel aus Vineta, der auf dem Nachttischchen stand, hustete, murmelte, fast verlegen: »So, also – Glückwünsche zum neuen Jahr und so! Und danke, ich meine, Weniamins wegen!« winkte mit seinen beiden kurzen dicken Armen ab, als wische er Rauch vor den Augen weg und ging entschiedenen Schritts – das Abladen seiner Gepäcksachen leiten. Die Gebrüder Christoradi, Shorik und Tolik, legten seine tarnfarbenen Säcke und mit Blech beschlagenen Kästen auf einen Elektrokarren, auf dem sie Pussja-Pustynnikow, von dem chinesischen Fahrer unterstützt, im Empfang nahm und stapelte. Ljowka Courvoisier erklärte, seinen hübschen Kopf liebenswürdig vorneigend, irgend etwas einem hübschen deutschen Mädchen, die auf ihrem dunkelgrünen Rücken in Leuchtbuchstaben die Aufschrift ZOLL trug. Dazu kam noch Ismaelchen mit den beiden Koffern gerollt und brachte einen Stoß unterzeichneter Frachtbriefe. Alle bekamen vom Stiefvater ihr feingestochenes deutsches Geld, setzten sich auf Fahrräder und fuhren in verschiedene Richtungen davon. Allein Ismaelchen ging zu Fuß, weil er die Koffer zu rollen hatte.

… Auch die Zigeuner luden sich ab – *die ganze lärmende Schar*, wie es in einem Gedicht Puschkins heißt. Am Hafentor warteten auf sie drei Wohnwagen, gemietet bis Basel. Auf den Wohnwagen stand seitlich in bunten springenden Lettern: LILIPUTANERZIRKUS KIEL. Aus einem von ihnen, der hinten halb geöffnet war, schaute das beschopfte Mäulchen eines scheckigen Ponys mit glänzenden, in die Ferne blickenden Augen heraus. Zum Abschied hatten die Zigeuner zwischen den Kränen die beste, bei den Landkreis- und Gebietswettbewerben preisgekrönte Nummer der Silvestervorstellung im Judatiner Haus der Kultur für Zoëchen und mich getanzt – das »Matrosen-Zigeuner-Lied«. Danach diktierte die Solistin Ljussja Skorobjenko der kulinarisch interessierten Schtekaturko das Igelrezept:

»Also: Einen Igel fangen. Ihn ermorden. NICHT AUSWEIDEN! Mit Lehm bestreichen. In den Lehm mit dem Daumennagel einen Strich ziehen und am Hintern ein Löchlein lassen. Durch dieses Loch scheißt sich der tote Igel im Feuer aus. Für einige Stunden in glühende Kohlen legen. Ist der Igel fertig, einen spitzen Stein nehmen und den Lehm am Ritz entlang aufbrechen. Die Lehmkruste teilt sich und reißt gleichzeitig Stacheln und Haut ab. Besser ist es, einen Herbst-Igel zu nehmen, die sind fetter. Man kann auch einen fertigen Igel kaufen, als Konserve aus ukrainischer Produktion – im Ziegeunersupermarkt »Lärmende Schar!« im Petersburger Stadtteil Neudorf. Nur niemals als Ragout in Dosen

– die dort in Volhynien brennen die Igel mit Lötlampen ab, dann schmoren die sie geschnetzelt mit Gemüse. Besonders am Tag Sankt Wladimirs und der sowjetischen Marine, am 28. Juli – da kann die Welt untergehn, aber der Volhyne muß seinen Igel haben. Mach was – Heiden … Wir essen so einen Igel nicht, denn das ist kein Zigeuner-Igel …«

Ljussja, geschwätzig von klein auf, würde gern noch lange erzählen (sie würde auch alles gern zeigen, für ein Extra-Geld), doch der künstlerische Leiter, Bruder und Baron nahm sie mit zwei Fingern an ihrem dünnen Nacken unter dem dreieckigen Hinterkopf und führte sie vorgebeugten Kopfes vom Schiff. Europa wartete auf sie – hupte ungeduldig vom Hafentor aus (und wieherte leise).

Überhaupt: die einen gingen, die anderen blieben. Die blieben, besetzten die freien Räume und richteten sich häuslich ein. Frau Karakos vom Ethnographischen Museum zum Beispiel sah ich irgendwo in einem Liegestuhl – mit dem Katalog der russischen Friedhöfe im Gebiet um den Peipussee. Die Leiterin der Abteilung »Kleine Völker des Hohen Nordens«, Frau Alissa Bagdassarjan, lag treu neben ihr, die jüngeren Mitarbeiterinnen schienen aber alle an Land gegangen zu sein … Auch die Kassiererin Ljussja aus unserem Haus mit ihrem Baby … Schon lange habe ich auch keinen einzigen Serjosha Warschawski wiedergesehen … Doch die Archäologen Sdorowljak, Samurewitsch, Wydro, Werasub, Zitrik, Skorbnik und Towstopal sind immer noch bei uns. Oder bleibt Skorbnik vermißt? Wenn wir Kurs aufnehmen, muß man sämtliche Kajüten und Frachträume mit dem Universalschlüssel abgehn: Vielleicht liegt Skorbnik dort noch irgendwo und schläft seinen Rübenwein aus … Die Archäologen haben gebeten, sie in Vyborg an Land zu lassen – von Vyborg ist es ein Katzensprung bis zum Freiherr-Mannerheim-Institut für maritime Archäologie der Helsinkier Uni, die Ferien sind bald zu Ende.

… Wir hatten auch hohen Besuch an Bord, neben dem niederen von Grenzschutz und Zoll (Ismaelchen war mit denen schnell und friedlich fertig geworden) und von Polen mit ihren wehmütigen Schnurrbärten, die ihre unkontrollierbar selbstzündenden Silvesterknaller anboten (sie wurden gekauft), und von den in ihre sämtlichen Reißverschlüsse eingeschlossenen ledernen Albanern mit ihrem *Russ, Russ, guter süßer Mädchen, ganz nah hier* (die scheuchte Bootsmann Pychva fort – erbittert: *Kennen wir, sind noch in Behandlung!*).

In einem weißen Sackkleid mit himmelblauen Dreiecken am Saum und am Hals betrat das Kühlschiff »Atenov« in eigener Person der Vater und Vormund des Gesalbten des Herrn aus dem Hause David, der Löwe des Stammes Juda und Leiter der gemeinnützigen Stiftung »Black Jewish Messianic Center«, der Hohepriester Julij Goldstein. Und mit ihm – die Schwarze Pantherin von Saba und Hohepriesterin, seine Gattin Schekla, die sich anmutig bog und drehte in ihrer schneeweißen Polarfuchspelerine. »Oh, wen habe ich gesehen, ein vertrautes Gesicht doch!« dröhnte Julij Goldstein und schwang ein Fernglas, während Schekla lächelte mit ihrem herrlichen äthiopischen Mund und der schwarze und rothaarige Knabe Jascha, der Gesalbte des Herrn aus dem Hause David, der künftige König Jerusalems, Erlöser Jakobs und Richter Israels, ausgelassen an Deck hin und her rannte, das magere Gesicht zum strahlenden, frostigen Himmel erhoben, ein Gesicht, das eins zu eins dem etwas eingefallenen Babygesicht Puschkins glich, das zur Sowjetzeit in die Abzeichen-Sternchen der Oktjabrjata, der Enkel des Großen Oktober, das heißt aller sowjetischen Grundschulkinder, gestanzt war. Den dreien folgend, kamen auch die zwölf betagten Schwarzen auf die »Atenov«, in weiße, hellblaue und gelbe Laken über wollener Unterwäsche gehüllt. Sie blinzelten, stapften im Gleichschritt und sagten nichts außer »well« und »fine«.

Nach seinem Vortrag in der Petersburger Geographischen Gesellschaft (»Schwarze Juden, wer sind sie?«) hatte Julij

Goldstein auf dem Rückweg mit seiner Yacht »Ba mir bist du shwarz, aber shejn, meine Schwester« – genauer gesagt, war diese Yacht Eigentum des New Yorker Messianischen Zentrums – in Kiel vorbeigeschaut, um erstens in dem hiesigen russischen Laden »Siebzehn Augenblicke des Frühlings« Salz-und-Dill-Gurken und die Mayonnaise »Provençale« für den zum Neujahrsfest obligatorischen Salat *Olivier*, auch *Russischer Salat* genannt, zu besorgen, und zweitens, um sich beim nächsten türkischen Frisör das Haar schneiden zu lassen. Seiner Meinung nach sind nur türkische Frisöre imstande, mit türkischem Haar fertig zu werden. So pflegte er, ein gepflegter Chasare (die Chasaren waren bekanntlich ein Turkvolk), sich das Haar nur in der Türkei schneiden zu lassen oder, ersatzweise, eben auch von einem Türken in Deutschland, je nachdem, welches Land am nächsten war, wenn es dringend wurde. Das Neujahr wollten sie hier, im Kieler Hafen, feiern, dazu wurde von den hausierenden Polen ein Vorrat an diesen selbstzündenden Silvesterknallern und in »Siebzehn Augenblicke des Frühlings« Mayonnaise, Gurken und die Kochwurst »Doktor's« in strategischen Mengen angeschafft. Übermorgen, wenn sich alle wieder besser fühlen, stechen sie in See – über den Kieler Kanal ins Nordmeer und weiter, nach Lust und Laune, einfach so. Sie haben noch massenhaft Zeit bis zur Enthüllung des Gesichts und Besteigung der Hohen Burg – nicht weniger als sieben Jahre, und es konnte sich auch ergeben, daß es volle vierzehn sein würden oder sogar achtundzwanzig, ehe es soweit ist. Bis dahin amüsierte sich Julik Goldstein, wie er nur konnte:

»Also, ich gucke – Gott! was zum Teufel ist das denn?! – auf diesem ukrainischen Potjomkinschen Kreuzer läuft doch wohl unser Weniaminchen herum, oder? Schaue genau hin, wow! Was für ein Zufall! Richtig spricht das Sprichwort: Ein Berg begegnet keinem Berge, ein Mensch jedoch trifft einen andern – stimmts, Schekla?! … Nein, sieh doch nur, unser

Wenka – und wieviel männlicher er geworden ist, und dicker, und kahler am Kopf! – Sag, daß ich recht habe! …«

Ein Mensch kommt mit einem andern auch vielleicht nicht zusammen, aber ein Berg von einem Menschen mit einem andern Berg von einem Menschen – bestimmt, dachte ich bei mir unter dem begeisterten Getöne Goldsteins und verfolgte gleichzeitig, wie der Stiefvater auf dem Trittbrett des mit einer Pyramide von Kasten und Säcken beladenen Elektrokarrens das Hafengelände verließ. Zuoberst saßen in Stiefvaters altem Ledersessel beide Beschmentschiks, mit aneinandergepreßten Knien und aufgerichteten Rücken, und zogen, zwei kleine Schildkröten, ihre ledernen jodfleckigen Hälse aus sich heraus. Der Stiefvater blickte zu uns zurück und zeigte *Daumen hoch*.

II

»Am Kieler Kanal sind wir vorbei, Weniamin. Die Abbiegung war links. Bald sind wir auf hoher See!« rasselte Kapitän Achov in meinen Kopfhörern. »Wie drehst du das Steuer, Monster? Wir biegen nach rechts, dreh nach links!«

»Gemäß Paragraph 886 der Seeschiffahrtsvorschriften wendet das Schiff beim Befehl *Steuer rechts!* nach links, beim Befehl *Steuer links!* aber wendet das Schiff nach rechts«, teilte der Erste Offizier Sinzow trocken mit.

»Käptn!« brummte der Matrose am Steuer Matrossow in einem echt südrussisch intonierten Baß, wie dieser rituelle Scherz es verlangt. »Was machen Sie sich Sorgen wegen so einem Quatsch? Mit Ihrem kranken Herzen!«

Alle lachten auf.

Ich schaute vom Kompaßdeck hinunter auf die »Atenov« – sie war lang, leer, unbeleuchtet und fuhr (ungeachtet der trotteligen Scherze von der Brücke) zielstrebig geradeaus über die dunkelnde Förde, in welcher sich noch die flachen Leuchtwolken spiegelten – und eben jetzt aufhörten sich zu spiegeln.

Die Matrosen und Archäologen beendeten unter der Leitung Bootsmann Pychvas das Anbringen der von der nachweihnachtlichen Müllhalde im Kieler Hafen gesammelten Tannenzweige an den Kränen, zwischen den Kränen und an der Reling sowie von Girlanden aus buntem Seidenpapier, von Glitzersternen und Spiegelkugeln, Porzellan-Eichhörnchen, Häschen und Nikoläusen aus der Vorratskammer der Schiffskulturabteilung. Ja, und natürlich von Lämpchen – Lämpchen natürlich auch.

Meer und Himmel waren längst schwarz, mit Ausnahme der Fahrwassermarkierung. Genau in dem Moment, als das Schiff die Förde verließ, leuchteten sämtliche um die Kräne, den Schiffsaufbau und die Reling gewundenen blauen, grünen und roten Lämpchentrauben und -reben gleichzeitig auf. Die »Atenov« machte einen leuchtend-regenbogenfarbigen Weinberg aus sich und dem Meer. Vom Leuchtturm am Ausgang der Förde feuerte man verlegen eine verfrühte Rakete ab. Es schlug zwei Glasen. »Genau einundzwanzig Uhr mitteleuropäische Zeit«, sagte der Kapitän. »Feiern wir nach Ortszeit oder nach Moskauer?« »Wir beginnen nach der Moskauer und fallen um nach der Ortszeit«, meldete sich der besonnene, aber leicht aufgeregte Nedezki aus dem Maschinenraum. »Hat unser Zoëchen den Tisch in der Kantine schon gedeckt? Weiß das jemand? Fangen wir bald an, oder? Nach Moskauer Zeit ist es nur noch eine Stunde. Und wir müssen ja auch das alte Jahr verabschieden!« »Wir nehmen jetzt Kurs, und *danach* setzen wir uns zu Tisch«, erklärte der Kapitän.

Die »Atenov« kam aus der Förde und bog langsam nach rechts ab (mich bogs nach links). Mit einer Hand hielt ich mich an der Reling fest, mit der andern drückte ich den Feldstecher »Carl Zeiss Jena« an meine Brille, welcher die Finsternis zu einer Struktur vage und regenbogenfarbig flimmernder Flocken vergrößerte. Als aus dieser Finsternis eine riesige und glänzend-weiße Wand heraustrat, dachte ich zuerst, es sei ein Eisberg. Aber als ich das Glas zur Seite zog, verstand ich: nein, kein Eisberg.

»Das Kreuzfahrtschiff!« flüsterte der Matrose Matrossow ohrenbetäubend, »stößt direkt auf uns zu, die Sau!«

Direkt auf uns zu stieß aus der Finsternis mit ihrem stumpfen weißen Bug »The Queen of Belgium«, das schwimmende Altersheim. Auf dem obersten ihrer zahlreichen Decks (ich drehte meinen Feldstecher fast in die Vertikale) stand am Fahnenmast mit einer undeutlichen Fahne daran Wendelin Wende, von beiden Seiten mit Scheinwerfern angestrahlt. Auf dem Kopf ein flaches Schirmkäppi, wie sie die russischen Arbeiter tragen. Er stand leicht vorgebeugt, streckte den linken Arm und zeigte uns den Mittelfinger.

»Weniamin«, hustete Achov delikat. »Es wäre … vielleicht angebracht … mit Ihrem Feldstecher … Sie stößt direkt auf uns zu. Die walzt uns weg und merkts nicht mal!«

»Keine Angst, Käptn! Das wird sie nicht! Die Gelb-Blaue einziehn! Die Vineta-Flagge hissen!« ordnete ich an und bewegte den Feldstecher nach unten, um soviel wie möglich von der anrückenden weißen Wand ins Visier zu bekommen mit dem Kopfstand-T, und tastete zugleich nach dem geheimen Knopf. Hinter meinem Rücken schlug die vereiste ukrainische Flagge klackend zu Boden und rauschte aufwärts die sich im Wind ausrollende und hinundherschlagende Flagge Vinetas mit dem leuchtweißen Falken in ihrer Mitte – meine Schwester Lilka hatte sie als Illustrationsmaterial zu meiner unseligen Dissertation in Nürnberg genäht und bestickt und mir zu deren unseligem Tag nach Petersburg geschickt – heute habe ich sie am Boden des Koffers gefunden, als ich ihn Ismaelchen schenkte. Ich drückte.

»Wenka, Idiot, warum drückst du nicht?!« schrie Nedezki. »Käptn, warum drückt er nicht?«

»Ich drücke doch, drücke! Es funktioniert nicht!«

Ich drückte und drückte. Es ging nicht. Das Knöpfchen war taub.

Die »Queen of Belgium« rückte stetig näher.

Muchametsjanow hat bestimmt, angestiftet von Marat Spartakowitsch, meinen Feldstecher vertauscht! Gestern, als ich ihn über Bord fallen ließ und er seine Fangfigur fertigbrachte ... Hat ihn vertauscht mit einem ebenso aussehenden »Carl Zeiss Jena«, nur mit einem falschen geheimen Knopf selbstverständlich! So, jetzt verstehe ich, wozu er mir das Autorreferat abgeluchst hat: Meinen Paß hatte er schon – den echten, mit allen Visa! –, er gibt sich für mich aus, und ade, ihr Trottel! Haut ab nach Paraguay, geht in Asunción in die Aspirantur, und niemand findet ihn mehr, nicht mal Marat Spartakowitsch ... Oder vielleicht war es sogar Julius Goldstein? Hat bereut, ihn mir damals geschenkt zu haben. Hat sich gedacht, daß er selbst so ein Spielzeug in sieben Jahren gut brauchen kann. Oder in vierzehn. Oder achtundzwanzig! Vielleicht war er nur deshalb gekommen – tauschte seinen um gegen meinen, als wir uns umarmten. Gegen meinen, ehemals seinen »Carl Zeiss Jena« einen falschen, von Fälschern eigens hergestellt in seinem Auftrag ... Und hat aber, ha! ha!, den falschen erwischt aller Wahrscheinlichkeit nach ... den von Ismaelchen zuvor getauschten! Ulkig!

»Rechts, rechts, zum Teufel!« schrie Kapitän Achov in meinen Kopfhörern. »Maschine! Hörst du mich, Maschine?! Volle Fahrt voraus, Teufel noch mal, volle Fahrt!«

Die »Atenov« versuchte auszuweichen in höchster Geschwindigkeit, aber es war bereits offensichtlich, daß sies nicht schafft. Doch da kam von Südosten – aus dem Nichts, aus dem fein durchleuchteten Düster! – eine gewaltige Woge auf uns zu, hundert Meter hoch oder höher. Auf jeden Fall höher als »The Queen of Belgium«.

So oder so – schon egal! konnte ich noch denken, aber die Woge, anstatt uns zu überrollen, uns kentern zu machen und zu versenken – trug die »Atenov« nach oben, in einer Wolke aus pfeifendem, vielfarbig durchleuchtetem Wasserstaub, der seitlich von mir und über mir flog, wie ein horizontaler Platzregen oder sogar horizontaler Platzregenschnee. Hob uns zur höchsten Höhe – wie übers Meer, so auch über »The Queen of Belgium«. Ein Schwapp dieses Regens, dieses mit uns fliegenden Wogenkamms, sprang über die Reling des Kompaßdecks und klatschte schwer auf den Boden, nachdem er mich mit Spritzern übergossen hatte. Die gesamte Fontäne senkte sich und zerfloß auf dem Deck, und ein breitbeiniger lachender Recke erschien, zwei Kopf größer als ich. Sein Dreieckshaar stand zu Berge, sein Katzenbart sträubte sich, seine endlosen Arme umarmten den Himmel. Seine Stimme übertönte die Bö mühelos:

»Kinder, ists euch nicht bang auf dem dunklen Weg?« fragte er freundlich, sogar etwas schmeichelnd, und schrie plötzlich furchteinflößend und fröhlich: »Schiffer, Himmelherrgottmáriandjussi, Jesus und die zwölf Apostel! Kehrtschwenkung! Und volle Fahrt voraus. Kurs Nord-Nordost. Hafen Judatin!«

»Jawohl, volle Fahrt, Kurs Nord-Nordost, Eure Kaiserliche Majestät!« schrie mit klirrendem, außer Atem geratendem Entzücken Kapitän Achov zur Antwort. »Kehrt! Maschine, volle Fahrt!«

»Na gut, versuchen wirs, Käptn«, meldete sich Matrose am Steuer Matrossow nicht ohne hörbaren Zweifel.

Das Kühlschiff »Atenov« glitt vom Kamm der hohen Woge und flog, sich wendend und Höhe gewinnend, durch die

Wolken Kurs Nord-Nordost. Unter uns, auf dem schwarzen Baltischen Meer, im dunkelnden Dunst verschwamm und verschwand der trüb-weiße Koloß des Altersheims. Durch den dichten Nebel hindurch, einen Schnee- und Eisnebel, der in Wangen und Stirn schnitt und den unsere Tannenbaum- und anderen Lichter kaum erhellten, brachen wir in den Himmel. Er war über und über mit großen Sternen besetzt. Die »Atenov« legte sich auf die Seite, richtete sich wieder auf über den Wolken und glitt parallel zu ihnen dahin. Die Wolken waren – in dem von unserem Licht ausgeschnittenen mattfarbenen und sich unter (und mit uns) bewegenden Oval – wie ein Schneefeld in der Nacht.

»Geh nur, geh, junger Mann. Die Nachtwache steh ich allein ab! Geh zur Auserwählten deines Herzens, ich halte Kurs, aber erst zieh dich um, junger Dachs. Jetzt kann uns nichts mehr passieren! Keine Flugabwehr der Welt spürt uns auf! Zum Sonnenaufgang werden wir im Hafen Judatin sein. … Halt, warte, Depp, laß den Pelz hier! Das ist dem Wachtposten seiner! Ist sowieso naß … Gut. Nun geh mit Gott, Junge, paß auf, daß du nicht stolperst. Auf dem Deck ist ein neuer Belag … Ahoi, Schiffer, Nord-Nordost habe ich gesagt! Gut. Bleib so!«

»So bleiben, jawohl, Eure Kaiserliche Majestät!« antwortete Kapitän Achov so gedehnt, daß er es fast sang in meinen Kopfhörern, während ich vorsichtig vom Kompaßdeck abstieg. Und als ich von der letzten Sprosse sprang und mich umsah, sang er wirklich wieder das Lied von den Wellen, die seufzen und klagen und auf das Deck des Schiffes schlagen, und von den Helden, die auf der Halbinsel Judatin, unserer lieben Heimat, freudig empfangen werden einst. Nein, irgend etwas, das sah ich, war anders auf unserem Schiff – nicht, wie es war. Das Licht irgendwie – gleißender, vermischter. Und der Lärm – als rumore unten nicht nur eine Maschine, sondern viele, und auch nicht nur unten – von überall. Aber nicht laut und in einem komplizierten Rhythmus abgestimmt aufeinander …

»Die ›Majestät‹ weglassen!«

»Jawohl, Pjotr Alexejewitsch! ›Majestät‹ weglassen«, meldete Achov mit ruhiger, bereits wieder alltäglicher, nämlich utjossowscher Stimme zurück und wiederholte die Verse von den Helden, die auf der Halbinsel Judatin, von unserer lieben Heimat, freudig empfangen werden.

WIESO ›KEHRTSCHWENKUNG‹!? Das ist doch ein Geschwaderkommando! Ein Admiralsbefehl! Fliegen noch andere Schiffe mit uns …?

Ich blickte in den undurchsichtigen Ostseenebel draußen (schade, der Feldstecher war oben geblieben, wenn auch zweimal ausgetauscht: Ich hatte vergessen, ihn mitzunehmen, als ich den Schafspelz auszog …), dann ging ich zur anderen Seite und schaute wieder. Stieg in einen Rettungsring, der todsicher an der Bordwand angefroren war, und erhob mich auf die Zehenspitzen: Nein, da war keiner – keine Schiffe, keine Flugzeuge. Wir waren allein im Himmel. Er zwinkerte und funkelte.

»Stells nur her aufs Tischchen! Doch, ist genug Salat. Hauptsache, die Zunge ist reichlich! Den Rest kannst du zum Rudermann rollen, mag er mit seiner zweiten Hand hinlangen und futtern. Und ein Glas Sekt ist ihm heute gestattet … Was weiß ich, wo dein Wenka ist? Oben hat man ihn weggeschickt. Der kommt, der kommt, keine Bange, Korbizina-Mursojanz, der entkommt dir nicht mehr, der junge Dachs. Ich werd euch noch trauen hier – in meiner Eigenschaft als Kapitän auf … hohem Himmel! … Nun aber fort, fort mit dir! Ins Leninzimmer, da wartet er schon!«

Zoëchen knirschte in meinen Kopfhörern mit den Rädern ihres Servierwagens, dann tackerten ihre Absätze eilig.

Die Tür quiekte, schnappte ein. Und ich beeilte mich, auf den Knien rückwärts vom Rettungsring hinunterzukommen. Und merkte erst jetzt: Da stand eine andere Aufschrift. In denselben pseudo-altslawischen Lettern, aber nicht die, die da früher war. Nicht ATENIV (ukrainisch für »Atenov«) stand auf dem Ring, da stand – VINETA! Ich lief auf dem vereisten Deck, immer rutschend und ausrutschend, um den Schiffsaufbau herum. Stieß mit der Schulter an alle Türen – alle waren verschlossen, aber den Generalschlüssel hatte ich auch in dieser Wachtpostenjacke gelassen, auf dem Kompaßdeck. Und extra wieder dort hinauf? Und die Leiter dorthin? Wo ist die überhaupt …?

Lief um den gesamten Schiffsaufbau herum (VINETA, VINETA, VINETA stand auf allen Rettungsringen und auch auf den Rettungsbooten und am Schiffsaufbau auch selbst – in großen Lettern). Kam zurück aufs offene Deck. Dort gingen, hastend vorgebeugt, ein paar Leute, ein paar Autos rollten vorbei, Schneematsch aufwirbelnd, viele Laternen brannten in Weiß, in Blau und Blutrot, weiße, blaue und blutrote Lämpchen zeichneten Nikoläuse über der Straße und Tannenbäume und die Worte EIN GUTES NEUES JAHR!!! Glokken schlugen unablässig von überall her – von den Kränen, von den glänzenden Kuppeln, den Turmspitzen, den dunklen Türmen im Schnee – und in einem komplizierten, kompliziert komponierten Rhythmus abgestimmt aufeinander. Mir wurde schwindlig. Ich rannte los.

III

Vom ehemaligen Café *Saigon* (Ecke Litejni-/Wladimirski-Prospekt) rannte ich den Wladimirski-Prospekt entlang in Richtung Admiralität – ich rutschte und rutschte aus auf diesem bis zur Eishärte festgetretenen und wabenförmig leicht konvexen, ja fast facettierten Schnee, welcher mal grün, mal gelb, mal rot leuchtete – als sei das Trottoir hier mit Smaragden, da mit Bernstein, dort mit Rubinen gepflastert.

Die Häuser zu beiden Seiten des Newski-Prospekts verschwanden beinahe in diesem ineinanderfließenden Glanz und Strahlengespinst, aber sie waren doch da, sie standen als eine einzige Wand ohne Fenster und Türen. Und flogen mit dem gesamten Newski, der ganzen Stadt, dem ganzen Tausendmasten- und Tausenddeckschiff, mit unserem Schiff.

Über die Anitschkow-Brücke, unten an den bis zur Unkenntlichkeit verschneiten Pferden vorbei, lief ich zum ehemaligen *Pionierpalast* und blickte flüchtig über die Reling auf den Fluß. Die Himmel-Fontanka leuchtete mit langen, im Wasser phosphoreszierenden Rippen, und zwischen diesen Rippen war sie schwarz, aber flog auch dort, nur mit einem kleinen Rückstand.

An dem von bunten Netzen umgarnten Katharinengarten vorbei und an dem eisigen Theater hinter ihm. Vorbei an der *Publitschnaja Biblioteka*, über die Sadowaja-Straße, die zu beiden Seiten in ein fröhlich loderndes Himmelsdüster hinausging, vorbei an ... Und hielt inne, Atem zu holen.

Das Galerien-Kaufhaus *Gostinyj Dwor* stand wie ein gelb und weißer Wald – halb erloschen.

Das Türmchen der alten Stadt-Duma schimmerte durchsichtig hinter ihm, von innen her aber war es schwarz.

Noch weiter hinten blinzelte die silberne Kugel des ehemaligen Singer-Gebäudes über dem jetzigen *Haus des Buches*. Die Kasaner Kathedrale, Woronichins Krabbe, war nicht zu sehen.

Und in der Ferne brannte die Turmspitze der Admiralität. Ich schaute nach oben und um mich herum: da oben, den gesamten oberen Himmel einnehmend, lag goldener und silberner Rauch, der von den Kuppeln und Turmspitzen an den Seiten kam, den Palästen und Kirchen, am rechten Himmelsrand mit etwas Durchsichtig-Grünlichem – von der Moschee her, und am linken mit etwas Dicht-Hellblauem – von der

Synagoge. Es roch nach Wind und Jod, nach Schnee, Salz und Soda und warmem, halbrohem Teig.

Das Atmen gelang nicht – als seien Hals und Lunge vereist. Atemlos ging ich zur Unterführung hinunter, um auf die andere Seite des Newski zu kommen und mit dem Obus zum Palastplatz zu fahren, doch statt der Unterführung fand ich einen niedrigen halbdunklen Korridor vor. Er war still, auf dunklen Hochglanz gebohnert, trocken und heiß. Ich kam, mit beiden Händen die Eichenimitat-Wände entlangstreichend, vorüber an der Nische mit dem Fernseher und dem Schachbrett-Tischchen, bog dann ab und gelangte an die Tür mit dem Schild »Leninzimmer«. Und atmete endlich aus – und ein.

»Wenka, Lump du, wo treibst du dich herum. Wir sind spät dran! Hier, zieh mal hoch hinten!«

Ich zog Zoëchens Reißverschluß auf ihrem Rücken hoch. Die blutrote Seide schloß sich straff und langsam hinter meinen Fingern, wie hinter den Juden das Rote Meer. »Keine Angst, keine Angst, zieh!« spornte mich Zoëchen an, hob, um den Rücken schmaler zu machen, ihre nackten weißen Arme und flocht sie umeinander. »Sag, habe ich hier nicht alles schön gemacht – als die Verantwortliche für Kultur? Du sagst ja gar nichts?!«

Zur neujahrsfestmäßigen Dekoration der für die politische Bildung und kulurbildende Freizeit der Mannschaft vorgesehenen Räume, wie Erster Offizier Sinzow hier auswendig aus der Schiffsvorschrift zitiert hätte, war das Leninzimmer allenthalben mit bunten Bändern, Girlanden und Silberkugeln behängt. Vor dem Roten Wanderbanner stand in dem Weihrauchkessel aus Vineta ein kleiner draller Tannenbaum, und an seiner Spitze war Stiefvaters Rose befestigt. An den Wänden, wo sonst Ausschnitte und Fotos vom Weg des Kämpfers P. S. Atenov und seinem tragischen Tod berichteten und die

Laufbahn des nach ihm benannten Universal-Kühltransporters vom Typ »Ulysses«, Projekt 17700, darlegten, hingen jetzt, gerahmt und hinter Glas, Blätter aus dem Autorreferat zu meiner Dissertation über das Thema »St. Petersburg und Vineta, zwei baltisch-slawische Mythen. Aspekte der Rekonstruktion einer chronotopischen Spiegelung«. Ich ging an ihnen entlang und berührte sie mit den Fingerspitzen.

Gewissermaßen ist Peters Stadt eine Himmelsinsel auch geblieben – als schwebe sie immer noch über der Erde und dem Wasser, um ein weniges scheint sie sie nicht zu berühren. Ein Weniges – Peters Geisterhand. Einem Fremden fällt dieser Spalt kaum auf – in unseren Breiten ist der Himmel niedrig, sehr niedrig, niedriger als das Meer. St. Petersburg ist auf seine Art eine Insel Laputa, und hielten es nicht die unzähligen Anker, wäre es längst davongeflogen. Aber die Anker sind in Händen, die kein Erschlaffen kennen: schwankend stehen die Toten auf dem Grund und straffen die Ketten, gußeiserne.

Peter nannte die von ihm auf seiner eigenen Hand erbaute Stadt familiär »mein Paradies«. Der einfache Petersburger – wie auf Vorschuß, ohne jedes eigene Verdienst, mir nichts, dir nichts hier hineingeboren – fühlt sich immer wieder irritiert und ständig leicht unsicher: Ist er der unverdienten Ehre würdig, ist er rechtmäßig wohnhaft im Paradies? Etwas schwindlig ist ihm – von dem unmerklichen Schaukeln des Himmelsschiffs; seine Augen schmerzen ein wenig – von dem zittrigen Glänzen der gewölbten Flüsse, von dem quecksilbrigen Schimmer der Wolken und dem beißenden Gold der Turmspitzen. Er weiß: nicht für ihn sind diese Paläste errichtet, nicht für ihn diese Gärten gepflanzt mit den Wegen darin, sondern für irgendwelche höheren Wesen, sogar Engel womöglich. Und im Leben eines Petersburger Menschen schlägt früher oder später die Stunde, wo er es nicht mehr erträgt, auf fremde Rechnung zu leben, er reißt sich los, denn er ist ja selbst, wie ein Luftballon, gefüllt mit kitzeligem Gas. Laß sich die Schnur nur winden, ihr Ende wird sie finden und ihre Schlinge sich losbinden nach und nach, abbinden, entwinden dem von wildem Gußeisen geschwollenen Kreuz in einem der Lanzen reihenden Petersburger Parkzäune. Und den armen Luftballon trägt es fort – nach Moskau oder Hamburg, nach Venedig oder New York, in schlichte, luftlos auf dem Boden (na ja, oder dem Wasser) sitzende Städte – und die werden sich geschmeichelt fühlen und dankbar und glücklich sein, wenn ein Petersburger sich herabläßt, in ihnen zu wohnen. Für die sind wir Engel …

… und somit dürfen wir dank unserer Darstellung als erwiesen ansehen, daß, entsprechend der von uns vorgenommenen Rekonstruktion dieser westslawischen und baltischen Prophezeiung Kitesch sich vom Grunde des Swetlojar-Sees erheben wird, was bedeutet, daß sich Vineta, die Wal-Stadt, vom Grunde der Ostsee erhebt oder, als ein Himmlisches Vineta, unsichtbar (verdeckt vom Tuch der Gottesmutter, nach der christianisierten Legende) über der Ostsee wandernd, aus den Wolken herausschwebt und sich niederläßt auf den Inseln des Deltas. Sich dem Delta überzieht wie ein Handschuh der Hand! Erst dann erfahren wir, wo sich Vineta tatsächlich befand: auf der Halbinsel Barth, auf der Insel Rügen oder in der Gegend von Swinemünde, dem heutigen polnischen Świnoujście. Oder es könnte auch so sein: Vineta wandert unterirdisch – ein kristallenes, mit Tausenden von Lichtern leuchtendes Tausendmasten- und Tausenddeckschiff, befährt es geheime unterirdische Flüsse und Seen. Und einmal öffnet die Erde sich, und Vineta erhebt sich mit läutenden Glocken und strahlenden Kuppeln an einem gänzlich unerwarteten und unvorhersehbaren Ort – dort, wo es zur Stunde ist und seine Stunde schlägt: Vielleicht sogar auf den Kurilen, wo man Marfrettis züchtet! aber wohl eher doch etwas näher bei unserer Küste! Heiß wird es duften nach frischgebackenem Brot, es wird riechen nach salzigem Wind und nach Jod.

»Was trödelst du da, Wenka, mein Gott. Es eilt doch!«

… demnach können wir es so formulieren: zwillingshaft, besser gesagt, spiegelgleich – oder noch besser: möbiusbandartig ist mit dem im Rahmen unserer Arbeit rekonstruierten Vineta-Kitesch-Mythos verbunden der Petersburg-Mythos.

Im Grunde dürften wir sogar so weit gehen, zu sagen, daß Petersburg in letzter Konsequenz Vineta IST und Vineta – Petersburg …

»Wenka, Mist, wir kommen zu spät!«

»Wir werden nie mehr irgendwo zu spät kommen! Ab jetzt nie mehr! Jetzt werden wir allezeit rechtzeitig kommen. Schtekaturko, komm, hol Champagner. Laß uns das neue Jahr begrüßen, dann gehn wir in die Kantine und essen den Salat Olivier. Und dann – auf den Newski-Prospekt – Raketen steigen lassen mit allen andern, die noch auf den Beinen sind. Bei Sonnenaufgang landen wir auf Judatin, holen die Kinder …«

»Und Mama!«

»Und deine Mutter natürlich, und erheben uns wieder in die Lüfte. Alle werden wir finden, alle, die wollen, nehmen wir mit – den Stiefvater und Mama und Lilka, und sogar Permanent, den Trottel vor dem Herrn, und die Zigeuner aus der Gesang-und-Tanztruppe! Und Galja Polowtschaninowa aus unserer Klasse, und Ismaelchen aus Ecuador, was soll er da, in Ecuador und Paraguay … Und diesen Einäugigen von Saaremaa, wenn er sein Estland so schwer aushält! Und diesen komischen Komideutschen Wendelin, wenn er ohne uns nicht mehr leben kann – auch den nehmen wir mit von der »Queen of Belgium«, wir haben doch Platz genug! Überallhin fliegen wir, wohin wir Lust haben – dahin fliegen wir auch. Nach Jerusalem, besuchen Papa und Jascha Judata mit seinen Zwergen und seinen drei Tanten … Aber denke du nicht, daß … Nein, wir erleben es … in sieben Jahren … Nicht in sieben, dann in vierzehn Jahren … Nicht in vierzehn, dann in achtundzwanzig … doch noch jetzt, in diesem unseren Leben, an einem frühen Morgen, es wird im Sommer sein, Mitte oder vielleicht Ende Juli, am Tag der Marine, am 28. – fliegt unser Schiff aus den Wolken heraus und geht nieder über den leeren Sümpfen und Inseln, wo ehemals Petersburg stand, den mit krummen Zwergbirken und riesigen fahlen Grashalmen bewachsenen – geht nieder und hält sich schwebend über Erde und Wasser, um ein weniges scheint es sie nicht zu berühren. Dann wird die Stadt wieder sein. Und wir gehen über die Gangway mit unseren Kindern, vielleicht auch schon Kindeskindern, nehmen am Finnischen Bahnhof die S-Bahn nach Vyborg und nach Judatin, zur Datscha … Ach, da ist er ja, hier auf dem Servierwagen! Gib her, bitte, ich mach ihn auf. Ich kann das, glaub mir!«

In allen vier Lautsprechern des Leninzimmers ein Stimmengewirr, Händeklatschen, zufriedenes Grunzen. Nedezki, der bereits das alte Jahr verabschiedet hatte, wie es sich gehört, schrie: »Wenka, du bist der Beste! Unser Cicero! Komm, laß dich küssen! Eh, wo ist er?« Doch Frau Alexandra Karakos sprach streng: »Herrschaften, attention« und schlug mit einem Löffelchen ans Champagnerglas.

Auch die Glocken läuteten – von allen Kränen, Kirchen und Türmen. Ich schenkte ein – Zoëchen und ich standen mit erhobenen Köpfen, zählten. Ihre himbeerroten Lippen bewegten sich beim Zählen, es schien sogar, die kleinen Lippenrunzeln bewegten sich mit vor Eifer. Wir zählten acht Glasen – zwölf Uhr! – und näherten die Gläser mit dem zischend über den Rand schäumenden Sowjetschnee einander, doch dann schlug es ein neuntes, danach ein zehntes, danach ein elftes Mal.

»Ich sehe! Ich sehe! Ich sehe sie!«

»Wen sehen Sie, Käptn?« erkundigte sich Sinzow.

»WAS MACHT DAS AUS, WEN ODER WAS ICH SEHE?, bist du noch bei dir, Erster Offizier?! … So eine Libelle, aber mit Spiegelflügeln. Irgendein Sputnik, ich weiß schon … Die

Hauptsache ist: IN DIESEM JAHRTAUSEND KANN ICH SEHEN!«

»Das ist keine Libelle, Käptn, das ist die Raumstation ›Mir‹. Sie lassen sie bald untergehn, im Stillen und fernen Ozean«, erklärte Sinzow. »Meinen Glückwunsch zur Wiedererlangung des Augenlichts!«

Nedezki ergänzte verzückt: »Sie sind der Beste! Ich muß Sie küssen!«

Es schlug zum zwölften Mal – mit einem vervielfachten Verzögern, Nachspringen und Verschwimmen. Das Knallen begann. Zoëchen und ich stießen miteinander an, wir verstanden, daß alles so war, wie es sollte, und tranken das Kitzlige aus. Der Äther war lauter Glockenklang und Gläserklingen. Vielfarbige geschwänzte Leuchtfeuer drehten sich im Fenster, schlugen Purzelbäume und sprühten, zusammen- und auseinanderfließend. Der Himmel zwinkerte.

»Neues Jahr, neues Glück, Genossen!« sagte der Kapitän, als alles still geworden war. »Auch Ihnen, Euer Maje… Pardon: Pjotr Alexejewitsch!«

»Vivat!« schrie Zar Peter von oben, vom Kompaßdeck. »Kurs Nord-Nordost! Vivat Vineta!«

2005-2007

Inhalt